엄마가
한국으로
떠났어요

조선족, 우리들이 살아가는 이야기
조선족 아이들과 어른 78명 글
길림신문, 인천문화재단 엮음
엄마가 한국으로 떠났어요

보리

조금 멀리 떨어져 있는 친구들 이야기

류대성(용인 흥덕고등학교 국어교사)

"내가 말이야, 만주에서 개장사 하던 시절에……."

가끔 어른들이 이런 농담을 할 때가 있습니다. 호랑이가 담배 피우던 시절만큼 오래 전이라는 말이기도 하고, 확인할 수는 없지만 믿어 달라는 뜻이기도 합니다. 이 말은 언제부터 어떻게 생겨났을까요?

고구려와 발해의 옛 영토였던 중국 동북(東北)지방에는 아직도 우리 동포들이 살고 있습니다. 랴오닝(요녕, 遼寧), 지린(길림, 吉林), 헤이룽장(흑룡강, 黑龍江) 같은 곳들입니다. 19세기 말부터 외세의 침략으로 우리 국권이 흔들리자 동북 지방과 시베리아로 이주해 가는 사람들이 많아졌습니다. 강제로 농토를 빼앗겨 새로운 삶의 터전을 찾는 농민들, 조선의 독립이라는 큰 뜻을 이루고 싶은 사람들, 일제의 강제징용을 피하고 싶은 사람들이 조선 땅을 떠났습니다. 그네들은 할아버지, 할머니를 모시고 어린 아이 손을 잡고서 불모지를 개간하고 산림을 개척하면서 어렵게 새로운 생활 터전을 마련했습니다. 이때가 바로 '만주에서 개장사 하던 시절' 입니다.

8·15 광복으로 일제가 패망했지만 저마다 지닌 사연으로 고국으로 돌아오지 못하고 만주(滿洲) 일대에 남게 된 중국 동포들을 '조선족'이라고 합니다. 조선족은 독립운동가의 유족을 포함해서 현재 대략 200만 명 정도로 추산되며 소수민족으로 살아가고 있습니다.

가끔 식당에서 독특한 억양으로 주문을 받는 아주머니를 볼 때가 있습니다. 공장이나 건설 현장에서 일하시는 분도 많지요. 조선족 동포들은 가난 때문에 돈을 벌기 위해 한국에 불법으로 취업을 합니다. 그분들의 조상들 가운데에는 일제에 맞서 독립운동을 하신 분도 있고, 선조부터 살아온 삶의 터전을 빼앗긴 채 유민(流民)이 된 분들도 있습니다. 그러나 지금 그분들 자손은 대한민국에 불법 노동자로 일하러 옵니다. 역사가 남긴 아픔이고 슬픈 현실이지만 우리들은 그네들에게 관심을 갖지 않습니다. 외국인 노동자와 또 다른 성격을 띤 사람들이지만 우리와 다르다고만 생각한 것은 아닌지 모르겠습니다. 하지만 그분들은 우리 할아버지, 할머니들의 이웃이자 친구였으며 한마을 사람들이었습니다. 이제는 마치 서로 다른 나라 사람처럼 구별되지만 중국 땅에 조선족 학교를 세우고 후손들에게 한글을 가르치며 공동체를 이루고 산 분들입니다.

조선족 아이들도 여러분들과 똑같이 열심히 공부하며 행복한 미래를 꿈꾸고 있습니다. 《엄마가 한국으로 떠났어요》는 바로 이 아이들 이야기를 담고 있습니다. 조선족은 우리와 다른 사람들이 아닙니다. 그네들 이야기가 곧 우리들 이야기입니다. 학교, 친구, 부모님, 할아버지와 할머니들 이야기가 담겨 있습니다. 그런데 제목에 이미 눈물이 묻어 있습니다. 엄마가 떠났답니다, 한국으로. 왜 떠났을까요? 젊었을 때 돈을 벌어 아이들 공부를 시키고 대학에 보내고 먹고 살기 위해 엄마들이 한국으로 떠나가면 남아 있는 아이들에게는 무슨 일이 생겼을까요? 또 엄마가 떠나지 않은 아이들은 그곳에서 어떻게 살아가고 있을까요? 이 책은 여러분에게 우리와 조금 다른 곳에 살고 있는 친구들의 이야기, 삶의 이야기를 들려주고 있습니다.

사고뭉치 아빠와 로씨야족(러시아족) 엄마를 둔 훈춘시의 진혜, 한국으로 떠난 부모님과 함께 살고 싶어 꿈에도 그리던 한국에 왔지만 부모님은 새벽부터 밤늦게까지 일하시는 바람에 매일 빈집에서 텔레비전만 봐야 하는 용범이, '항상 칼의 날카로움을 위해 자신을 갈아 버리는 그 숫돌처럼, 언제나 묵묵히 헌신하는 그대'라는 기막힌 비유로 어머니의 사랑을 표현할 줄 아는 고중 3학년 리령화, 이모는 부자지만 큰 집에 혼자 살면서 가족들과 헤어져 살고 엄마는 가난하지만 시부모를 모시고 가족과 함께 화목하게 산다는 고중 2학년 조홍이 들려주는 이야기는 어떤 문학작품보다도 가슴 뭉클한 감동을 줍니다.

아이들 이야기에 이어서 나오는 어머니들 이야기를 통해 우리는 조선족 전체의 생활을 짐작할 수 있습니다. 저밖에 모르는 다른 아이들과 달리 늘 다른 사람을 챙기고 베풀어 주는 마음을 가진 딸아이를 키우는 상해시의 오경희 어머니, 고아 아닌 고아가 되어 맡겨지는(전탁) 아이들 이야기를 가슴 아프게 전해 주는 연길시의 주홍단 어머니 같은, 훈훈한 이야기와 가슴 아픈 이야기가 함께 전해집니다.

또 여기에는 아이들과 부모님들 이야기뿐만 아니라 선생님들 이야기도 담겨 있습니다. 한국으로 떠난 선생님들 빈자리를 지키겠노라고 아이들과 한 약속을 16년째 지키고 있는 철령시의 김례호 선생님, 전화 한 통이면 될 일을 반 아이들 집을 하나하나 가정방문 하는 돈화시의 김봉익 선생님 들처럼 아이들에게 헌신하는 선생님들 이야기는 조선족 학교가 처한 현실과 애틋한 사제간의 정을 잘 보여 줍니다.

이 모든 이야기는 꽁꽁 언 손을 녹여 주는 난로처럼 따뜻해서 손보다 가슴을 먼저 녹여 줍니다. 가족의 소중함은 조선족이든 우리든 다르지 않습니다. 한국으로 떠난 엄마를 그리워하는 아이들, 부모와 헤어져 피시방에서 게임에 몰두하는 아이들, 오로지 자식 걱정에 고된 노동도 마다하지 않는 어머니, 조선족 아이들을 돌보고 가르치는 선생님들……. 이 모든 사람들이 이 책의 주인공입니다. 경제 사정은 대한민국이 조금 나을지 모르겠지만 끝없는 경쟁과 각박한 현실을 생각해 보면 조선족 아이들과 어른들이 들려주는 이야기는 우리가 잃어버린 것들을 생각나게 합니다. 하지만 그곳에서 '엄마가 한국으로 떠났어요' 하고 말할 수밖에 없는 아이들의 이야기는, 우리들이 돈보다 소중한 것들을 잃어 가는 모습을 보여 주는 것 같아 마음이 아픕니다.

이렇게 생활글은 보고 듣고 느끼는 직접 체험으로 얻은 경험을 담고 있습니다. 따라서 어떤 글보다도 생생하고 솔직함이 묻어나기 때문에 색다른 감동을 얻을 수 있습니다. 학생, 학부모, 선생님이 쓴 글이 조화를 이루고 있는 이 책은 조선족 아이들이 처한 교육 환경을 살펴볼 수 있고 가족의 소중함과 부모님의 고마움을 다시 한번 확인할 수 있습니다.

지금부터 조금 멀리 떨어져 있는 친구들을 만나 볼까요?

2012년 1월

아이들은 돈으로 가르칠 수 없다

윤구병(변산 농부, 철학자)

　권정생 선생님은 '좋은 책이 무엇인가요' 하고 물은 이에게, '읽고 나서 마음이 불편해지는 책'이라고 일러 주셨다는 이야기를 들었다. 나는 여기에 '일깨움을 주는 책'이라고 한마디 더 덧붙이고 싶다.

　《엄마가 한국으로 떠났어요》에 실린 글들을 보고, 내가 이 책 참 좋은 책이라고 느낀 것은 한편으로는 마음이 불편해지면서 다른 한편으로는 여느 책을 읽을 때보다 더 큰 일깨움을 얻었기 때문이다.

　공자 말씀에 '아침에 바른 길을 일러 주는 말을 들으면, 그날 저녁에 죽어도 좋다'고 하는 대목이 나온다. 이래서 옛 어른들이 죽을 때까지 배워야 한다는 말을 입에 달고 사셨는지도 모르겠다.

　내 나이 이제 일흔인데, 그래서 살 만큼 살았다고 여겼는데, 아직도 숨을 놓지 못하게 하는 힘이 나를 지켜 주고 있는 까닭도 여기 있지 싶다.

　'너 아직 철들려면 멀었거든. 그래서 배워야 해, 그래서 아직 목숨 붙여 주는 거야' 하는 목소리를 듣는 일이 가끔 있는데, 이번에 조선족 아이들과 부모님들, 그리고 선생님들이 쓴 글을 읽으면서도 그 목소리가 울려왔다.

선생님이 따로 없다는 생각이 든다. 나에게 일깨움을 주는 것은 사람뿐만이 아니라 모두가 내 선생님이다. 사람 모습을 띤 선생님만 하더라도 이제 말을 갓 배우는 어린애부터 죽음을 앞둔 나이 든 어르신에 이르기까지, 선생님들이 얼마나 많은지.

이 책에 실린 글들이 모두 소중하고, 나를 되살피게 하는 데 큰 도움을 주었다. 그 가운데서도 고중(우리 나라 고등학생)생이 쓴 〈바보 엄마〉(조홍), 〈사람이 그립다〉(리아), 선생님이 쓴 〈제 이름도 불러 주세요〉(김점순), 〈주는 것과 가르치는 것〉(김향화), 〈세상은 넓고 답안은 다채롭다〉(박명순), 그리고 부모님이 쓴 〈작은 사랑, 작은 행복〉(최초영), 〈'너 잘되라고 표' 엄마〉(김해숙) 같은 글들은 내 마음에 두고두고 남을 것 같다.

아이들은 돈으로 가르칠 수 없다. 가난하지만 따뜻한 어머니와 아버지의 손길과 목소리가 한울타리 안에서 아이를 지켜 줄 때, 아이들은 몸도 마음도 건강하게 자란다. 돈이 아이들 교육에 도움이 되기보다 도리어 독이 된다는 것을 다시 깨우쳐 준 것만으로도 이 책은 나에게 아주 고마운 선물이자, 훌륭한 스승이다.

2012년 1월

차례

3부 작은 사랑, 작은 행복 – 조선족 부모님이 쓴 글

4부 내 마음의 별들아 – 조선족 선생님이 쓴 글

일러두기

1. 이 책은 〈길림신문〉(http://www.jlcxwb.com.cn)이 인천문화재단 지원으로 2006년부
   터 해마다 열고 있는 '인천컵 인성교육 글짓기 공모' 수상작을 담은 것입니다. '인천
   컵 인성교육 글짓기 공모'는 조선족 소학생, 초중생, 고중생, 부모님, 선생님을 대상으
   로 하는 행사입니다. 여기에는 2006년부터 2010년까지 수상작 130편 가운데 78편을
   골라 담았습니다.

2. 조선족 사회에서 소학생은 초등학생, 초중생은 중학생, 고중생은 고등학생을 말합니
   다. 학년 구성은 우리와 같습니다.

3. 1부(16쪽), 2부(52쪽), 3부(156쪽), 4부(214쪽)가 시작되는 자리에 있는 그림은 '장
   춘시 관성구 조선족소학교'와 '장춘시 록원구 조선족소학교' 학생들이 그린 그림입니
   다. 함께 있는 사진은 '장춘시 관성구 조선족소학교' 학생들 모습을 찍은 것입니다.

4. 제목은 바꾸지 않는 것을 원칙으로 했으나 어려운 한자어로 된 것, 너무 긴 것일 때는
   다시 쓰기도 했습니다.

5. 뜻이 어렵거나 낯선 말에는 글 끝에 풀이말을 썼습니다. 되풀이해서 나오는 말은 맨
   처음 나온 곳에 한 번만 설명을 담았습니다.

6. 맞춤법과 띄어쓰기는 '한글 맞춤법'을 따랐습니다.

   ㄱ. 한자어들은 두음법칙에 따랐고, 단모음으로 적은 '폐'자는 '한글 맞춤법' 대로 했
      습니다.
      년령→연령, 류학→유학, 리별→이별, 배렬→배열, 지페→지폐
   ㄴ. 'ㅣ' 모음동화, 사이시옷, 된소리 따위의 표기도 '한글 맞춤법' 대로 했습니다.

되였다→되었다, 헤여지다→헤어지다, 나무잎→나뭇잎, 해볕→햇볕,
무엇일가→무엇일까, 잠간→잠깐

ㄷ. 문장부호도 '한글 맞춤법' 대로 했습니다.
조선족 표기법에서 큰따옴표(" ") 대신 쓰는《 》, 작은따옴표(' ') 대신 쓰는〈 〉
를 모두 큰따옴표와 작은따옴표로 바꿨습니다.

7. 외래어는 우리 나라 외래어 표기법에 맞췄습니다.
그라프→그래프, 메터→미터, 뻐스→버스, 아빠트→아파트, 텔레비죤→텔레비전

8. 우리 나라에서 흔히 쓰지 않는 말이어도, 조선족들이 많이 쓰는 말은 되도록 살려 두
었습니다.
과당(수업), 과문(교과서 본문), 교원절(스승의날), 눈굽(눈가), 닭알(달걀), 마사먹다
(부서뜨리다), 번지다(넘기다, 뒤집다), 뽈개지(공 잘 차는 사람), 인차(곧바로), 자기
절로(자기 스스로), 자사자리(제멋대로), 저마끔(저마다), 헌데(한데)

9. 우리 말 어미 '~지다' 가 들어갈 자리에 '~나다' 라고 쓰인 곳은 글 이해를 돕기 위해
모두 '~지다' 로 바꿨습니다.
그리워나다→그리워지다, 뜨거워나다→뜨거워지다, 뿌듯해나다→뿌듯해지다

10. 중국 고유 지명은 외래어 표기법대로 바꾸지 않고, 조선족 사회에서 쓰는 지명을 그
대로 두었습니다.
길림(지린), 상해(상하이), 연길(옌지), 흑룡강성(헤이룽장성)

11. 본문에 나오는 돈 단위 '원' 은 중국 돈 단위 '위안' 입니다. 1위안은 2012년 1월 환율
기준으로 180원 안팎입니다.

조선족 어린이가 쓴 글

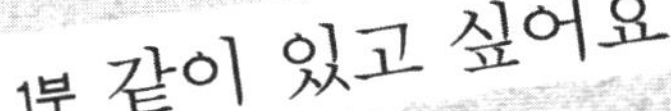

엄마가 기차에 오르기 전에 나는 엄마한테 매달리며, "엄마, 아빠처럼 우리를 버리면 안 돼요, 엄마까지 없으면 우리는 못 살아요." 하며 목 놓아 울었다. 이 세상에 태어나 처음으로 어머니가 나를 두고 떠나간다. 돈이란 도대체 무엇인데 이토록 우리를 힘들게 하는지, 우리는 왜 산산이 흩어져 살아야만 하는가?

엄마가 한국으로 떠났어요

장춘시 이도구조선족소학교 5학년 손설화

"앞으로 나란히, 바룻, 쉬엇, 차렷!"

체육 반장이 외치는 우렁찬 구령에 따라 우리는 한창 대열 정돈을 하고 있었다. 그런데 갑자기 담임 선생님께서 나를 부르셨다.

"설화야, 빨리 집에 가거라. 어머니께 전화가 왔는데 오늘 심양에 가서 비행기를 타고 한국에 간다더라."

어머니께서 이렇게 갑자기 한국으로 떠나갈 줄은 꿈에도 생각 못 했다. 나는 재빨리 집으로 발길을 돌렸다.

'엄마, 잠깐만 기다려 주세요. 잠깐만이라도 떠나가는 엄마를 꼭 봐야 해요.'

내가 집에 도착하자 어머니를 바래러 나온 일가친척들이 모두 밖에 나와 서 있었다. 우리는 인차 택시를 타고 역전으로 달렸다. 차에서 어머니는 누가 나를 앗아 가기라도 하듯이 꼭 끌어안고,

"설화야, 니가 울까 봐 엄마는 몰래 떠나가려고 했는데 너를 두고

가는 엄마 마음은 칼로 찢어지는 것 같구나."
하며 눈물을 흘리셨다. 내 두 볼에서도 눈물이 비 오듯 쏟아 내렸다.
내가 너무나 슬프게 울자 어머니께서는,
　"설화야, 울지 말아, 엄마가 돈을 벌어야 언니와 너를 공부시키지.
　이모네 집에서 이모 말을 잘 듣고 이모를 속 태우지 말고 씩씩하게
　잘 커야 한다."
하며 나를 달랬다.
　"예, 알았어요. 엄마도 한국에 가서 꼭 신체에 주의하세요. 나와 언
　니를 너무 걱정 말구요."
　우리 어머니는 너무 불쌍한 분이시다. 한국으로 돈벌이를 떠난 아
버지가 근 10년 동안 무소식이자 어머니께서는 우리 두 형제를 키우
느라 얼마나 힘들게 살아왔는지 말할 수도 없다. 매일매일 아버지 소
식을 기다리며 눈물로 세월을 보내신 어머니, 할 수 없이 오늘 또 한
국으로 떠나는 것이다.
　엄마가 기차에 오르기 전에 나는 엄마한테 매달리며,
　"엄마, 아빠처럼 우리를 버리면 안 돼요, 엄마까지 없으면 우리는
　못 살아요."
하며 목 놓아 울었다.
　이 세상에 태어나 처음으로 어머니가 나를 두고 먼 곳으로 떠나간
다. 돈이란 도대체 무엇인데 이토록 우리를 힘들게 하는지, 우리는 왜
산산이 흩어져 살아야만 하는가? (2006년)

　* 인차 : 이내, 곧바로.

일요일이 슬퍼요

훈춘시 제1실험소학교 4학년 김혜영

오늘은 일요일이다. 아침 일찍 어머니는 출근하셨고 나는 혼자 집에 있게 되었다.

유치원 다닐 때까지만 해도 나는 일요일이 제일 좋았다. 왜냐하면 일요일이 되면 아빠가 나를 데리고 친구 집에도 놀러 가고, 엄마를 졸라 맛나는 사탕이랑 사 먹을 수 있고, 엄마와 시장돌이도 할 수 있었기 때문이다. 그때 나는 엄마, 아빠와 행복한 나날을 보냈다. 아침이면 공원에 가서 우리 세 식구가 달리기 시합을 했는데 내가 계속 일등을 했다. 지금에야 그때 엄마 아빠가 일부러 늦게 달렸다는 것을 알게 되었다.

그런데 지금은 다르다. 어머니는 돈을 벌기 위해서 매일 아침 일찍 구매 센터로 출근해야 하고 아빠도 그 돈을 위해서 한국으로 떠났다. 나는 돈이 미웠다. 돈이 아빠를 한국으로 가게 했고, 돈이 엄마를 일년에 며칠간밖에 쉬지 못하고 뼈 빠지게 일하게 했고, 돈이 나한테서 즐거운 일요일을 앗아 갔다. 돈이 우리 집 행복을 빼앗아 갔다.

나는 일요일만 되면 혼자서 아빠 사진을 보며 울었다. 아빠가 전화하면 나는 빨리 돌아오라고 아빠를 졸랐지만 그때마다 아빠는,

"아빠가 돈을 벌어야 너를 대학에 보내지."

했다. 엄마한테도 다른 일로 바꿔 보라면,

"엄마가 돈을 많이 벌어야 널 대학에 보내지."

하면서 똑같은 말만 되풀이한다.

간혹 사이사이 아빠가 한국에서 돌아왔을 때면 아픈 허리를 두드리며 침대에 누워 계시기만 한다. 그럴 때면 나는 속으로 '제발 우리 아빠가 아프지 말게 해 주세요' 기도했고, 엄마가 일을 너무 많이 해서 발이 팅팅 부어올라 돌아올 때면 '이 고약한 돈아, 넌 꼭 화목한 집이 불행한 집으로 되어야 좋니?' 하는 마음에 눈물이 흘렀다.

나는 일요일이 되면 슬프다. 나쁜 돈 때문에 슬프고 그 돈을 벌려고 우리를 뿌려 던진 부모들이 미워서 슬프다. (2006년)

할머니를 '엄마'라 부르고 싶어요

안도현 제1실험소학교 5학년 최채월

머리가 희슥희슥한 내 할머니를 온 세상에 자랑하고 싶어요.

6년 전 아버지, 어머니는 집이 너무 가난해 한국으로 돈벌이를 떠나게 되면서 나를 할머니께 맡겼어요. 예전에는 어려서 몰랐지만 지금은 '키운 정이 낳은 정보다 더하다'는 말귀 뜻을 알게 되었어요.

내가 다섯 살 때만 해도 할머니를 '엄마'라고 불렀어요. 소학교 시절 철이 좀 들고 나서야 할머니라고 불렀어요. 하지만 지금도 할머니를 '엄마'라 부르고 싶어요. 수년간 할머니는 나를 위해 어머니다운 사랑으로 모든 것을 몰부었어요. 매일 때식거리를 만들 때마다 할머니는 내가 즐겨 먹는 것만 골라서 만들곤 하셨어요.

한번은 내가 갈치가 먹고 싶다고 해서 할머니는 갈치를 노릿노릿하게 구워서 밥상에 올려놓았어요. 그리고 넓적하고 살이 두툼한 큰 토막을 나에게 골라 주고 나서 할머니는 가시 뼈가 많은 가느다란 꼬리 아니면 머리만 집어 드시는 것이었어요. 나는 마음이 매우 불안했어요. 치아가 변변치 못한 할머니께서 머리만 드시니 내 마음이 너무나 아팠어요. 나는 내 앞에 있는 갈치를 세 몫으로 나누어 할아버지 할머니께 드렸어요. 그제야 내 마음도 후련해졌어요.

또 어느 날 점심 식사 때였어요. 할머니는 "채월아, 많이 먹고 공부를 잘해라, 응." 하면서 소복이 담은 소갈비 그릇을 내 밥그릇 곁에다 놓았어요. 군침이 돌았지만 나는 할아버지 할머니께 "다 같이 먹어야 맛이 더 있어요." 하고 말하면서 그 갈비 그릇을 할아버지 앞에 옮겨 놓고 할머니도 나도 맛나게 몽땅 먹었어요. 참말로 할머니는 이 손녀밖에 모르는 것 같아요.

할머니는 내 몸이 허약하다며 별의별 영양품까지 수두룩이 사다 놓곤 해요. 이처럼 진심으로 나만 위해 힘쓰는 할머니가 걱정돼서, "할머니도 영양제를 잡수셔야 건강하죠." 하고 권하면 "난 몸이 튼튼해 필요 없다. 너나 명심해서 먹어라." 하고 말씀하세요. 또 때론 "할머니도 새 옷을 사 입으세요." 하면, "너만 잘 입고 잘 먹고 건강하면 할머니는 더없이 기쁘단다." 하고 늘 말씀하세요.

할머니는 올해 칠순이에요. 언제부턴가 무거운 짐을 들기 어려워했고 높은 계단도 오르기 힘겨워하시는 것을 나는 늦게나마 눈치챘어요. 할머니는 이젠 많이 지쳤어요. 나를 몸도 마음도 튼튼하게 키워 주신 할머니, 고생 많으셨어요. 고맙습니다.

존경하는 내 할머니, 심청이처럼 할머니께 진정으로 효성 다하겠어요. 이 손녀를 믿어 주세요. (2006년)

* 몰부었어요 : 쏟아부었어요.　* 때식거리 : 끼니거리.

웃고 싶어도 눈물이 나와요

매하구시 산성진조선족소학교 2학년 로송

광주에서 출근하는 엄마가 설이라고 왔어요. 1년에 한 번밖에 만날 수 없는 엄마. 엄마가 집에 있는 일주일 동안은 엄마 품에 안겨서 달콤한 잠을 잘 수 있는 행복한 날이었어요. 그런데 오늘은 정월 초사흘이기에 엄마는 내 곁을 떠나 광주로 날아가야 해요.

새벽 잠결에 손을 더듬어 보니 내 곁에 엄마가 없었어요. 엄마는 내 몰래 슬그머니 일어난 거지요. 내가 벌떡 일어나 보니 다섯 시였어요.

"잠꾸러기가 왜 더 잘 거지 벌써 일어나니?"

"엄마, 내 몰래 떠나면 안 돼. 내가 심양 비행장까지 따라가서 엄마 떠나는 걸 봐야지요."

택시는 여섯 시에 떠난다고 벌써부터 문 앞에서 기다리고 있었어요. 택시 안에서도 엄마는 나를 꼭 껴안고 몇 번이나 뽀뽀했어요. 비행기는 열두 시에 떠나지만 열한 시 반에는 엄마와 갈라져야 했어요.

가정을 위해, 더욱이 내 공부를 위해 떠나야만 하는 엄마. 엄마 사랑을 독차지한 나였기에 갈라지는 순간은 가장 괴롭고 고통스러운 순간이었어요.

검표구로 들어서는 엄마를 보니 남자는 눈물이 헤퍼서는 안 된다는 엄마 말이 생각났어요. 되돌아서서 손짓하는 엄마에게 억지로라도 웃음을 짓고 싶었지만 눈물이 나오는 걸 어쩔 수 없었어요. (2007년)

내가 잃은 것

연길시 공원소학교 5학년 최하경

믿음은 금이다. 믿음은 돈을 주고도 사지 못하는 소중한 것이다. 사람에게 있어서 믿음은 가장 중요한 것이다.

선생님께서 우리 학교 한 학생이 간암에 걸렸는데 경제난으로 수술을 하지 못한다고 하셨다. 그리하여 우리는 '사랑의 마음 나누기' 활동을 해서 그 학생한테 사랑이 담긴 마음을 전달하기로 했다.

집으로 가는 길에 나는 한참 동안 생각하였다.

'몇 원을 의연할까? 5원, 10원? 아니야, 금액은 자기절로 정하라고 했는데……. 5원만 의연하자!'

집에 도착한 나는 어머니께 말씀드렸다.

"어머니, 오늘 선생님께서 어느 한 학생이 간암에 걸렸는데 경제난으로 수술을 못 하고 있대요. 내일 의연 활동을 하여……."

"그래? 그럼 넌 얼마를 의연할 건데?"

"5……, 아니 10원요!"

"그래!"

어머니께서는 선뜻 10원을 주셨다. 내 속셈은 따로 있었다. 5원을 의연하고 5원으로는 사 먹겠다고…….

이튿날, 나는 먼저 상점에 들려 10원짜리 지폐 한 장을 5원짜리 지폐 두 장으로 바꿨다. 선생님께서 돈을 의연하라고 하여 나는 태연하게 5원을 바쳤다.

'오늘은 5원을 공짜로 벌었으니 먹고 싶은 걸 마음껏 사 먹어야지!'

점심 시간, 나는 그 5원을 생각하며 날개라도 돋친 듯 상점으로 달려갔다. 나는 제일 먹고 싶었던 과자와 아이스크림을 사서 맛있게 먹었다. 하지만 기쁨도 잠시, 글쎄 어머니께서 이 일을 다 알아 버린 것이다.

집에 도착하니 어머니께서는 책망하는 눈길로 나를 바라보셨다.

"너, 어제 가져간 10원 중에서 5원만 바치고 5원을 사 먹었다며?"

"네? 그, 그건……."

"어머니는 처음으로 너한테 실망하였단다. 돈은 언제든지 낼 수 있지만 한번 잃은 믿음은 찾기가 쉽지 않단다. 알겠니?"

"네……."

어머니 말씀을 듣고 보니 내가 한 행동이 후회됐다. 나는 어머니 믿음을 깨 버렸다. 어머니 말씀대로 믿음은 사람에게 있어서 참 중요한 것이다. 금으로도 살 수 없는 믿음을 저버렸으니…….

이 일이 있은 뒤로 어머니는 내가 학교에 낼 돈이 있다면 꼭 담임 선생님께 물어보곤 하셨다.

‘거짓말을 하는 사람이 얻는 것은 오직 참말을 해도 믿는 사람이 없는 것이다’ 라고 우화 작가 이솝이 말했듯이 한번 잃은 믿음이 이렇게 오랫동안 갈 줄이야……. (2008년)

* 의연 : 남을 도와주려고 돈이나 물건을 내는 일.
* 자기절로 : 자기 스스로.

내 일 년이 십 년과 같았으면

연길시 조양천진 광화소학교 4학년 안운봉

아이들은 한 살 많으면 우쭐거리며 나이를 자랑합니다. 그러나 연세가 많은 분들은 연세가 많아짐에 따라 아쉬워하고 허전해합니다. 나는 나이를 가지고 우쭐대기보다 아버지와 어머니에게 효도하기 위해 한 해가 십 년으로 껑충 뛰어올랐으면 합니다.

우리 가정도 원래 단란하고 행복한 가정이었습니다. 그런데 내가 열 살 때 할머니께서는 중병으로 시름시름 앓다가 돌아가시고, 잇달아 아버지께서도 중병에 걸려 노동력을 상실하게 되었습니다. 단란하고 행복했던 가정은 이렇게 불행이 덮쳐들어 빚만 잔뜩 걸머진 신세로 되었습니다. 그러니 웃음이란 없고 한숨뿐이었습니다.

가정에서 중임을 떠멘 허약한 어머니는 울며 겨자 먹기로 할 수 없이 책임 포전을 남에게 넘기고 자금이 적게 드는 되거리장사에 나섰습니다. 1.5미터 키에 약한 몸매, 80여 근(48킬로그램)밖에 안 되는 어머니지만 의지가 강하고 이기고자 하는 승벽심이 많으신 분입니다.

그리하여 이리 밀리고 저리 밀리면서도 끝내는 물건을 되넘겨 받아 열심히 장사를 합니다. 햇볕이 쨍쨍 내리쬐고 나뭇잎들이 시드는 삼복염천에도, 바람이 윙윙 불고 눈보라가 날리며 나뭇가지도 뚝뚝 끊어지는 동지섣달에도 말입니다.

이렇게 춘하추동 할 것 없이 열심히 장사하지만 하루 수입은 버스표 5원을 떼 내고 나면 기껏해야 15원에서 25원 사이입니다. 어머니는 생각 끝에 한 푼이라도 더 벌기 위해 십 리 길을 걸어 다니십니다. 그렇게 버스표 값을 절약하여 한 달에 칠팔십 원 되는 돈으로 아버지 약을 사 오고 우리들 학용품을 사 옵니다. 허약한 어머니이기에 영양 보충을 해야 하지만 아버지와 두 자식을 위해 고기, 닭알과 이별하신 지도, 새 옷을 못 사 입은 지도 3년이 됩니다. 되거리장사를 한 지도 3년이고요.

이동안 고생 많으셨던 어머니는 얼굴이 가무잡잡하고 손은 소나무 껍질처럼 터실터실하며 발뒤축도 터서 말이 아닙니다. 몸무게도 10여 근 줄어들었습니다. 이렇게 고생하시는 어머니를 볼 때마다 제 두 눈에는 저절로 이슬이 맺힙니다. 어떤 때는 집에 들어와서는 식사도 못 하시고 누워 있다가도 이튿날 또 장사를 나섰습니다. 어머니, 이런 어머니가 계시기에 저는 노력에 노력을 다하여 애써 공부하면서 집안 일을 돕습니다.

'아, 내 일 년이 십 년으로 된다면 얼마나 좋겠는가?'

나는 이런 생각을 수차 해 봅니다. 고생하시면서도 웃음으로 우리를 대하고 자존, 자강, 자립 정신을 키워 주시는 어머니, 꼭 햇볕을 볼 날이 있다며 우리에게 열심히 공부하라는 어머니. 그래서 다른 사람은 몰라도 내 일 년은 십 년으로 껑충 뛰어올랐으면 얼마나 좋겠는가 자꾸 생각합니다.

그랬을 때 2년이 지나면 20년이 됩니다. 십 년이면 강산도 변한다는데 두 번 강산이 변할 때면 나는 의학원을 졸업한 어엿한 의사가 되어 사회에 유익한 인재로 될 것입니다. 그러면 어머니는 18년이란 시간을 적게 고생할 것입니다. 내가 아버지 병을 고쳐 드리고 허약한 어머니 신체도 튼튼하게 보양해 드린다면 아버지, 어머니 얼굴에는 항상 웃음이 넘쳐 나고 우리는 행복하고 단란한 가정으로 될 것입니다. 그래서 나는 항상 내 일 년이 십 년으로 껑충 뛰어올랐으면 하고 생각하면서 어머님을 도와 집안일을 하는 한편 열심히 공부합니다.

(2009년)

* 포전 : 삼베 같은 천을 파는 가게.
* 되거리장사 : 물건을 사서 곧바로 다른 곳으로 넘겨 파는 장사.

후회

왕청현 천교령조선족학교 5학년 리향

나는 5학년에 다니는 한 여학생입니다. 지금 아버지 어머니는 한국에 가시고 담임 선생님네 집에서 공부하고 있습니다. 선생님께서 살뜰히 관심을 주고 보살펴 주어도 항상 부모 품이 그립습니다.

오늘은 어머니께 사죄 못 했던 일을 마음먹고 글로 쓰려 합니다.

그날은 기말시험을 보는 날이었습니다. 아침에 일어나 시계를 쳐다보니 시침이 여섯 시를 막 넘어서고 있었습니다.

"어머니, 왜 일찍 깨우지 않았습니까? 오늘 당번인데……."

나는 입이 뾰로통해졌습니다.

"좀 더 눈 붙이라고 그랬다. 늦지 않으니 빨리 세수하고 밥 먹자."

이불을 개어 주면서 하시는 어머니 말씀에 나는 응대도 하지 않고, 덥혀 놓은 물에 부랴부랴 세수하고는 집 문을 나설 차비를 하였습니다. 어머니께서는 내 옷깃을 잡아당기며 우유라도 마시고 가라 하였습니다. 나는 어머니 말씀을 귓등으로 흘리고 학교로 줄달음쳐 갔습니다. 아니? 오늘 당번인 욱이만 교실에 있었습니다. 아침 일은 성격이 급한 내 탓도 많은 것 같았습니다.

시험 20분을 앞두고 모두 제자리에 앉아 복습을 할 때였습니다. 갑자기 익숙한 발걸음 소리가 가볍게 들리더니 우리 반에 와서 멈추었습니다. 귀를 기울이고 들으니 아무런 기척도 없었습니다. 몇 분쯤 지났을까?

"똑똑."

문 두드리는 소리가 났습니다. 선생님께서 나가시더니 저를 불렀습니다. 아니 글쎄, 이 추운 겨울에 어머니께서 장갑도 끼지 않은 손에 도시락을 들고 있는 것이 아니겠습니까? 나는 선생님 보기가 너무 민망스러워 어머니를 흘겨보았습니다. 내가 도시락을 받아 들자 그제야 어머니는 시름을 놓는 눈치였습니다. 몸을 돌려 걸어가는 어머니 뒷모습을 바라보니 어쩐지 측은한 생각이 들었습니다. 도시락을 열어보니 내가 제일 좋아하는 닭고기와 물고기였습니다. 순간 저도 모르게 콧마루가 찡해지면서 두 줄기 눈물이 밥곽에 떨어졌습니다.

지금 아버지, 어머니께서는 한국으로 가신 지 일 년이 다 되고 있습니다. 지난 일을 생각하면 그때 어머니께 내 잘못을 사과드리지 못한 것이 가슴에 맺혀 옵니다. 나는 이 기회를 빌려 소박한 글로나마 "어머니, 미안합니다." 말하고 싶습니다. 이제부터는 부모 마음 잘 헤아리는 착한 딸로 자라나겠습니다. 아버지, 어머니 저를 항상 지켜봐 주십시오. (2009년)

* 밥곽 : 도시락.

특별한 우리 가정

훈춘시 제4소학교 6학년 조진혜

우리 가정은 특별한 가정입니다. 아빠는 조선족이고 엄마는 로씨야(러시아)족입니다. 사람들은 피부색과 머리칼, 눈빛이 완전히 다른 두 사람이 만나서 어떤 공통점이 있기에 행복하게 살아가는지 많이 궁금해합니다. 그러나 엄마 아빠는 성격, 취미, 애호 같은 면에서 비슷한 데가 많을 뿐만 아니라 특별한 두 사람이 만난 만큼 남들보다 아주 특별한 공통점이 하나 있습니다. 바로 두 사람이 다 사고를 잘 치는 '사고뭉치'라는 점입니다.

사고뭉치인 아빠는 학교 때부터 싸움질하고, 수업 시간에 빠지고, 책상을 마사먹지 않으면 창문 유리를 박살 내서 할아버지 할머니께 하루가 멀다 하게 선생님 '호출장'이 내려졌다고 합니다. 학교를 졸업한 뒤에도 집에서 빈둥빈둥 놀면서 싸움질이나 하며 할아버지와 할머니 속을 태우던 아빠가 스물네 살이 되어서야 철이 좀 들었는지 돈을 벌어 보겠다고 로씨야 말을 얼마간 배워서 로씨야로 갔답니다.

할아버지와 할머니는 사고뭉치인 아빠를 로씨야에 보내 놓고, 아빠가 이국에 가서도 사고를 칠까 봐 얼마나 속을 썩었는지 모른답니다. 그러나 아빠가 로씨야에 간 뒤로 한 반년 동안은 아무 나쁜 소식이 없이 돈을 꼬박꼬박 부쳐 보내니 할아버지 할머니는 얼마간 시름을 놓게 되었답니다.

그런데 일 년이 거의 되어 갈 무렵에 집이 다 날아갈 만한 벼락 같은 소식을 전해 왔답니다. 글쎄 아빠가 코가 뾰족하고 눈이 파란 토박이 로씨야 여자와 연애를 한다는 것이었습니다. 할아버지는 사고뭉치 아빠가 이젠 가족 망신까지 시킨다면서 천정이 낮다고 길길이 뛰었고, 할머니는 며칠 동안 누워서 일어나지도 않았답니다. 지금은 백인과 결혼한 가정을 간혹 볼 수 있지만 15년 전인 그때는 특보로 취급될 희귀한 일이었습니다. 아마 훈춘뿐만이 아니라 전 연변에서도 우리 아빠가 백인 여자와 결혼한 첫 사람일지도 모릅니다.

그러나 할아버지와 할머니가 반대한다고 사고를 중도에서 끝마칠 아빠였으면 사고뭉치라고 부르지도 않았을 것입니다. 아빠는 그해 설날에 시한폭탄과도 같은 뾰족코 엄마를 데리고 할아버지와 할머니 앞에 나타났답니다. 하얀 얼굴에 노란 머리, 파란 눈 엄마를 데리고 온 아버지를 보고 할아버지는 너무 놀라고 억이 막혀 욕도 못 했고 할머니는 혈압이 올라가 링거까지 맞았답니다. 이런 난장판에 조금도 참을성이 없는 엄마까지 섧다고 '왕왕' 하고 울음보를 터뜨려 설날이 초상날이 되고 말았답니다. 이때 아빠가 어머니 뱃속에 조진혜, 즉 내가 있다는 것을 선포해서야 할아버지 할머니는 울며 겨자 먹기로 두 손을 들고 말았답니다.

우리 엄마도 로씨야에서는 일등 사고뭉치였답니다. 학교 때 여자애가 남자아이들을 때려서 외할아버지와 외할머니한테 송사가 많이 들어왔다니 무슨 할 말이 더 있겠습니까? 그런데 더 기가 막힌 것은 로씨야 일등 사고뭉치 엄마가 중국에 와서 특등 사고뭉치로 승급한 것입니다.

사고뭉치 엄마는 엄중 사고의 결실인 나를 뱃속에 가지고 우리 집에 들어선 첫날부터 사고를 쳐 댔답니다. 할아버지와 할머니에게 절을 한다는 것이 머리를 들고 빤히 쳐다보면서 절을 해 주위 사람들을 놀라게 했고, 밥상에 올린다는 것이 빵이 아니면 우유여서 할아버지와 할머니가 습관이 되지 않아 수저도 들지 않고 있으면 자기가 한입 뚝 떼어 먹고는 "하라쑈, 하라쑈." 하며 할아버지와 할머니 입에 마구 넣어 주었답니다. 그리고 설거지를 하나도 할 줄 모르는 엄마가 주방에 들어가면 '절거덕, 덜커덕' '잘라당, 왈라당' 깨고 마사먹고 해서는 주방이 전쟁터를 방불케 하였답니다. 한번은 어디서 배웠는지 순대를 한다고 아침부터 돼지 밸을 사 온다, 찹쌀을 사 온다, 파를 사 온다 부산을 떠니깐 온 집 식구들은 "이번에야!" 하고 큰 기대를 걸고 기다렸는데, 글쎄 순대를 가마에서 꺼내 썰었더니 부실부실 생쌀이 쏟아져 나오더랍니다.

공부도 잘하고 글짓기도 잘하는 나도 기실 엄마 아빠가 맺은 사랑의 열매가 아니라, 사고뭉치 엄마와 사고뭉치 아빠가 저지른 기막힌 사고의 '최대 걸작'이랍니다. 그래서 나도 크고 작은 사고를 잘 치지만 엄마 아빠는 자기들 걸작인 이 '새끼 사고덩어리'를 무척 아끼고 사랑합니다. 나는 일곱 살까지 엄마 아빠와 같이 로씨야에서 살았는데 엄마 아빠는 장사 일로 그렇게 바삐 보내면서도 시간을 내어 나와 놀아 주고 유람도 데리고 다녔습니다. 중국에서 공부하고 있는 지금은 돈도 푼푼히 보내 주고 매일 전화로 사랑한다는 말을 해 줍니다.

나는 이렇게 세 사고뭉치가 모여 알콩달콩 재미있게 살아가는 가정이 있어 너무너무 행복합니다. (2010년)

* 마사먹지 : 부서뜨리지.
* 푼푼히 : 넉넉히.

나는 이미 6학년생이 되었다. 허나 어머니가 떠났던 옛일들이 마음 골짜기에 박혀서 때때로 가슴이 알알해지곤 한다. 부모를 그리워하는 마음에 원망하는 마음이 한데 뒤엉켜 어느 것이 옳고 어느 것이 그른지 분간하기 어려울 정도다. 어려서부터 부모 사랑을 받지 못한 것이 한스럽다. 공부에서 성적을 거둘 때마다 '부모가 옆에 계신다면 이보다 더 훌륭할 것인데' 하고 혼자 생각을 하곤 한다.

나는 진심으로 이 세상 부모들에게 말하고 싶다. 제발 자식들을 위해서 쉽사리 '이혼'이라는 길을 선택하지 말라고. 그것은 자식들 가슴에 박는 '옹이'이기 때문이다. 지금쯤 어머니는 어디에서 무엇을 하고 있는지 무척 그립다. 어머니가 떠난 그때부터 한 번도 보지 못했지만 가끔 그리울 때가 많다.

어머니, 이제는 자식까지 아렴풋한 추억 속에 있겠지만 다시 한번 사랑해 주세요! 이 세상에서 가장 소중한 부모님 사랑을 저는 영원히 간직하렵니다. (2010년)

* 6.1절 : 북녘을 비롯한 사회주의국가에서 기념하는 어린이날로 6월 1일.
* 선줄꾼 : 맨 앞에서 줄을 끌어당기는 사람.

동물들 세상이 부럽습니다

연길시 연신소학교 6학년 마영훈

가끔 가다 저는 텔레비전에서 동물 세계 보는 것을 좋아합니다. 보고 있으면 말 못하는 동물이지만 모성애가 지극한 것을 발견할 수 있습니다. 예를 들면 펭귄이라던가 코알라 들은 갓 난 새끼를 혀로 살살 씻어 주고 포근하게 안아 줍니다. 먼 곳에 가 먹이를 얻어다 새끼를 배불리 먹이면서 보살펴 주고 재롱도 피우게 하면서 독립할 수 있게 키워 줍니다. 그 동물에게는 단란한 식구와 원시 삼림과 먹이만 있으면 최대 만족입니다. 우리처럼 돈 때문에 무리가 헤쳐질 필요가 없습니다. 하지만 인류는 돈이 뭐길래 우리 아이들을 남겨 놓고 부모님들이 먼 데 먼 데로 돈 벌러 떠나고 있습니까? 그래, 돈이 뭡니까?

제가 일 학년 다닐 때부터 우리 학급은 다른 학급보다 결손가정 자녀가 많다는 것을 들었습니다. 어제도 선생님께서는 우리 반 모든 학생 가운데 73퍼센트는 엄마 아빠가 출국하여 돈 벌러 갔다고 얘기하셨습니다. 저만 해도 부모님들이 먼 데로 떠난 지 몇 년은 헐히 되는 것 같습니다.

부모님들은 생각해 보셨습니까? 부모님 없는 하루는 우리에게 있어서 365일처럼 길고 깁니다. 우주에는 태양도 있고 달도 있고 별도 있지만 부모님 안 계시는 우리들 하루하루는 빛도 없습니다.

부모님들은 알고 계십니까? 우리들은 밤이면 밤마다 얼마나 엄마 아빠 손베개 베고 달콤한 꿈나라로 가고 싶은지를, 아침에 일어나면 "얘, 우리 귀염둥이 어서 일어나거라." 하는 부드러운 엄마 아빠의 목소리를 얼마나 듣고 싶은지를, 날이면 날마다 엄마 아빠가 맛나게 해 주는 반찬들을 얼마나 먹고 싶은지를, 추운 겨울날 이제나 저제나 우리 엄마 아빠 언제쯤 나 데리러 오실까 언제쯤 내 꽁꽁 언 손 포근하게 잡아 주실까 하고 바라는지를.

부모님들은 생각해 보셨습니까? 부모님 없는 나를 보살피느라 우리 할머니, 할아버지 그리고 선생님께서 얼마나 많은 수고를 하시는가를. 할머니, 할아버지 머리에는 흰서리가 희엿희엿 내렸습니다. 그리고 선생님 얼굴에도 주름이 늘기 시작했습니다. 선생님들은 끊임없이 우리들에게 손길을 주건만 어떤 친구들은 그래도 말을 잘 듣지 않습니다. 우리들은 사랑에 굶주려 있습니다.

봄이 가고 여름이 오고, 가을이 가고 겨울이 오고 또 봄이 찾아왔건만 부모님들은 그림자조차 안 보입니다. 강남 갔던 제비도 봄만 되면 제 보금자리 그리워 돌아오곤 합니다. 그래, 돈이 뭐길래 당신들은 세월이 지나는 소리도 못 들으시고 이국 타향에서 고생하고 계십니까? 우리도 동물이 되고 싶습니다. 그래서 돈 모르고 사는 세상에서 엄마 아빠랑 넓은 들에서 행복하게 뛰어놀고 싶습니다. (2010년)

같이 있고 싶어요

류하현 조선족실험소학교 3학년 권용범

저한테는 집이 둘입니다. 그것은 오래전에 아버지와 어머니께서 한국에 가서 생활하면서 그곳에 집이 또 하나 생겼기 때문입니다.

아버지와 어머니께서 한국으로 돈벌이를 나간 뒤에 나는 고모네 집에서 학교를 다니며 아버지, 어머니와 한집에서 살 날을 꿈속에서도 기대했습니다. 그러던 어느 날, 고모께서 여름방학이 되면 나를 한국으로 보낸다고 했습니다. 나는 그날이 빨리 오기를 매일매일 손꼽아 기다렸습니다.

드디어 기다리고 기다리던 여름방학이 되었습니다. 고모는 약속대로 방학하자마자 나를 데리고 한국으로 갔습니다. 한국 도시는 정말 어른들이 말하는 것처럼 아름답고 깨끗하였습니다. 드디어 아버지와 어머니께서 살고 있는 집에 도착하였습니다. 아버지와 어머니께서는 햇볕이 잘 들어오지 않는 작은 집에서 살고 있었습니다. 아버지와 어머니는 매일 새벽 네 시에 일하러 나가 저녁 늦게야 집으로 돌아왔습니다. 집으로 돌아온 제 부모님들은 몹시 피곤하였지만 나를 위하여 이튿날 점심밥까지 해 놓고야 쉬었습니다.

부모님께서 일하러 나가면 나는 그 작은 집에 혼자 남아야만 했습니다. 나는 하루 종일 텔레비전을 보거나 컴퓨터를 하고 놀며 아버지와 어머니께서 돌아오시길 눈이 빠지게 기다렸습니다.

오랜만에 아버지, 어머니가 쉬는 날이 되었습니다. 아버지와 어머니께서는 나를 데리고 피자집에 가서 피자도 사고, 내가 좋아하는 햄버거도 사 주었습니다. 그리고 내가 꿈꾸던 공룡박물관을 구경시키고 놀이공원에도 데리고 갔습니다. 하지만 이런 행복한 시간은 너무 짧았습니다. 이튿날, 아버지와 어머니께서 출근하시면 그 어두침침한 작은 집에 나는 또 혼자 남아 지루한 하루를 보내야 했습니다. 나는 갈수록 한국에 있는 집이 싫어졌습니다.

나는 혼자가 아니라 아버지, 어머니와 함께 있을 수 있는 그런 집이 그립습니다. (2010년)

부모님께 느낀 사랑

내몽골 우란호트시 조선족소학교 6학년 리금나

내가 철이 들어서부터 부모님에게 갖고 있는 인상이라면 그분들이 너무도 바삐 보낸다는 것이었어요. 어머니는 여행사에 출근하시고 아버지는 식당을 경영하시는데 하루 종일 팽이 돌듯 바삐 돌아치셔요. 때문에 나는 어렸을 때부터 할머니와 함께 생활하였고 부모님들은 여가를 내서 할머니 집에 나를 보러 오곤 하셨어요. 다른 애들이 부모님 손목 잡고 학교 가는 모습을 볼 때마다 시샘도 나고 부럽기도 했어요. 그래서 내 부모님은 나를 사랑하지 않을 거라고 의심까지 했어요. 하지만 한 가지 사실이 내 생각을 바꿔 놓았어요.

어느 한번 나는 세수를 하다가 주의하지 않아 머리를 벽에 박게 되었어요. 머리에서는 피가 줄줄 흘러나왔어요. 빨간 피가 머리에서 줄줄 내리는 것을 거울에서 본 나는 너무 놀라 사지가 나른해지면서 소리도 지르지 못하였어요. 때마침 할머니 집에 오셨던 아버지가 이 정경을 보시고 내 상처를 약솜으로 꼭 눌러 주다가, 나에게 솜옷을 껴입히고는 나를 안고 부리나케 병원으로 달려갔어요. 아버지는 내가 병원에서 파상풍 주사를 맞고, 상처를 소독하고, 두 바늘 꿰맨 뒤에야 안도하셨어요. 나도 그제야 울음을 그치고 아버지를 보는데 순간 너무 놀라 멍해졌다가 웃음을 터뜨리고야 말았어요. 글쎄 아버지가 너무 바빠 나오시는 바람에 집 안에서 입던 짧은 소매 적삼만 입은 게 아니겠어요? 때는 겨울이라 찬바람이 휘몰아치고 있는데 말이에요.

"아버지, 춥지 않아요?"

"괜찮아, 우리 금나만 일없으면 되는 거야!"

아버지는 이렇게 나를 위안하고는 어머니께 전화를 해 내 상황을 알리면서 웃옷을 가져오라고 당부했어요. 좀 지나자 어머니가 헐레벌떡 병원으로 달려왔는데, 들어오자마자 내 상처를 보고 아프지 않은가 하면서 나를 꼭 껴안아 주셨어요. 내가 괜찮다고 하자 어머니는 그제야 가방에서 아버지 옷을 꺼냈어요. 그런데 이걸 어쩌죠? 어머니는 아버지 바지를 웃옷으로 잘못 알고 가져온 것이었어요.

"미안해서 어쩌죠? 금나가 상한 일에만 신경 쓰고 걱정하다 보니……. 여보, 제 옷을 먼저 입어요. 다시 집에 갔다 올게요."

"괜찮소, 나야 신체가 든든하니깐 걱정할 게 없다니까. 우리 금나만 건강하면 되오."

내 상처는 며칠 안 돼서 인츰 나았어요. 지금은 머리에 흉터도 남지 않았어요. 하지만 그날 부모님께 느꼈던 끈끈한 사랑은 아직까지 잊히지 않아요. 아니, 영원히 잊지 않을 거예요. (2010년)

＊돌아치다 : 여기저기 다니다.　＊인츰 : 이내.

나는 무지개

매하구시 조선족실험소학교 5학년 홍승범

"오늘은 칠월 칠석이구나. 비가 내려야 하는데⋯⋯."

"왜요?"

"그래야 견우와 직녀가 만나지."

그래서 나는 외할머니한테 '견우와 직녀' 란 이야기를 들었다. 이야기를 듣다가 나도 모르게 소리쳤다.

"그러면 나도 무지개네요. 외할머니와 어머니를 이어 주는 무지개란 말이에요."

외할머니께서 대견스레 나를 쳐다보았다.

내 아버지는 한국 사람이고 어머니는 중국 조선족이다. 내가 일곱 살 나던 해, 어느 날 갑자기 어머니께서 나를 중국으로 데려다 놓고는 한국으로 다시 떠나셨다. 그날 내가 하루 종일 엄마를 부르며 울던 생각이 아직도 기억에 생생하다.

"우리 보배손주, 울지 말아라. 외할머니가 옆에 있잖아?"

돌아보면 처음 보는 낯선 외할머니 모습이었다. 고운 어머니 얼굴과는 판판 다른 얼굴이었다. 나는 다시 울음소리를 높였다.

"우리 범이가 정말 멋지게 생겼네. 외삼촌이 있잖아? 외삼촌과 놀자."

이번에도 돌아보면 처음 보는 낯선 외삼촌 모습이었다. 아버지와는 조금도 같지 않았다. 나는 목 놓아 울었다. 내가 울면 아버지, 어머니께서 달려오시려니 생각했던 것이다. 나는 이렇게 유치원부터 지금 5학년이 되도록 중국에서 공부하고 있다. 나는 왜 내가 중국에 있어야 하는지 알 수가 없었다.

뜻밖에도 1학년 하학기 때 나는 한국에 있는 집으로 가게 되었다. 거기서 한 달이나 지냈는데도 아침 일찍 일어나야 아버지, 어머니 얼굴을 볼 수 있었다. 저녁에는 언제 들어오시려는지, 기다리다 못해 잠들 때가 여러 번이었다. 어머니, 아버지가 정말 시간이 없다는 것을 내 눈으로 직접 보고 느꼈다. 그 뒤로 더는 기다리지 않았다.

4학년 하학기에 다시 한국에 가게 되었다. 이번에는 내가 좀 커서 혼자 나가 놀기도 하고 슈퍼에 가서 물건도 살 수 있었다. 돈을 써 보니 물건값이 엄청나게 비쌌다. 나는 또 한 가지를 깨닫게 되었다. 돈을 쓰려면 돈이 있어야 한다는 것을.

어머니, 아버지께서는 이렇게 돈 때문에 나를 멀리 보내고 하루도 쉬지 않고 일하러 나가신다. 보고 싶은 아들 얼굴도 매일 보지 못하고, 멀리 중국 땅에 계시는 보고 싶은 할머니도 보지 못하는 어머니는 얼마나 속이 아플까? 그래서 내가 중국과 한국을 이어 놓는 무지개가 되었다.

내가 한국으로 가면 어머니는 많은 일들을 물으시곤 한다.

"외할머니는 매일 어떤 맛나는 음식들을 해 놓던?"

"외삼촌은 외할머니를 관심하니?"

"외할머니는 매일 무엇을 하셔?"

"너는 학교에서 어떻게 공부하니? 선생님들은 너를 고와하니?"

"너도 어떤 때에는 숙제를 완성하지 않고 거짓말을 할 때가 있지? 어머니가 다 알고 있거든?"

너무 많이 물으셔서 싫증이 날 때도 있었건만 이제 5학년생인 사내아이로서 조용히 끝까지 듣고 어머니 물음에 빠짐없이 대답했다. 이것이 어머니를 돕는 것이기 때문이다.

중국으로 돌아가면 할머니 물음도 꼬리에 꼬리를 물고 내 뒤를 따랐다.

"네 어머니와 아버지는 싸우지 않니?"

"아버지가 어머니를 많이 관심하니?"

"네 어머니는 많이 여위었지?"

"아버지, 어머니가 맛있는 것을 많이 사 주던? 너를 고와하던?"

너무나도 많아 어떤 때에는,

"할머니, 다음번엔 저와 같이 가요!"

하고 말하기도 한다.

그러면 외할머니께서 황급히 머리도 흔들고 손도 저으면서,

"야, 안 된다. 그럼 돈을 얼마나 많이 쓰니? 그건 정말 안 된다. 그 돈을 모아서 우리 승범이가 좋은 대학도 가고 유학도 가야지!"

하신다.

이런 외할머니 말씀을 들을 때마다 나는 가슴이 뭉클해진다.

이렇게 나는 무지개가 되었다. 중국과 한국을 이어 주는 무지개가 되었다. 비록 부모와 멀리 떨어져 있지만 다른 사람들이 배울 수 없는 중국 문화를 배웠으니, 이제 크면 중국과 한국의 찬란한 문화를 빛내는 칠색 무지개가 되련다. (2010년)

* 판판 : 완전히.
* 하학기 : 겨울방학을 보낸 다음부터 그해 여름방학 전까지 학기. 중국은 9월 초에 새 학기가 시작되는데 9월부터 겨울방학 전까지는 상학기라고 함.

2부 엄마 잔소리가 그립다

조선족 청소년이 쓴 글

어머니 딸은 날마다 자라고 있어요. 어머니를 기다리는 마음도 날마다 간절해지고 있어요. 기다림 끝에 행복이 깃들 것이라는 인내를 갖고 살아야겠다는 것이 제 생각입니다. 이국땅에서 제발 신체 건강하세요. 빨리 서로 만날 수 있기를 기원합니다. 그리고 또 한마디…… 어머니, 사랑해요.

엄마, 아빠가 헤어지지 않았다면

장춘시 조선족중학교 고중 2학년 김학봉

난 어렸을 때부터 엄마를 잃은 아이였다. 엄마와 아빠가 헤어졌기 때문이다. 그래서 할머니께서는 늘 내가 세상에서 제일 불쌍한 아이라고 하신다. 그러나 그때만 해도 난 그렇게 생각하지 않았다. 왜냐하면 내 곁엔 아직 아버지가 있기 때문이다. 허나 이것은 내가 어렸을 때 가졌던 순진한 생각일 뿐이었고 자라면서 할머니 말씀에 담긴 도리를 점점 알게 되었다.

엄마가 떠나신 뒤로 아버지 수입은 때론 많고 때론 적었다. 수입이 많을 땐 아무리 많아도 며칠이 지나면 몽땅 없어진다. 수입이 있기만 하면 친구들과 함께 막 쓰기 때문이다. 그때 난 아버지가 하는 일이 무슨 일인지 관심도 없었고 단지 내 학비만 대 줬으면 하는 바람뿐이었다. 그러나 내 학비를 낼 때면 아버지는 온 마을을 돌아다니며 돈을 꿔야 했다. 그럴 때마다 나는 생각한다. 가령 엄마가 떠나지 않았더라면 아버지 수입을 몽땅 저금할 수 있었을 거고 그러면 아버지께서도 지금처럼 돈을 꿀 필요가 없을 것인데…….

어느새 소학교 생활은 다 지나가고 초중 생활에 들어섰다. 학생이 많아짐에 따라 눈에 보는 것도 많아지고 마음에 아픈 일도 많아졌다. 그래서 하루는 엄마 자랑하던 학생에게 아무 이유 없이 주먹질을 하였다. 학교에서는 학부모를 불러오라고 했다. 아버지는 벌금으로 돈을 낸 다음 내 앞에 다가와 "또 무슨 다른 일이 있냐?" 한마디 던지고는 담배를 피우시며 돌아서는 것이었다. 그때 그 순간 내 가슴은 어찌나 아픈지 찢어지는 듯싶었다. 정말 그때는 엄마가 있으면 얼마나 좋으랴 싶은 마음이 온몸을 누비며 파고들었다. 엄마 잔소리와 꾸지람을 실컷 들어도 아버지가 하신 그 한마디보다는 나을 것 같았다.

그 뒤부터 난 혼자 산책을 하는 습관이 생겼다. 하루는 길거리를 거닐고 있는데 어디서 아이 울음소리가 들렸다. 들려오는 울음소리 쪽으로 머리를 돌려 보니 한 어머니가 여남은 살 나는 아이를 때리며,

"공부도 못하면서 뭘 사 달라는 거냐? 공부만 잘 나가면 원하는 건 다 사 줄게."

하며 꾸지람하고 있었다.

순간 내 머릿속에는 또 어리석으면서도 사치한 생각이 떠올랐다.

'가령 엄마가 곁에 있으면 얼마나 좋으랴? 난 저 애처럼 저렇게 맞아도 속이 시원할 것 같은데.'

이렇게 엄마한테 맞아 보고 꾸지람 들어 보는 것도 내 유일한 소망으로 되었다.

봄이 가고 겨울이 지나면서 나도 이젠 어엿한 고중생이 되어 내 자신에게만 속하는 생활을 위해 살아가고 있다. 가끔은 술에 폭 취한 아

버지를 부축하며 시중을 들 때도 있지만 생활에 지친 아버지가 가엾어 보일 때도 있다. 엄마 모습도 이제는 내 눈앞에서 희미해졌지만 마음 한구석에 자리 잡고 있는 소망만은 왠지 지워지지 않는다. 가령 우리와 엄마가 헤어지지 않았더라면 아버지도 타락하지 않을 것이고, 할머니께서는 내가 세상에서 제일 행복한 사람이라고 할 것이며 지금 우리 집이 '부자'일지도 모른다. 그렇다고 난 무엇을 혹은 누구를 원망하는 것은 아니다. 그저 이때까지 품어 왔던 속심을 털어놓고 싶을 뿐이다.

세월은 사람 마음속에 새겨진 상처를 치료하는 제일 좋은 약이라고, 언젠가는 나도 밝고 행복한 모습으로 내 자식을 마주할 날이 있을 것이다. 가령 내가 부모로 된다면 난 절대로 자식과 헤어지지 않을 것이다. (2006년)

너무 행복해서 울었습니다

장춘시 쌍양구조선족중학교 3학년 박성휘

올해도 추석이 또 왔다. 오늘은 음력 8월 15일 저녁 자습 시간. 첫 시간이 끝나자 명절 때마다 맛있는 음식을 가져다주시고 기쁨과 웃음도 주시곤 하던 선생님이 말씀하셨다.

"오늘은 무슨 날입니까?"

우리는 약속이라도 한 것처럼 일제히 대답하였다.

"추석 명절입니다!"

추석이 무슨 날인지 우리는 너무도 잘 알고 있었다. 선생님께서는 우리들더러 창문가에 가서 하늘에 걸린 달을 얼마간 감상해 보라고 하였다. 우리는 일제히 창문가에 다가가 대낮같이 밝은 추석 보름달을 쳐다보았다.

"마음껏 보았습니까? 오늘은 추석입니다. 그러나 졸업반이라는 무거운 자격으로 하여 명절날에도 외로운 공부만 하며 하루를 보내야 합니다."

"선생님, 방학을 하여도 함께 보낼 가족이 없습니다. 차라리 너무 좋은걸요."

한 여학생 말에 대부분 학생들이 이구동성으로 동을 달았다. 나는 그 말에 깜짝 놀랐다.

"우리 학급 학생들 대부분은 가족이 서로 다른 곳에 흩어져 있는데 오늘 우리 함께 제일 그립고 보고 싶은 사람을 떠올려 봅시다."

선생님은 잠시 동안 명상에 잠겨 보라고 하였다.

그 순간 친구들은 모두 책상에 엎드렸다. 두리번두리번 살피던 나도 따라서 책상에 엎드렸다. 얼마쯤 지났을까 어디선가 흐느낌 소리 같은 것이 들려왔다. 좀 지나니 여기저기에서 흐느끼는 소리가 터져 나오기 시작했다. 삽시간에 학급은 울음바다로 변해 버렸다.

나는 속으로 '저 애들이 왜 저럴까?' 하고 생각했다. 선생님께서 제일 서럽게 우는 원영이한테 다가가 꼭 끌어안아 주었다. 그러고는 여섯 살 때 어머니가 한국으로 가서 이젠 모습조차 생각나지 않는다는 철식이도 안아 주었다. 이어 선생님은 우는 학생들을 한 명씩 지명해서 누구를 떠올리며 왜 울었는지를 물었다. 많은 애들이 슬픔에 목이 메어 말도 제대로 하지 못하는 모습에 나도 눈물이 났다.

"성휘 학생은 누구를 떠올리며 무슨 생각으로 울었습니까?"

"너무 행복해서 울었습니다."

열다섯 살이 되도록 한시도 나를 떠나지 않고 아침저녁을 지켜 주신 할머니, 할아버지, 어머니, 아버지가 너무 고마워서 울었다. 눈물이 앞서 말 못 하는 친구들의 힘겨운 이야기는 너무 행복하게 지냈던 나를 울렸다. 여직껏 그리움이 무엇인지 외로움이 무엇인지 모르고 자란 내가 아닌가. 많은 친구들이 부모님과 헤어져 사는데 나는 가족 사랑을 넉넉하게 받으며 커 왔으니 이 행복, 이 행운을 무엇에 비겨 말해야 하는가.

예전에는 다른 친구들이 한국에 가신 부모들이 보내온 멋진 옷을 입거나 한국 학용품을 쓰는 것이 너무 부러웠다. 친구들이 돈을 마음대로 쓰며 자유로운 모습이 부러워 늘 곁에서 잔소리만 하는 부모가 싫고 빨리 한국에 갔으면 하는 마음이 들 때가 한두 번이 아니었다. 하지만 오늘에야 내가 얼마나 어리석었는지 절실히 느낄 수가 있었다. 금전 유혹 바람에 흔들리지 않고 가족을 굳건히 지켜 준 아버지와 어머니의 그 사랑이 오늘 내 모든 것을 만들어 주었다.

수업이 끝나면 어김없이 내 식구들이 있는 즐거운 사랑의 보금자리를 찾아 뛰어갈 수 있는 나, 그 품에 안겨 마음껏 행복을 누린다. 가족 사랑은 나를 몸과 마음이 건강하게 키워 주었고 즐거운 배움 길을 펼쳐 주었다. 총명한 머리를 가지고도 사랑에 굶주려서 공부에 취미를 잃고 학교를 떠난 친구들과 비할 때 나는 너무도 행복하다. 가족 사랑은 이렇듯 천금을 주고도 사지 못한다는 것을 나는 참으로 느꼈다. 나에게 무엇보다 소중한 가족에게 너무너무 고맙다.

나는 이렇듯 너무 행복해서 울었고 너무 고마워서 울었다. 항상 내 곁에 있어 주고 변함없는 사랑을 준 부모님, 정말 고맙습니다.

(2006년)

김치에 스며든 정

연길시 제2고급중학교 2학년 권영령

학교에서 집으로 돌아와 보니 옆집에 새 주인이 이사 온 듯했다. '이웃' 이라는 단어가 낯설 정도로 옆집 주인이 몇 번이나 바뀌었어도 나는 여태껏 이웃집 사람들 얼굴 한번 똑똑히 보지 못했다. 그렇다 보니 당연지사 옆집 이사가 별로 신경 쓰이지 않았다.

"딩동!"

"누구세요?"

문을 열어 보니 조금은 초라한 옷차림을 한 아줌마가 손에 자그마한 비닐 주머니를 들고 서 있었다. 김치 신 냄새가 코를 콕 찔렀다.

"옆집에 새로 이사 왔소. 앞으로 잘 지내자우. 이건 팔다 남은 깍두기인데 드셔 보오."

엄마는 무척이나 반가운 듯 몇 번이나 인사를 하고 깍두기를 받으셨다. 옆집 아줌마가 돌아가시자 나는 대뜸 주방을 향해 소리 질렀다.

"엄마, 그거 버려."

"뭘?"

"깍두기 말이야."

"애는, 그걸 왜 버려?"

"팔다 남은 거라잖아. 엄만 더럽지도 않아?"

"그게 뭐가 더러워. 맛있을 것만 같은데……."

그렇게 옆집 아줌마는 하루가 멀다 하게 찾아오셨고, 오실 때마다 시장에서 팔다 남은 김치며 고깃점 아저씨가 줬다는 고기 같은 걸 들고 오셨다. 그러면 엄마는 무척 반가워하며 아줌마를 맞으셨다. 하지만 나는 그게 그렇게 싫을 수가 없었다. 그럴수록 팔다 남은 걸 가져다줘도 저렇게 좋아하는 엄마를 이해할 수가 없었다. 하물며 집에 채소 살 돈이 없는 것도 아닌데 말이다.

그러던 어느 날, 수업이 끝나고 집으로 돌아가는 길에 친구와 함께 시장에 잠깐 들렀다.

"김치 삽소, 김치 삽소."

귀에 익은 목소리가 내 귀청을 때렸다. 혹시나 해서 뒤돌아보니 옆집 아줌마였다. 아줌마는 인츰 나를 알아보셨다.

"옛다, 이거 갖다가 맛있게 먹어."

아줌마는 나를 보시자마자 반가운 미소를 짓더니 또 팔던 김치를 그것도 김칫물이 뚝뚝 떨어지는 김치를 한 움큼 쥐어 주셨다.

"누구니? 너 아는 분이야?"

친구 말에 내 얼굴은 대뜸 일그러졌다.

"아줌마, 저 알아요? 저 아줌마 모르는데요!"

나도 모르게 말이 격하게 나가 버렸다. 순간 아줌마 얼굴에는 서운

함이, 김치를 내밀던 손에서는 무안함이 묻어나 내 눈을 괴롭혔다.

그날 저녁, 나는 엄마한테 눈물이 쏙 빠지게 혼났다.

'치, 그깟 이웃이 뭔데?'

옆에서 잠자코 듣고만 계시던 아빠가 넌지시 한마디 하셨다.

"오랜만에 느껴 본 따뜻한 이웃 정이었는데……. 네가 그걸 모르는구나."

'이웃 정? 이것이 바로 이웃 정인가? 그 보잘것없는 김치가?'

우리가 사는 도시가 삭막하다고 느끼면서 한 줄기 단비를 기다리던 내 간절한 마음은, 왜 정작 단비가 촉촉이 내리고 있음에도 그걸 느끼지 못했을까?

어느새 도시의 삭막함을 닮아 버린 내 마음 때문에 잃은 것은 너무 많았고, 얻은 것은 어이없게 아무것도 없다는 것을 깨달았다. 엄마는 옆집 아줌마가 가져다주는 김치가 반가웠던 것이 아니라 정말 오랜만에 느껴 보는 후더운 정이 반가우셨던 것이다. 보잘것없는 김치에 슴배어 있는 너무도 값진 정. 조그마한 일에도 감사할 줄 알고 감동할 줄 알아야만 마음에서 마음으로 가는 길이 열리고 그 길로 정이 통하는 것이다. 사막의 아름다움은 오아시스에 있듯이 빠르게 돌아가는 사회에서 감동은 '정'이라는 한 글자에 있는 것이 아니겠는가?

옆집 아줌마가 주신 깍두기 하나를 입에 쏙 집어넣었다. 코끝이 쨍한 신맛과 달콤한 뒷맛이 내가 다시 찾은 정이 아닐지……. (2006년)

엄마의 새 옷

장춘시 제2조선족중학교 2학년 리미영

속담에도 친구는 옛 친구가 좋고 옷은 새 옷이 좋다고 하였다. 어느 누군들 새 옷을 좋아하지 않으랴. 항상 소박하고 무던하시던 엄마도 요즘엔 '새 옷' 치레에 바쁘신 것 같다.

워낙 우리 집은 삼대가 한집에 살고 있는데, 나와 동생은 집에서 몇십 리 떨어져 있는 시가지 학교에서 기숙 생활을 하고 있다. 엄마와 아빠는 다른 돈벌이 없이 얼마 안 되는 논농사로 생활도 해야 하고 우리 두 형제 공부 뒷바라지도 해야 했다. 그래서 나와 동생은 공부 비용과 생활비가 늘 빠듯했다. 그런데 참 이상도 하지, 엄마는 어쩌면 내가 볼 때마다 '새 옷' 차림일까?

지난 월말에 방학이라 집에 갔더니 엄마는 또 새 옷을 입고 계셨다. 나는 지난해 겨울에 산 초록색 바지를 벗어 엄마 앞으로 훌쩍 던지며,

"엄마, 이 바지 이젠 입기 싫어요, 나도 새것으로 하나 사 줘요!"

하고 볼 부은 소리를 했다.

엄마는 바지를 쥐고 이리저리 보시더니,

"아무 데도 판난 데가 없는 거 아니냐?"

하며 의아쩍어 하셨다.

"엄마, 이런 바지는 지금 유행이 아니에요. 겨울 내내 입었잖아요.
나도 새 옷 입고파요!"

나는 푸르딩딩한 얼굴빛을 엄마한테 던졌다. 엄마만 자꾸 새 옷을
갈아입는 것이 마음속으로 언짢기만 하였다.

이튿날 학교로 가져갈 물건을 정리하고 있는데 엄마는 비닐봉지에
포장된 새 바지를 내 가방 안에 넣어 주며,

"지난번 네가 멋있다던 그 바지다. 가져가 조심히 입어라."

하고 담담히 이야기하셨다.

나는 비록 자기만 새 옷을 사 입는 엄마를 고깝게 생각했지만 그래
도 딸 마음을 잘 알아주는 엄마가 고맙기만 하였다.

나는 엄마한테 고마운 마음을 보여 드리고자 벗어 놓은 빨래를 주
섬주섬 소래에 담았다. 거개가 엄마의 새 옷들이었다. 나는 이 기회
에 엄마가 어떤 옷들을 사 입었나 눈여겨보았다. 아니, 이럴 줄이야!
바짓가랑이에 다른 천을 대 놓은 건 웬일일까? 겨드랑이는 왜 여러
겹으로 누벼 놓았을까? 머리에 의문표들이 꼬리에 꼬리를 물고 나타
났다.

이때 방에서 어머니와 할머니 말소리가 가랑가랑 들려왔다.

"에미야, 애들만 애들이라 하지 말고 너도 옷을 좀 사 입으렴. 어떻
게 남이 주는 옷만 그렇게……."

말끝을 흐리는 할머니시다.

"남이 주는 옷도 새것 같은데 괜찮아요. 애들이 공부만 잘하면 난 아무래도 만족이에요."

역시 담담한 엄마 대답이다.

이 말을 듣는 순간 나는 콧마루가 찡해졌다. 다른 사람이 준 엄마의 새 옷, 내 불만을 그렇게도 많이 자아냈던 그 '새 옷'이 아닌가!

엄만 워낙 자존심이 강하셨다. 하지만 이 가정을 위해서, 자식을 위해서는 남이 주는 옷도 입을 수 있었다. 나는 이런 '새 옷'을 입을 때 엄마 심정을 알고도 남음이 있었다. 그렇게 절약한 돈으로 우리 두 형제 공부치레, 옷치레 해 줄 것만 생각했을 엄마였으리라. 다른 엄마들이 새 옷차림으로 나들이를 갈 때 엄마는 우리 두 형제 성적표를 보면서 웃었으리라. 내 두 어깨는 저도 모르게 무거워졌다. 그리고 마음이 뭔가에 녹는 듯하더니 쿡 하고 눈물이 솟구쳐 나왔다.

이때 눈앞에는 멋진 모양에 값비싼 한국 옷을 차려입은 순이 엄마가 나타났다. 또 이름 있는 브랜드 옷에 부츠를 받쳐 신은 철이 엄마, 시체옷 차림을 한 영이 엄마도. 마지막에 흐릿해진 눈앞에 '새 옷' 차림을 한 엄마가 나타났다. 눈물방울에 오색영롱해진 엄마 모습이 왜 이렇게도 예쁠까! 순이 엄마, 철이 엄마, 영이 엄마보다 몇 갑절 이쁜 엄마, 월드아가씨 선발에서 월계관을 얻은 미인보다도 더 아름다워 보일 줄이야! 엄마의 미소는 그렇듯 찬란하였다.

나는 얼굴이 화끈거렸다. 엄마를 오해한 자신이 부끄러웠고 자사자리했던 자신이 더없이 미웠지만 행복감 또한 그지없었다. 방울방울 떨어지는 눈물은 물 소래에 허다한 파문을 일으켜 놓았다. 파도처럼 설레는 내 마음에도.

나는 힘주어 '새 옷'을 씻었다. 내 마음도 깨끗이 씻어 보려고. 그러면서 마음속으로 굳게 다짐했다. 엄마한테 더 큰 행복으로 될 성적표를 가져오리라고! (2006년)

* 판나다 : 해어지다.

* 소래 : 대야.

* 시체옷 : 일시에 널리 퍼져 많은 사람이 입는 옷.

* 자사자리했던 : 제멋대로 생각했던.

할아버지와 목욕탕에 갔던 날

연길시 제10중학교 2학년 리경민

"할아버지, 저랑 목욕하러 가실래요?"

"음, 좋구말구."

할아버지는 반색을 하신다. 나와 할아버지는 어느새 목욕 광주리를 들고 집 가까이에 있는 목욕탕으로 걸어간다. 할아버지와 목욕하러 갈 때면 왠지 내 마음은 더없이 뿌듯해진다.

할아버지와 처음으로 목욕탕에 갔던 날이 떠오른다. 그날 내가 목욕하러 갈 준비를 하고 있는데 엄마가,

"경민아, 할아버지를 모시고 목욕하러 가려무나."

하고 말씀하시는 것이었다.

'뭐 할아버지와 같이? 창피하게스리.'

할아버지와 같이 목욕하러 가라는 말에 불만이 목구멍까지 올라왔지만 할아버지가 기대에 찬 눈길로 날 바라보는 바람에 내키지 않는 대로 고개를 끄덕이는 수밖에 없었다. 엄마는 어느새 목욕 갈 준비를

다 해 놓고 할아버지를 모시고 가라며 내 등을 떠밀었다. 나는 울며 겨자 먹기로 할아버지와 함께 목욕탕으로 향했다.

목욕탕에 도착하자 나는 아는 사람이라도 만날까 봐 두려웠다. 아무리 생각해도 창피했다. 목욕탕 안에는 목욕하러 온 손님들로 가득하였다. 나는 잽싸게 사람들 속에 끼어들어 할아버지 자리까지 잡았다. 사람들은 이상한 듯 자꾸만 우리 쪽을 기웃거렸다.

할아버지와 함께 목욕탕에 왔다는 생각을 하니 자꾸 쑥스럽기만 했다. 이때 할아버지께서,

"경민아, 등 좀 밀어다구."

하면서 수건을 내밀었다. 나는 수건을 받아 들고 이미 온 바에는 제대로 해 보겠다는 마음에 할아버지 등을 밀기 시작했다. 쭈글쭈글한 할아버지 잔등을 바라보느라니 갑자기 측은한 생각이 갈마들었다.

이때 우리 곁에서 목욕하시던 한 아저씨가 우리를 힐끔힐끔 바라보더니,

"할아버지. 진짜 행복하시겠습니다. 손자가 등까지 다 밀어 드리니……"

하고 웃으시는 것이었다.

할아버지는 기뻐서 연신 '허허' 하고 웃기만 하셨다. 나는 뿌듯하다는 생각이 들어 더욱 힘을 주어 할아버지 등을 밀었다.

"어, 시원하다. 우리 경민이가 이젠 힘도 무지무지 자랐구나."

할아버지는 더할 수 없이 기뻐하셨다. 갑자기 나는 흐뭇한 생각이 들었다.

'할아버지와 함께 목욕하러 오니 칭찬도 많이 받네.'

어릴 적 할아버지는 늘 내 손을 잡고 목욕하러 가시곤 했다. 그때
마다 할아버지는 내 등을 밀면서,

"허, 이 자식, 등이 손수건만 하던 것이 이제는 세수수건처럼 넓어
졌구나."
하며 기뻐하셨다.

하지만 그날 할아버지는 겨우 처음으로 내가 할아버지와 목욕탕
에 온 걸로 세상 행복을 독차지한 듯 그토록 기뻐하셨다. 나중에도
할아버지를 모시고 자주 목욕탕에 와야겠다. 할아버지한테 효성을
다할 수 있게 말이다. (2006년)

* 갈마들다 : 번갈아 들다.

망각했던 숫돌

장춘시 조선족중학교 고중 3학년 리령화

나뭇잎이 떨어지는 것은 바람의 조화가 아니라 나무가 나뭇잎을 버리기 때문이다. 나무가 나뭇잎을 버리는 것은 이전에 있었던 유치함, 더욱이는 망각했던 그 무엇인가 싶다. 숫돌의 존재를 망각했던 나처럼…….

자나 깨나 그리던 어머니께서 귀국하신다고 했다. 하늘에 떠다니는 구름처럼 매일매일이 눈 깜빡할 사이였다. 항상 시곗바늘 초침처럼 같은 속도로 정해진 길을 달려왔지만 어머니가 출국한 뒤로 생활은 언제나 뿌듯했다. 그래서 절약이라곤 몰랐던 내가…….

'이제 10분이 지나면 비행기가 착륙한다. 9분, 8분, 7분, 6분…….'

하루가 일 년 같다고 이때 일각이 삼추 같다는 생각이 들었다. 곧이어 눈부시게 멋있는 신식 옷차림에 유난히 빛나는 귀걸이와 목걸이를 하고, 고급 가방을 멘 어느 한 귀부인이 달려와 나를 껴안으며 눈물 콧물을 퍼붓는다.

헌데 비행기가 도착했다는 아나운서 목소리와 함께 순식간에 모든 것이 물거품이 되고 말았다. 꿈이었다.

드디어 벌떼처럼 밀려 나오는 사람들에게 주의를 돌렸다. 눈이 빠지게 살펴보았지만 그림자도 보이지 않는 어머니……. 마침내 웬 아주머니가 어정어정 걸어 나오고 있었다.

"순희야!"

전혀 믿어지지 않지만 그 아주머니가 나를 부르는 소리가 분명했다. 점점 뚜렷해지는 그 낯설고도 익숙한 모습……. 희끗희끗 서리가 앉은 뒤엉킨 머리카락과 그렇게도 여윈 몸이 낯설었지만 부드럽고 자애로운 눈빛과 몇 년 전에 입고 간 옷차림이 익숙하였다. 갑자기 콧마루가 찡해 오더니 그 어떤 맑은 액체가 실 끊어진 구슬처럼 쉴 새 없이 흘러나왔다. 믿어지지 않는 사실이지만 어머니를 보는 순간 나는 모든 것을 깨달았다. 이 몇 년 간 벌어진 모든 것을.

항상 칼의 날카로움을 위해 자신을 갈아 버리는 그 숫돌처럼, 언제나 묵묵히 헌신하는 그대. 하지만 이 모든 것을 호화롭게 당연하게 생각했던 내가, 그 숫돌 처지를 손톱 끝만치도 생각 못 했던 내가 너무나도 얄미웠다.

나뭇잎이 떨어지는 것은 바람이 조화를 부려서가 아니라 나무가 나뭇잎을 버리기 때문이다. 나도 나무처럼 얄미웠던 나 자신을 버리련다. 그 숫돌의 존재를 망각했던 나를. (2007년)

내 마음 비 오듯

매하구시 조선족중학교 3학년 김연

물 뿌린 듯 조용한 방에서 할머니와 나는 저녁 식사를 하고 있다. 몇 달 전 아버지랑 큰아버지랑 모두 출국하셨다. 그러다 보니 할머니 곁에는 나밖에 없다.

내일은 할머니가 75세 되시는 생신날이다. 허나 지금 나는 할머니 눈가에서 '기쁨'이란 두 글자를 읽지 못하고 있다. 아들딸들이 모두 곁에 없는 할머니께서 어찌 웃음을 지을 수 있단 말인가? 침묵을 깨뜨리려고 나는 말을 꺼냈다.

"할머니, 내일이 할머니 생신날이에요."

"그래, 그렇구나."

전과 달리 오늘 할머니 말씀은 더욱 적어졌다.

"할머니, 내일 생신날 즐겁게 쇠어야 해요."

"기쁘게 쇠어야지. 네 애비랑은 한국에서 어떤지……."

"따르릉, 따르릉……."

갑자기 전화벨 소리가 울렸다. 할머니께서 전화를 받았다. 저쪽 목소리가 어렴풋이 내 귓가에 들려왔다.

"어머니, 내일 생신날인데 맛있는 음식 사 드세요. 제가 오늘 돈 오천 원 부쳤어요."

"참, 일하기도 힘든데 어떻게 번 돈이라고, 돈은 무슨 돈."

"어머니, 생신날에 함께 쇠어 드리지 못해서……."

"그런 생각은 하지 마. 너희들 없어도 난 기쁘다. 그러니 내 걱정 말고 거기에 잘 있거라."

할머니 목소리는 떨렸다. 전화를 놓은 할머니 두 눈은 어느새 붉어져 있었다. 할머니는 긴 한숨을 내쉬면서 방으로 들어가셨다.

"할머니!"

나는 할머니를 불렀다.

"할머닌 기쁘지 않지요? 내일이 비록 생신날이지만."

"연아, 내 걱정은 하지 마. 난 정말 기쁘단다."

할머니 뒷모습은 더욱더 애처로워 보였고 굽어 보였다.

'아빠, 엄마, 고모, 고모부……. 당신들은 할머니께 돈만 보내면 효도라고 여기는가요? 이러면 할머니께서 기뻐할 것이라고 생각되는가요? 할머니께서는 그 돈보다는 식구들의 정을 더 애타게 기다리고 있어요!'

나는 속으로 외치고 또 외쳤다.

비가 내린다. 나와 할머니는 비를 맞고 있다. 우산을 가져다줄 사람이 언제야 오는지, 언제야 비가 그치겠는지 기다리고 있다…….

(2007년)

엄마를 기다리는 마음처럼

심양시 조선족제1중학교 고중 1학년 리혜령

함박눈이 펑펑 내리면서 온 세상을 하얀 이불로 감싸 주던 게 엊그제 같은데 어느덧 여기저기에서 파아란 새싹이 머리를 내밀며 손짓한다. 산들산들 봄바람이 살며시 내 두 볼을 어루만지며 스쳐 간다. 마치 엄마의 부드러운 손길마냥⋯⋯. 얼마 지나지 않아 보슬비가 뜨거운 태양을 반기며 여름이 오고, 또 새빨갛게 무르익은 해님이 울긋불긋한 낙엽을 반기며 가을이 오겠지.

오늘은 내일을 기다리고 봄은 여름을 기다리며 시간은 끝도 없이 아무런 장애물도 거치지 않은 채 흐르고 또 흐른다. 마치 내가 엄마를 기다리는 무궁무진한 마음처럼⋯⋯.

조금 전엔 찬바람이 쌩쌩 불며 자고 있는 날 깨우더니 이젠 눈과 바람이 같이 온다. 그날이 또 한번 내 머릿속을 스쳐 간다. 오늘처럼 날씨가 여느 때보다 매서운 날이었다. 제일 슬프고 처량했던 내 하루, 바로 엄마가 떠난 날이다.

아침부터 쉴 새 없이 눈이 내린다. 예전엔 엄마 손을 꼬옥 잡고 밖에 나가 티 없이 깨끗한 거리에서 마치 연인 한 쌍처럼 소복소복 쌓인 눈을 밟았다. 그럴 때마다 너무 행복해서 시간이 멈추길 기도했다. 하지만 오늘은 따뜻했던 엄마 손과도, 포근했던 엄마 품과도 모두 이별을 해야 한다. 커다란 가방을 보면서 '혹시 나를 담아가 주지 않을까?' 하는 부질없는 기대를 했고, 엄마 신발을 보면서 감춰 놓고 싶다는 어리석은 생각도 했다. '이 모든 게 꿈이었으면' 하면서 두 볼을 꼭 꼬집어 보기도 했지만 엄마는 힘겹게 가방을 들고 곱게 놓인 신발을 신으며 나에게 '안녕'을 선물한다. 태어나 처음으로 엄마 선물을 미친 듯이 거부했건만 현실은 이런 나를 도와주지 않았다.

내리는 눈과 함께 흐르는 눈물과 함께 텅 빈 거리를 터벅터벅 걷고 있다. 하염없이 흐르는 내 눈물마냥 눈도 그칠 생각을 않는다. 엄마를 그리는 내 간절한 마음처럼 눈보라도 더 강렬해져서 내 아픈 마음을 치듯이 두 볼을 매정하게 강타한다. 눈이 내리는 날이면 이렇게 어김없이 거리를 걷고 있다. 언젠가는 돌아와 내 옆자리를 메워 줄 엄마를 기다리며 조금은 가벼워진 걸음으로 걷고 있다.

유난히 외롭고 쓸쓸했던 겨울이 서서히 지나가고, 생기발랄한 봄이 나를 반긴다. 엄마가 떠나간 지 한 계절이 지나 희망으로 들끓는 봄을 맞았건만 봄 분위기와는 조금도 어울리지 않게 내 어깨는 축 처져 있다. 이런 나를 보며 봄은 나에게 용기와 희망을 가져다준다. 일 년의 첫 시작을 자신과 함께 희망과 용기를 듬뿍 가지고 힘차게 출발하자고 나를 재촉한다. 자취를 감추었던 새싹이 봄이 되면 다시 돌아와 처량했던 대지를 파릇파릇하게 가꾸어 놓듯이 떠나간 엄마도 때가 되면 다시 돌아와 상처받은 나를 사랑으로 포근히 안아 줄 것이라고 알려 준다.

여름이 오고 가을이 오고 또 일 년이 흘렀건만 엄마는 돌아오지 않았다. 하지만 나는 견딜 수가 있었다. 그동안 우린 손에 손을 잡고 믿음이란 나무를 심었고, 또 그 나무를 조금씩 조금씩 키워 나갔기에……. 같지 않은 곳에서 서로 다른 생활을 하여도 우리 마음만은 하나가 되어서 조금도 서운하지가 않다.

봄은 나에게 타이른다. 희망을 가지고 용기를 품고 웃으며 살라고. 여름은 나에게 알려 준다. 엄마의 간절한 마음은 이 무더운 날씨보다 더 뜨겁다고. 무르익은 가을은 나에게 고개 숙인다. 이번 가을엔 행복을 가져다주지 못해 미안하다고. 겨울은 나에게 타이른다. 헤어짐 속에서도 기다림을 배울 수 있고, 기다림 속에서도 행복을 느낄 수 있기에 울지 말라고.

계절은 나에게 속삭인다. 소원이 간절하면 그 소원은 이루어진다고! (2007년)

바람 같은 사랑

돈화시 제2중학교 고중 3학년 김연

비가 올 땐
그대의 우산이 되기보다는
자신이 그대를 위하는 만큼의
바람이 되어
구름을 쓸어버리는 것입니다.

—황선덕

황선덕 시인이 쓴 이 짧은 시구를 읽을 때마다 나도 모르게 바람과 같은 깊은 사랑을 안겨 준 아버지, 어머니한테 감사한 마음부터 앞선다.

어릴 때 나는 다른 부모님들이 주는 '우산' 같은 사랑이 너무 부러웠다. 그러나 키도 크고 마음도 많이 자란 지금에 와서는 '바람' 과 같은 아버지, 어머니의 사랑이 더 고맙다.

어릴 때 나는 엄격한 아버지가 너무도 싫었다. 아버지는 다른 사람들에게는 언제나 밝은 모습을 선사하여 모두들 유머 있는 분이라고 칭찬하였다. 하지만 유독 나에게만 짓궂고 엄숙한 인상을 남겨, 어릴 때 내 머릿속에서 아버지는 '너무도 무섭고 합격을 줄 수 없는' 모습이었다.

내가 막 존경어를 배울 때였다. 어느 날 내가 몇 번이나 "아버지, 밥 먹으세요." 하고 불렀지만 아버지는 못 들은 척 책만 들여다보며 아무 반응도 없는 것이었다. 그럴 땐 꼭 나에게 뭔가 잘못이 있는 것이다.

'아차! 잡수세요라고 해야지.'

내가 인츰 말투를 고치자 그제야 아버지께서는 빙그레 웃으면서 밥 잡수러 나오는 것이었다. 어린 나이에 너무나도 받아들이기 어려운 이런 훈련이 하루에도 몇 번이나 되풀이되다시피 하였다.

외갓집에 놀러 갔을 때였다. 점심을 먹다가 나는 "할머니, 물!" 하고 소리를 질렀다. 외할머니께서 아픈 다리를 간신히 움직이면서 일어서려는 순간 호랑이같이 무서운 아버지 눈길이 나를 쏘아보았다.

"할머니, 저절로 뜰게요."

잔뜩 긴장했던 나는 저도 몰래 자리에서 벌떡 일어났다. 그러자 할머니께서는 만면에 웃음을 띠면서,

"우리 강아지도 이젠 헴이 들었구나."

하면서 무척 기뻐하셨다.

이렇듯 엄격한 아버지 밑에서 내 나쁜 버릇은 늦가을 낙엽이 떨어지듯 하나하나 떨어져 나가기 시작하였다.

10여 년간 엄격한 강훈련을 받은 지금에 와서는 너무나도 자연스럽게 아름다운 우리 민족 말들을 예쁘게 할 수 있게 되었다. 다 아버지가 주신, 구름을 쓸어 버리는 바람 같은 사랑 때문인가 보다.

어머니 사랑도 결코 비바람 막아 주는 우산 같은 사랑이 아니었다. 어릴 때 나는 수줍음을 특별히 많이 타는 여자아이였다. 남들 눈길을 쳐다보면서 말할 용기가 없었고, 많은 사람들 앞에서 자신을 표현할 용기는 더구나 없었다.

소학교 때 어느 음악 시간이었다. 노래 시험을 쳤는데 너무도 긴장한 나는 사시나무 떨듯 했으며 시험이 끝난 뒤에도 내가 어떤 노래를 어떻게 불렀는지조차 생각나지 않았다. 심지어 길거리에서 친구나 친척을 만나면 어머니 등 뒤에 숨어 버리곤 하였다. 이런 약점을 이번에는 어머니께서 용서해 주지 않았다. 하여 아버지 못지않은 강훈련이 시작되었다.

학교에 무슨 일이 있든 꼭 내 스스로 선생님이나 친구들과 연계를 가지게 하였고, 명절이나 생일에는 친척들이 모인 장소에서 머리를 똑바로 들고 똑똑한 어조로 인사말을 하게 만드셨다. 내가 조금만 우물쭈물거려도 합격증을 주지 않았다. 좌우간 내가 많은 사람들이 모인 곳에서 자신을 표현할 수 있는 기회라면 어머니는 단 한 번도 놓치지 않았다.

어머니가 주신 '바람' 같은 사랑 속에서 나는 활발한 아이로 불리게 되었다. 다른 사람 눈빛을 보면서 자유스럽게 말할 수 있었고, 전교 선생님과 학생들 앞에 나서서 자연스럽게 장기도 표현할 수 있게 되었으며, 길림성 일본어 웅변 경연에 나가서 일등상을 받기도 했다.

학교에서는 사회자로, 학교 방송원으로 지냈으며 지금은 학생회 부주석 직무까지 맡고 있다.

어릴 때에 그토록 짜증 나고 이해되지 않았던 아버지 어머니가 주신 '바람' 같은 사랑, 내 자존심을 여지없이 짓밟아 버리기도 했던 그 '바람' 같은 사랑. 오늘에 와서는 잠시 비를 막아 주는 '우산' 같은 사랑보다 내 마음속 구름을 쓸어 주는 '바람' 같은 사랑이 얼마나 더 소중한가를 알게 되었다. (2007년)

* 헴이 들다 : 앞뒤 일을 잘 가려 경우에 맞게 행동하다.
* 부주석 : 부회장.

내가 다시 일어설 수 있었던 건

룡정시 제5중학교 3학년 김향성

오랜 고민과 망설임 끝에 학교를 그만두겠다고 부모님께 말씀드렸습니다. 한평생 자식만을 위해 농촌에서 땅을 뚜지며 살아가는 부모님이 너무 불쌍했고, 그런 부모님께 매번 겨우겨우 한 자릿수를 넘어서는 시험 성적을 보여 드리는 것이 너무 미안했습니다. 더는 부모님 피땀을 빨아먹는 '흡혈귀' 가 되고 싶지 않았고 어쩌면 이것이 부모님 부담을 덜 수 있는 길일지도 모른다고 생각했습니다. 부모님 눈길을 피하느라 애썼지만 나를 바라보던 두 눈에서 실망감을 느낄 수 있었습니다. 그 시각 난 아버지가 내 뺨을 세차게 후려갈길 줄 알았습니다. 그러면 차라리 내 마음도 편하련만 아버지는 조용히 나를 밖으로 불렀습니다.

아버지 뒤를 따라 무작정 걸었습니다. 우리 부녀가 걷고 있는 길옆에는 손바닥만 한 논이 다닥다닥 붙어 있었고, 산을 일구어 만든 밭뙈기들이 옹기종기 모여 있었습니다. 한참을 걷다가 걸음을 멈춘 아버지가 입을 열었습니다.

"향성아, 네가 아버지 딸인 것처럼 이 밭 곡식들도 아버지 자식이란다. 자식이 아프면 이 부모 마음도 갈기갈기 찢어지는 법이란다."

아버지가 그렇게 뚫어지게 바라보는 곳에는 병에 걸려 잎사귀가 초들초들 말라가는 곡식들이 무더기로 눈에 띄었습니다.

"이 아버지 탓이겠지. 아버지가 다 잘못 키운 탓이겠지."

아니라고, 그렇지 않다고, 어머니와 아버지는 훌륭한 부모셨다고 말해 주고 싶었습니다. 아니, 꼭 말씀드렸어야 했는데 왈칵 쏟아지는 눈물 때문에 목이 꺽 메여 아무 말도 꺼낼 수가 없었습니다.

잘 압니다. 곡식들도 아버지 자식이니까 알고 있겠죠. 아버지가 우리를 키우시느라 얼마나 많은 정성과 사랑을 몰부었는지를. 우리들이 이 험한 세상에 뿌리내렸을 때부터 한 걸음 한 걸음 걸음마를 태워 주고 골고루 '기음'도 매어 주셨습니다. 아플 때면 뜬눈으로 밤을 지새면서 우리들 곁을 지켜 주셨습니다. 우리한테 들이닥친 모진 비바람과 광풍 세례를 막아 주신 저 넓고도 듬직한 등은 온통 상처로 얼룩졌을 것입니다. 이만하면 부모로서 맡은 바 의무도 다한 셈인데 아버지는 스스로 부족함을 탓했습니다.

아버지는 조용히 다가와 떨고 있는 내 어깨에 손을 얹었습니다.

"향성아, 부모 포기하는 자식은 있어도 자식 포기하는 부모는 없단다. 깨알 같은 희망이라도 있어 널 잡을 수만 있다면 아버지와 어머니는 끝까지 포기하지 않을 거다."

난 아버지 품에 와락 안겨 가슴에 머리를 파묻고 엉엉 소리 내어 울었습니다. 미안하다는 말, 고맙다는 말, 사랑한다는 말이 내 눈물 줄기를 따라 아버지 옷깃을 촉촉이 적시며 파고들었습니다.

"할게요, 할게요……."

아버지는 그 투박하고도 따뜻한 손으로 내 머리를 가볍게 내리쓸었습니다.

"알아, 내가 왜 모르겠니. 네 그 속 깊은 마음을. 하지만 엄마와 나는 하나도 힘들지 않았어. 내 자식을 위해 하는 일이니까."

더는 아무 말도, 그 어떤 말도 필요하지 않았습니다.

시원하게 불어오는 한 줄기 바람이 눈물로 얼룩진 내 얼굴을 스치고 지나갑니다. 저 초들초들 말라가는 곡식들이 살랑살랑 고개를 흔듭니다. 곡식들은 마치 새 생명을 얻은 듯 약동하기 시작합니다. 그리고 자신들만이 가진 언어로 소곤소곤 나한테 말을 겁니다.

아버지의 자식 대 자식으로 경쟁하고 싶다고, 누가 더 푸르고 씩씩하게 자라나는지 겨뤄 보자고 합니다. 난 기꺼이 그 도전장을 받아들였습니다. (2007년)

* 뚜지다 : 일구다.
* 기음 : 논밭에 난 잡풀.

사랑, 성공, 재산

훈춘시 제5중학교 2학년 김려화

아버지가 실업하면서부터 우리 집은 썰렁해지기 시작했다. 아버지는 날마다 술을 마시고 주정을 부렸고, 어머니 얼굴에도 웃음이 사라지기 시작했다. 왠지 내 학습 성적도 마구 떨어지고 말았다. 집안은 쌀쌀한 기운뿐 따스함과 생기라곤 전혀 없다. 왜 누구나 일이 순조롭게 풀리지 않을까? 나는 어머니와 아버지에게 짜증만 부렸다. 이런 나를 지켜보던 어머니가 어느 날 내 방으로 들어왔다.

"엄마가 이야기 하나 해 줄까? 한 집에 '재산' '성공' '사랑' 이라는 손님 셋이 찾아왔어. 그런데 셋 중에 한 사람밖에 이 집에 들어올 수 없단다. 남편은 재산을, 아내는 성공을 요청하고 싶었지. 헌데 딸애는 사랑을 요청하고 싶었단다. 결국 딸 말대로 사랑을 요청했더니 재산과 성공이 뒤이어 들어오더란다. 아내가 의아쩍어하자 '만일 당신이 재산이나 성공을 요청하면 나머지 둘은 같이 들어올 수 없으나 사랑을 요청하면 재산과 성공은 어느 때나 따라 들어온

답니다' 하고 이들이 대답하더란다. 우리 집도 마찬가지야. 지금은 돈도 없고 아빠가 실업했지만 예전 같은 사랑만 있으면 이 이야기처럼 성공과 재산이 잇달아 있게 될 거야!"

나는 어머니 이야기에 점점 귀가 솔깃해져서 듣다가는 나도 모르게 번쩍 일어나 앉았다. 나는 뼈저리게 후회했다. 아버지가 실패했을 때 옆에서 용기를 주고 더욱이 사랑해 줘야 하지 않는가.

이튿날 아침, 나는 초조한 마음으로 아버지 곁에 가 앉았다. 그리고 저녁에는 함께 텔레비전을 보았다. 아버지를 기쁘게 해 드리려고 며칠 동안 여러 모로 애썼다. 하지만 헛수고였다.

그런데 일주일 뒤 아침, 익숙한 소리에 눈을 번쩍 떠 보니 아버지였다.

"공주님, 운동해야죠. 뚱뚱보 다 돼 가요."

나는 북받쳐 오르는 환희로 입을 다물 수 없었다.

해님이 서서히 얼굴을 내밀고 새가 지저귀는 운동장에서 어머니, 아버지와 나는 나란히 아침 달리기를 한다. 신선한 공기로 가슴이 확 트인다.

가을바람 쌀쌀하던 우리 집에 어느새 봄바람이 따스하다. 아버지는 다시 사업을 시작했다. 날마다 힘찬 아버지 모습을 보면 가슴이 뿌듯하다.

어머니 말처럼 사랑이 있으면 성공이든 재산이든 행복이든 뒤따라오게 될 것이다. 재산은 마치 나무 위에 핀 꽃과 같고, 성공은 열매 같다고 한다면 사랑은 땅속에 깊이 묻힌 뿌리와 같다.

우리 집 사랑은 마치 샘처럼 퐁퐁 솟아오른다. (2007년)

교정에서 만나는 사계절

룡정시 룡정중학교 고중 2학년 김송란

미묘한 대자연은 정취로 넘친다. 대자연이 안겨 주는 사계절도 아름답지만 교정에서 만나는 사계절은 더욱 아름답다.

봄—영어 선생님은 젊은 여선생님이시다. 생기가 넘치는 목소리로 강의하시는 영어 선생님을 보노라면 모든 것이 새롭게 시작되는 것만 같다. 매일 아침 수업을 시작하면서 살짝 고개를 숙여 미소 짓는 모습에 얼음인들 풀리지 않을까?

선생님은 몸단장에 그다지 신경을 쓰지 않는 듯하다. 그저 깔끔하고 단정하면 그만인 모양이다. 때론 우리들이 애먹이면 성을 내기도 하지만 우리는 마음속으로 항상 따스한 감을 느낀다. 봄바람을 타고 날아온 천사마냥 선생님은 우리에게 사랑만 전해 준다. 훈훈한 봄바람은 우리더러 영어 선생님 모습을 마음속 깊이 간직하게 한다.

여름—한어 선생님은 우리 학급에 오셨을 때부터 항상 웃음 띤 얼굴을 하였지만 애들이 썩 따라 주지 않았다. 그러나 얼마 안 되어 우리들 마음은 선생님 열정에 사르르 녹아 버렸다. 어쩜 우리들 마음을 그토록 속속들이 꿰뚫어 보시는지……. 선생님은 학습 진도에서 다른 선생님들보다 특수한 점이 있다. 그것은 진도를 번갯불에 콩 구워 먹을 정도로 빨리 나가는 것이다. 처음에는 제대로 못 배워 준다고 투덜거렸는데 선생님 지도 방법이 효력을 보았다. 신기한 것은 한어 시간이 돌아오면 우리는 너나없이 과문을 읽는다, 단어를 외운다 하며 학습에 열을 올린다. 이런 열정이 다 한어 선생님 덕분이 아니겠는가? 한여름 무더위는 사람을 화끈하게 해 준다. 열정 넘치는 한어 선생님이 있어서 한어 시간은 여름을 방불케 한다.

가을—지리 선생님은 너무나도 유머러스하고 잘 배워 주셔서 인기가 많다. 말썽꾸러기 ○○가 '생방송'에 한창 열을 올리고 있을 때다.

"○○ 동무 일어서세요. 사람은 무슨 일을 하나 목적이 있어요. 동무가 말하는 목적은 뭔가요?"

"저……."

"별로 무슨 목적이 있는 것 같지 않군요. 여기에 누가 목적 없는 말을 들을 사람이 없으니 말하겠으면 복도에 나가서 실컷 말하고 들어오세요."

우리는 또 한바탕 웃었다.

○○는 대번에 부끄러워 머리를 숙였다. 정말 묘하고도 특수한 방법이다. 이렇게 유머 있는 선생님이므로 더 친근한 감이 들고 우리들 속에서 인기 짱으로 자리 잡고 있다. 가을은 쌀쌀한 감도 주지만 또 가슴 벅찬 기쁨도 준다. 그 어느 계절보다도 높이 들려 있는 맑고 푸른 가을 하늘을 볼 때면 우리는 자연히 지리 선생님을 그리곤 한다.

겨울—우리 담임 선생님은 아주 엄숙한 분이시다. 수업 시간에는 티끌만 한 잘못도 용서 안 하는 선생님이기에 담임 선생님 시간은 언제나 엄엄한 분위기다.

어느 한번은 자습 시간에 선생님이 조용히 앉아서 자습하라고 하셨는데 우리는 큰마음 먹고 의견을 냈다.

"선생님, 오늘 한 번만 실외 활동을 하면 안 될까요? 딱 한 번만."

"안 됩니다."

단호한 선생님 대답에 우리는 땅이 꺼지게 한숨을 내쉬었다. 그런데 갑자기 "딱 한 번만이라고 했어요?" 하는 소리가 들렸다. 기적이었다. 그토록 엄격한 선생님이 흰기를 들 줄이야…….

우리는 대뜸 "예!" 하고 이구동성으로 환성을 올렸다. 선생님은 머리를 설레설레 저으시더니 "왜 저렇게 놀기를 좋아할까?" 하시면서 자애롭게 웃으셨다. 나는 처음으로 선생님이 활짝 웃는 모습을 보았다. 예전에 엄하던 모습은 어디론가 사라져 버렸다. 항상 눈보라가 휘몰아치는 겨울은 추운 계절이다. 하지만 겨울 햇빛도 역시 따스할 때가 있다.

교정에서 만나는 봄, 여름, 가을, 겨울은 아름답다. 그것은 원예사 같은 선생님들이 그 사계절을 굳건히 지키고 있기 때문이다. 우리는 우리들이 더울세라 추울세라 소중히 키워 주는 선생님들을 잊지 못한다. (2007년)

* 배워 주다 : 가르쳐 주다.

* 과문 : 교과서의 본문.

뒤늦게 느낀 사랑

휘남현 조선족중학교 2학년 엄명

내가 아기 때부터 내 어머니는 외지에 돈벌이를 나가 계셨다 한다. 어머니는 달마다 번 돈을 거의 다 집으로 부쳤고 내 옷도 벌벌이 사 보내 주었다. 그래서 나는 어릴 적부터 시내 아이들이 입는 예쁜 옷들을 입었고, 친구들 부러움을 안고 살았다.

내 기억에 어머니는 내가 열 살 먹던 때까지 한 해에 한 번씩 설 쇠러 집에 다녀가곤 하였다. 헌데 언제부터인가 어머니는 전화 올 적마다 아버지와 말다툼질이었고 또 그해부터 어머니는 설에도 집에 오지 않았다. 그럼에도 내가 쓸 학비와 용돈은 어김없이 보내왔다.

어머니와 나는 전화로만 연락을 주고받았다. 나중에 나한테 핸드폰이 생기면서 어머니는 내 핸드폰으로 자주 전화를 걸어왔다. 너무 오래 떨어져 있던 탓이었는지 나는 어머니와 감정이 담담하였다. 어머니가 보고픈 줄도 몰랐고 어머니에게 좋은 것 사 달라고 조를 줄도 몰랐으며, 아무리 힘들고 어려운 일이 있어도 혼자서 생각하고 혼자서 참으면서 자라는 데 버릇이 들었다.

어머니가 전화를 걸어올 적마다 나는 어머니와 별로 할 말도 없었고 어머니가 묻는 말에 대답도 그저 '응, 아니' 하는 단마디 대답뿐이었다. 어머니가 하는 일에는 더욱 관심이 없었다. 전화 올 적마다 할 말이 없었기 때문에 몇 마디 건네고 나면 내 쪽에서 먼저 일방으로 전화를 끊는다고 선포하곤 하였다. 내가 전화를 먼저 걸 때는 돈이 떨어졌을 때뿐이다.

재작년 겨울에는 어머니가 여러 번 요청해서, 아버지께 허락을 맡고 어머니가 있는 상해 주변 작은 도시 '쨩인'으로 갔다. 어머니는 거기서 음식점을 운영하고 있었다. 5년 만에 보는 어머니였다. 어머니는 나를 포옹하며 너무도 좋아하셨다. 그런데 나는 그게 싫었다. 어머니가 낯설고 서먹서먹하였다. 그래서 어머니 손을 내 몸에서 냉정하게 내쳤다. 그날 어머니는 거실에서 흐느끼며 울었다. 그런데도 나는 침실에서 이불을 꼭 뒤집어쓰고 자는 척만 하였다. 어머니를 위로한다든가 자신이 원망스럽다는 마음은 전혀 없었다. 어머니 사랑을 모르고 너무 모질게 자라면서 마음이 얼었던 것 같다.

어머니는 매일 아침 여덟 시 반에 나가서 밤 열 시까지 음식점에서 바삐 돌아쳤다. 토요일, 일요일에도 언제 한번 쉬는 날이 없었다. 음식점에는 신사다운 손님들이 드나드는가 하면 밥 먹고 돈 내기 싫어서 이 투정 저 투정 부리는 망나니들도 드나들었다. 집주인도 집세를 올리려고 이 구실 저 구실로 어머니를 난처하게 하였다. 어머니는 이런저런 스트레스를 잘 이겨 가면서 지혜롭게 문제들을 풀어 나갔다. 그때 나는 음식점 하기가 여간만 힘들지 않다는 것을 느꼈다.

지난 겨울방학에 나는 또 어머니한테 갔다. 어머니는 음식점을 하면서도 하루에 두 시간씩 짜내어 신체 단련도 하고 또 꼭꼭 목욕도 하셨다. 신체가 든든해야 돈을 벌 수 있다면서. 내가 간 뒤로 어머니는 나까지 데리고 다니면서 신체 단련도 시키고 목욕도 시키고 하셨다. 그러면서 나에게 부탁하셨다.

"조건이 허락지 않으면 주말에라도 꼭 한 번씩은 목욕을 해라. 그리고 입었던 팬티와 양말은 꼭 저녁에 벗어서 그날에 씻고, 발도 자기 전에 꼭 씻고 머리는 이틀에 한 번씩은 감아라. 좋은 위생 습관을 갖추는 것은 자신을 위하는 것이기도 하고 주변 사람들을 존경하는 것이기도 하다."

어느 하루 나는 남경에 있는 이모 집에 다녀왔다. 너무도 피곤하고 졸려서 나는,

"어머니, 나 오늘만은 발 안 씻고 잘래. 너무 피곤해."

하고 떼질을 했다.

어머니는,

"그럼 내가 씻어 줄까?"

하시더니 세숫대야에 더운물을 받아 왔다.

나는 미안하기는 했지만 그래도 기신기신 일어나 침대 발치에 걸터앉았다. 그리고 움츠렸던 발을 천천히 대야 안으로 잠갔다.

어머니는 쪼그리고 앉아 내 발을 뽀드득뽀드득 문질러 주었다. 어머니 손이 내 발에 닿는 느낌이 참 부드럽고 따스하였다. 따스한 기운이 발에서 온몸으로 퍼져 왔다. 몰려들던 피곤도 가뭇없이 사라졌다. 나는 물끄러미 어머니를 내려다보았다.

'내가 그렇게 쌀쌀하게 바람 치는데도 어머니는 나에게 이렇게 잘
해 줄 수가 있을까?'

내 기억 속에서, 어머니가 떠난 뒤로 내 발에서 냄새가 나건 말건
내 발을 씻어 준 사람은 여태 없었던 것 같다. 따스한 기운이 내 얼었
던 마음을 녹여 주는 듯하였다. 콧마루가 시큰해졌다.

학교에 돌아온 뒤로 나는 아무리 고달프고 어설퍼도 어머니가 발
씻어 주던 그날을 기억하면서 어머니 부탁을 명심하고, 좋은 위생 습
관을 꼭 지키고 있다. 그리고 어머니와 전화도 부드럽게 하고 어머니
가 하는 일에도 많은 관심을 보이곤 한다. (2008년)

* 기신기신 : 느릿느릿.

사람이 그립다

연길시 제2고급중학교 3학년 리아

언젠가 조선어문 연습 문제를 할 때, 시 분석에 나왔던 '사람의 숲에서 사람이 그립다' 는 구절을 보면서 나는 피식 웃은 적이 있다. 그때는 알뚱말뚱한 이 싱거운 구절을 그냥 별 볼 일 없이 지나갔다.

그러나 그날만큼은 이 구절에 담긴 뜻을 알 것 같았다. 더 정확히 말하면 그날엔 사람의 향기가 진한 그리움으로 나를 멀미 나게 만들었다.

그날 예고도 없이 찾아온 아버지 친구분들을 대접하려고 어머니 분부대로 조목이 가득 적힌 메모장을 들고 장 보러 나왔다. 두 손이 미어지게 쥔 남새 주머니들 가운데 하나가, 땀방울에 흥건히 젖은 손바닥에서 벗어나 요란한 소리를 내며 큰길에 곤두박질하였다. 아차, 나도 숙녀인지라 얼굴이 삽시에 홍당무가 되었다. 손에 있던 내용물들이 질서 없이 뒹구는 건 두말이 필요 없었고, 시장 한가운데라 오고 가는 행인들 눈빛을 한 몸에 받아안고는 고개를 푹 숙인 채 남새를 주워 담고 있었다. 그런데 지나가던 한 사람이 내 곁에 와 허리를 굽히더니 함께 줍는 것이었다. 그 무안한 상황에서 나를 도와 물건을 주워 준다는 것보다 더 좋았던 건 이 악환경을 함께할 수 있다는 그 자체였다. 내 눈에 비친 그 사람 모습은 이를 데 없는 날개 돋친 천사였다.

"고맙습……."

고개 들어 고마움을 표현하려는데 이미 뒤돌아서 가 버리는 그 사람 뒷모습을 보며 미처 하지 못한 끝말을 계면쩍게 다시 목구멍으로 삼켜 버렸다. 알짝지근한 무엇이 내 목구멍으로 넘어가는 감을 느꼈다. 무엇일까? 구경 무엇일까? 이런 상황에 처음 부딪혀 보는 것이 아니라서 큰 충격을 받지는 않았지만 그 사람 뒷모습과 나 사이에는 말로 나타낼 수 없는 어떤 벽이 떡 하니 가로막고 있는 것 같았다. 이미 내뱉은 세 글자마저 도로 튕겨 보내고 있는 저 벽을 보면서 나는 말할 수 없는 슴슴함을 느끼며 생각에 빠져들었다. 햇살과 같이 따스했던 순간을 함께 만끽하고 싶었는데……. 신이 내린 천사의 목소리를 듣고 싶었는데……. 한 단락 짧은 길이라도 같이 걸을 수 있는 행운이 있었다면 좋았겠는데……. 이런저런 욕망이 내 마음을 좌지우지하며 전에 없던 비애를 느꼈다.

그렇다. 이 사회에 인정이 없어졌다고 여기는 건 아니다. 생전 처음 보는 얼굴이라도 방금 전 사람처럼 도움의 손길을 내밀어 주지 않았는가? 근데 그걸로 끝이었다. 아주 자연스레 남이 주는 답례를 회피하고, 필요 이상 대화가 지속되는 것을 저 벽으로 막아 버린다. 그리하여 도움을 받았어도, 도움을 준 상대방 얼굴도 목소리도 벽에 막혀 볼 수도 들을 수도 없게 된 것이다.

이제야 알 것 같다. 우리가 무엇 때문에 낯선 사람에게 이처럼 인색해졌는가를. 저 형체 없는 벽은 인류의 불행인 것이다. 우리가 앞만 바라보고 살아오면서 숨 돌릴 틈도 없이 발전에만 심혈을 몰부은 결과가 저 벽이었다. 행복해진 우리 생활과는 반비례되게 퇴보된 사람과 사람 사이. 이는 전자 통신 기계의 편리함에 눈이 멀어 순수한 우리들 입과 그 입으로 나누던 대화를 무시한, 인류가 낳은 비극이었다.

어릴 때 누구나 한 번쯤은 부모한테 들은 적이 있을 "애야, 고맙습니다라고 해야지." 하는 타이름, 또 부모라면 누구나가 자식한테 가르쳤을 '고맙습니다' 라는 이 한마디가 지금은 말하는 사람이나 듣는 사람 모두가 거부하는 난처한 지위에 놓여 있다. 핸드폰이나 컴퓨터 채팅방에서 그토록 자연스럽게 지속되던 대화가 문명사회라고 자랑스럽게 자칭하고 있는 인류 사회에서는, 일대일로 숨결을 들을 수 있는 대화에서는 사라지고 있다. 핸드폰과 컴퓨터……. 너무나 편리하지만 그 구성품은 인류가 지닌 따뜻한 온기가 없는 금속조각일 뿐이다. 이 금속조각으로 얼기설기 이어진, 사람과 사람 사이에 있던 차가움이 저 벽 때문에 더 차갑게 굳어져 버린 것이다. 하지만 금속조각과 지나치게 가까이 지낸 나머지 신경이 마비된 우리 인류는 저 벽이 내뿜고 있는 냉기를 느낄 수 없었고, 이 사회에 널리 퍼진 냉기는 더구나 느낄 수 없었다.

앞으로 나아가는 것도 좋지만 가끔은 걸음을 멈추고 뒤를 돌아보는 것도 중요하다. 어젯날 사람과 사람이 마주 보며 주고받았던 따뜻했던 대화가, 가던 길에 서서 "날씨가 너무 좋네요." 하고 이웃 사이에 나누던 뻔한 문안이, "좋은 아침입니다. 밥은 드셨어요?" 하는 싱거운 안부가 그리워짐은 무엇 때문일까? 적어도 한 번쯤은 핸드폰을 내려놓고, 컴퓨터를 끄고 주위를 둘러봤으면 좋겠다. 우리를 둘러싸고 있는, 우리가 직접 쌓아 올린 이 차가운 벽. 이 벽 때문에 사람의 숲에서 사람을 그리워하는 한탄 소리가 들려오는 것임을 오늘은 알 것 같다. 하여 나는 나 자신부터 이 벽을 뚫고 사람의 숲에서 사람이 풍기는 향기를 찾아낼 것이다.

여기까지 생각한 나는 달려 나가 앞에서 걸어가고 있는 그 사람 앞에 떡 버티고 서서 우렁차게 그리고 뜨겁게 "고맙습니다!" 하고 외쳤다. 그 순간 펑 하고 벽에 구멍이 뚫리는 소리가 들려왔다. 그이와 나 사이는 그렇게 가까워졌다. 그리고 그 구멍으로 나는 환히 웃는 그 사람 얼굴을 똑똑히 보았고 나지막한 회답 소리도 들었다.

"무슨 말을, 괜찮습니다."

"좋은 하루 되세요, 저한테는 오늘 너무 좋은 하루였습니다. 언젠가 더욱 좋은 만남이 있었으면 좋겠습니다. 안녕히!"

"안녕히!" (2008년)

* 남새 : 채소.

* 구경 : 결국.

사랑이 담긴 메모

매하구시 조선족중학교 고중 2학년 김령

우수수 낙엽이 떨어지는 것은 가을 아씨가 우리에게 전하는 메모입니다. 하늘하늘 흰 눈이 날아내리는 것은 겨울 언니가 우리에게 전하는 메모입니다. 집 안에서 귓맛 좋은 웃음소리가 새어 나오는 것은 행복이 우리에게 전하는 사랑이 담긴 메모입니다.

아주 오랜만에 외갓집에 갔습니다. 외손녀가 온다고 외할아버지, 외할머니는 눈이 빠지도록 기다리고 계셨습니다. 나를 보신 외할아버지는 만면에 웃음을 띠시고 내 손을 꼬옥 잡아 주셨습니다.

"참 많이 컸구나. 보고 싶었다."

외할아버지의 그 은은한 눈빛 속에서, 외할아버지가 전해 주시는 따뜻한 사랑이 담긴 메모를 읽었습니다.

나를 본 외할머니는 그냥 눈물을 흘리십니다.

"이제는 못 볼 줄 알았는데……."

말을 못 잇고 내 머리만 쓰다듬으시는 외할머니의 따뜻한 손길에서, 외할머니가 전해 주시는 그리움이 담긴 메모를 느꼈습니다.

어느 날 층계를 오르다가 발을 잘못 디뎌 발목이 심히 부어올랐습니다. 아버지는 인차 약을 가져다 붕대로 정성껏 잘 싸매 주었습니다.

"바보처럼 걸음도 제대로 못 걷냐? 눈 똑바로 뜨고 다녀!"

무뚝뚝하게 툭 쏘아붙이는 아버지 말 속에서도, 아버지가 전해 주시는 진심 어린 관심이 담긴 메모를 읽었습니다.

오늘은 시험 치는 날, 아침부터 이걸 챙긴다 저걸 챙긴다 정신없이 돌아쳤습니다. 그 와중에도 어머니 잔소리는 끊기질 않았습니다.

"책과 연필은 다 넣었니? 오늘 비가 온다던데 우산 꼭 가지고 가거라. 날씨가 많이 쌀쌀하구나. 옷 한 벌 더 챙겨라……."

세상 아무도 못 당하는 어머니의 잔소리 타령, 그 '노래'에서 어머니가 전해 주시는 걱정이 담긴 메모를 읽었습니다.

메모는 꼭 글로 써야 하는 것이 아닙니다. 이렇듯 한마디 말 속에서, 사소한 행동에서, 혹은 손길이 닿은 자취에서 우리는 기쁨, 슬픔, 그리움 같은 사랑이 담긴 메모를 읽을 수 있습니다.

우리는 살면서 알게 모르게 서로가 마음을 담은 메모를 많이 주고받았습니다. 뭐든 보이지 않는 것이 소중한 법입니다. 하지만 우리는 그것을 너무도 쉽게 지나쳐 버립니다. 마음의 문을 열고 오직 진심으로 모든 사람들을 대해 보십시오. 그러면 정말 신기하게도 보이지 않는, 사랑이 담긴 메모가 눈앞에 훤히 펼쳐질 것입니다.

당신은 오늘 사랑이 담긴 메모를 몇 통 주고받았습니까? (2008년)

어머니와 핑크색 장미

연길시 제3중학교 1학년 최현예

요즘 들어 우리 집 베란다에는 어머니께서 사랑과 정성을 담아 가꾼 핑크색 장미꽃이 만발하여 향기가 그윽하다. 탐스럽고 아름다운 장미꽃을 볼 때마다 나는 지난해 연인절에 장미꽃을 팔던 일이 잊히지 않는다.

전날까지만 하여도 포근하던 날씨가 밸런타인데이 날에 어린애 얼굴처럼 급작스레 변했다. 마침 피아노 수업하러 어머니와 함께 가는 길에 버스 창밖으로 거리에서 장미꽃을 파는 사람들이 보였다. 어머니께서는 따뜻한 손으로 내 손을 꼭 잡으시고 상냥하게 말씀하셨다.

"현예야, 사회 실천도 하고 돈도 벌 겸 꽃 팔 생각이 없니?"

"나 혼자서요?"

"그럼 친구를 찾으렴."

어머니 제안에 따라 나는 동생 같은 친구인 현정이를 짝꿍으로 찾았다. 저녁 여섯 시 정각, 만단의 준비를 끝낸 우리는 신심 가득히 거리에 나서서 대학생 언니, 오빠들 속에 끼어 열심히 꽃을 팔았다. 한 번 나절로 돈을 벌어 보고 싶은 마음속 결심이, 부끄러워 어쩌지 하는 생각을 물리칠 수 있었다.

"꽃 사세요, 꽃 사세요!"

장갑을 꼈건만 꽃묶음을 든 두 손은 얼어서 감각을 잃은 지 오래됐다. 한 송이에 2원을 벌기도 하고 5원을 벌기도 했으며 어쩌다 7원을 벌기도 했는데, 한 송이 꽃을 팔 때마다 기쁨도 마음속에서 장미꽃처럼 피어올랐다.

반 시간 넘도록 한 송이도 팔지 못할 때도 있었다. 추위에 몸도 얼고 마음도 얼어들어 김 빠진 공처럼 온몸이 나른해지기도 했다. 처음 하는 돈벌이, 처음 겪는 추위로 겨울이 춥다는 걸 처음 느꼈다.(날씨가 안 좋으면 늘 택시 탐.) 당장이라도 집으로 돌아가고픈 생각이 굴뚝 같을 때마다, 저만치에 서서 우리를 지켜 주시던 어머니께서 주먹을 흔들며 소리 없이 파이팅을 외쳐 주셨다. 또다시 우리는 열심히 꽃을 팔기 시작했다.

한 송이, 두 송이……. 나중에 세어 보니 205원이나 되었다. 205원 속에는 한 아저씨가 어린 나이에 꽃 파는 우리들이 기특하다고 칭찬하면서 준 용돈 20원도 들어 있었다. 날듯이 기뻤다. 흥분 때문에 언제 추웠더냐 싶게 마음까지 뜨거워졌다. 추위와 고생을 함께 겪으며 네 시간을 버텨 온, 힘과 지혜가 준 대가였다.

뭇별마저 추위에 눈을 슴벅이는 밤, 나는 205원을 어떻게 쓸까 생각도 많았다. 새로 나온 학용품, 따뜻하고 예쁜 모자, 목수건, 장갑……. 사고 싶은 게 많기도 했다.

"우리 현예 참 영리하고 지혜롭더라. 돈 벌 줄 아는 아이는 돈 쓸
줄도 알 거다. 어머닌 너를 믿는단다."

어머니가 해 준 귀띔이다.

이 생각 저 생각으로 나는 퍽 늦게야 꿈나라로 들어갔다.

"현예야, 일어나렴."

어머니 부름 소리에야 간신히 깨어난 나는 현정이와 전화 약속을
하고 부랴부랴 연변텔레비전 방송국으로 달려갔다. '사랑으로 가는
길' 제작 팀에 찾아가 어려운 생활을 하는 친구에게 전해 주라며 돈
을 내놓았다.

"아직 소학생들 같은데 어디서 이 큰돈이 났어요?"

"어제 밸런타인데이 날 꽃을 팔아 벌었습니다."

"참 착한 아이들이구나. 너희 부모님들 복받겠다……."

아지미 아저씨들 칭찬을 받으니 전날 한 고생이 오간 데 없이 사라
졌다.

음력설 연휴 마지막 날에 연변텔레비전 1채널을 통해 우리가 의연
한 돈 205원이 훈춘시에 사는 아홉 살짜리 김은주 어린이에게 전해졌
다는 소식을 알았다.

나도 이젠 어린애가 아니다. 어려운 친구들을 도울 수 있는 능력을
가진 어른으로 된 기분이다. 일 년에 한 번밖에 없는 밸런타인데이,
사랑이 담긴 내 마음을 전할 수 있었던 지난해 2월의 마지막 토요일
(2월 24일). 해마다 이날을 기대해 본다.

밸런타인데이 날은 빨간 장미가 그 상징이다. 내가 판 꽃도 빨간 장
미였지만 우리 집에 핀 저 장미꽃은 흔해 빠진 빨간색이 아닌 핑크색

이다. 핑크색은 많지 않기에 더 고귀하고 우아하다. 또 독특한 향기가 있어 색다르다.

나는 내 어머니 꽃을 핑크색 장미라고 생각한다. 바로 내 마음속에 피어난, 영원히 지지 않는 나누며 사는 꽃이다.

핑크색 장미야, 올해도 다음 해에도 후년에도 아름다운 꽃을 피워다오! 네 향기가 이 세상 어디에나 내 따뜻한 마음을 대신해서 전해줄 수 있게! (2008년)

* 나절로 : 나 스스로.
* 아지미 : 아주머니.

술 같고 우유 같은 사랑

흑룡강성 녕안시조선족중학교 고중 2학년 정모화

인간으로 이 세상에 고고성을 울리고 태어나는 순간은 행복한 순간이고, 심장박동이 멎어 이 세상을 떠날 때는 슬픈 순간이다. 허나 왔다가 가는 인간의 삶은 자연의 섭리로서 누구도 거역할 수 없다.

어머니가 열 달 고생으로 배 아프게 내 생명을 잉태하여 내가 세상에 나와 햇빛을 볼 수 있게 해 주었다면, 아버지는 세상에 태어난 나한테 살아갈 공간을 만들어 주셨다는 것이 가장 적절할 것 같다. 내가 지금껏 이 세상에서 아무런 근심 걱정 없이 살아갈 수 있는 것은 모두 부모님 덕택이다. 그분들은 나에게 이 세상에서 가장 소중하고도 값진 생명을 선물하였다.

내가 말을 번지기 시작하여서부터 아버지, 어머니는 나를 보고 늘 이렇게 말하였다.

"아버지, 어머니가 이 세상에서 살아갈 수 있는 원인이 바로 너를 지켜볼 수 있기 때문이며, 네가 잘되기를 한순간도 잊은 적이 없단다."

그때는 도대체 무슨 말을 저렇게 하는지 이해가 되지 않았다. 나이를 먹고 키가 늘어남에 따라 조금씩은 알 것도 같았지만 그 뜻을 진정으로는 깨치지 못하였다.

언젠가 친척 되는 분이 놀러 왔다가 이런 말을 물어 온 적이 있다.

"넌 아빠, 엄마의 사랑이 무엇과도 같다고 생각하느냐?"

그분 물음을 듣는 순간 나는 바로 무엇이라고 대답할 수가 없었다. 그때까지 나는 아빠, 엄마의 사랑을 두고 깊이 생각해 보지 못하였기 때문이며, 날마다 아빠, 엄마가 주는 사랑 속에서 살아오면서도 그 사랑을 모르고 지냈기 때문이었다.

그러던 어느 하루, 날마다 술을 즐겨 마시는 아버지를 보고 나는 당돌하게 물어보았다.

"아버지는 왜 술을 그토록 좋아하나요?"

아버지는 빙그레 웃으면서 대답하였다.

"술이란 처음에는 맛을 모르고 마시지만 계속 마시느라면 인이 박혀 마시지 않을 수 없게 된단다."

아버지 말을 듣는 순간 나는 문득 깨닫는 바가 있었다.

'아버지와 술, 아버지의 사랑이 술과 같지 않은가!'

사람들은 처음 술을 마실 때는 술의 진정한 맛을 모른다. 그러나 일단 시간이 흐르면서 술의 진맛을 알게 되고 또 마시지 않으면 안 될 정도에 이르게 된다. 아버지의 사랑은 말 없는 사랑이기에 인차 느낄 수가 없다. 허나 변함없이 항상 지켜 서서 보아주는 아버지 사랑은 시간이 흐름에 따라 마음으로 느끼게 되며, 언제 어디서든 그 사랑을 그리게 되고 든든한 아버지에게 기대고도 싶어진다.

엄마는 날마다 나에게 따뜻한 우유를 타 준다. 어느 날 나는 어머니가 타 준 따뜻한 우유 한 컵을 들고서 엄마의 사랑은 우유와 같다는 생각을 해 보았다. 엄마의 사랑은 따뜻하고도 달콤한 우유와 같아서 처음부터 그 사랑을 느낄 수가 있으며 항상 그 따뜻함에 목이 메이곤 한다. 또 기쁘거나 괴롭거나 혹은 즐겁거나 힘들 때면 다들 먼저 엄마의 따뜻한 품을 찾게 된다.

나는 지금까지 술 같고 우유 같은 아빠, 엄마의 사랑을 받으면서 탈 없이 씩씩하고 건강하게 자라 왔다. 그리고 나에게 둘도 없이 소중하고 값진 생명을 선물한 그분들에게 항상 감사한 마음을 안고 살아왔다. 이제 남은 것이라면 부모님이 나를 낳아서 지금까지 바라 온 일을 현실로 만드는 것이다. 그 바람을 현실로 만든 다음, 술 같고 우유 같은 사랑을 받으면서 살아온 내가 부모님에게 효도할 수 있을 것이다. 부모님이 나에게 베푼 데 비하면 너무도 보잘것없지만 나는 나로서 보답에 힘 다할 것이다. (2008년)

* 말을 번지다 : 말을 배우다.

밉기만 했던 친구

연길시 제8중학교 2학년 리경준

내가 처음으로 전학 왔을 때 우리 학급에서 유별나게 촐랑대는 애가 눈에 띄었다. 온몸에 근육만 있다고 해야 할 정도로 살이 없고 늘 발끝으로 한들한들 걸어 다니는 품이 바람 불면 날아갈 것만 같았다.

한시도 점잖게 앉아 있을 사이가 없는 그 애는 이름보다 별명이 따로 있었으니, 물으나 마나 21세기 '손오공'이었다.

영특하고 머리 돌림이 빨라 공개 교수 때마다 한몫 든든히 막는 유능한 아이이기도 했다. 게다가 전국 시 태권도 경연에서 단연 1등을 한 뒤부터 그 애 몸은 훨훨 나는 깃털을 방불케 했다.

그러니 더욱더 일흔두 가지 변화술을 가진 손오공과 비교가 될 만큼이나 전교에서 인기가 자자했다. 근데 그게 문제가 생긴 까닭인 것 같았다. 아이들한테 별명을 붙여 놀려 주는데 참 인격 무시가 이만저만이 아니었다. 원체 말수가 적은 나는 이놈의 왕재수한테 걸려들지 말아야지 하고 바짝 경계를 하고 있었는데 사흘도 안 돼서 내 뒷잔등에 별명이 철썩 붙을 줄이야.

'뭐, 메사기? 정말 한심해서 말이 다 안 나온다. 저놈 본때를 보여
줘야지. 이제 운동장에서 보자, 내가 이래 봬도 한다 하는 뽈개지인
데 제깐 놈이 감히 날 놀려.'

체육 시간이었다. 우리는 7반과 볼 시합이 붙었다. 내가 오기 전부
터 7반 볼 실력이 괜찮다는 말을 많이 들어온지라 우리들은 땅바닥에
쭈크리고 앉아 전략 작전을 짜기도 하면서 처음부터 신경을 도사렸
다. 처음에 나는 수비를 섰다. 그러다 한 절반쯤 지나자 공격수를 서
면 골을 넣을 기회가 많을 것 같아서 자리를 바꾸었다. 나는 평소와는
달리 날아다니는 비행기 동작을 다 표현해 가면서 볼을 독점해서는
위협 공세를 들이댔다. 근데 손오공이 내가 공들인 볼을 문지기 옆에
서 힘도 들이지 않고 두 번이나 차 넣어 대방의 철문을 열어젖혔다.
애들은 손오공이 제일이라고 목이 터져라 응원하고, 선생님도 희색이
만면해서 박수를 쳐 주고 있었다. 그때처럼 그놈이 얄미울 때가 없었
다. 그때부터 달라는 것 없이 난 그 애가 싫어졌다.

근데 지난 어문훈련 시간, 선생님이 토막 글짓기 훈련을 시키셨을
때 일이다. 바로 자기가 좋아하는 친구를 선택해서 이름은 밝히지 않
고 특징을 알리게 써서 애들더러 알아맞히게 하는 즉흥 작업이었다.
언제나 그랬듯이 손오공이 맨 먼저 손을 들었다. 뜻밖에도 내가 그 애
문장 내용에 올랐다. '그 깊이를 알 수 없는 킹카' 이런 제목으로 시
작되었는데 참 그놈 언어 창고에 웬 언어가 그리도 풍부한지. 애들은
처음엔 웃다가 다들 고개를 끄덕이며 긍정을 했고 나중엔 내 위신이
랄까 인격이랄까 학급에서 한 차원 오르게 만드는 것 같은 요술이 내

온몸을 휘감는 것만 같았다. 갑자기 그놈에 대한 미움이 미묘하게 연기처럼 사라지는 감을 느꼈다. 가만히 따져 보니 그놈도 참 사귈 만한 친구임이 틀림없었다.

그 뒤로 이쁘다고 보니 이쁜 면이 한두 가지가 아니었다. 늘 교정에서 먹을거리 같은 것을 친구들과 나누어 먹으면서도 지금까지 네 것 내 것 캐지 않는 것도 그렇고, 언제나 잽싸게 학급에서 좋은 일을 찾아 하는 것만 봐도 어지간한 놈은 아니었다. 게다가 예절은 또 어떻게나 바른지, 그게 나쁠 것도 없었다. 그러다 우린 찰떡 친구가 될 것 같았다. 아마도 먼저 싫었다 나중에 좋아지면 영원한 친구가 된다는 아버지 말씀이 맞을 것 같다. 나에게 생긴 구멍을 막아 줄 수 있는 친구를 사귀면 나도 빠른 시일 내에 다재다능한 사람이 될 것도 같았고. 그래서 나는 기쁘게 그놈을 선택했다. 내 마음 가장 깊은 곳에 있는 친구 하기로……. (2008년)

＊교수 : 수업.
＊뽈개지 : 공을 잘 차는 사람.

어머니가 곁에 없던 나날들

길림시 조선족중학교 고중 3학년 박란

창밖에 진한 어둠이 드리운 지금, 나는 잠을 못 이루는 사연을 기록하고 있습니다. 깨끗한 백지 위에, 사랑하는 내 어머님께 부칠 수 없는 나만이 간직한 애달픈 그리움을…….

어머니, 어머니가 곁에 없는 나날 성적이 일락천장으로 되었어요. 공부를 더 잘하겠다는 호언장담도 부끄러운 침묵한테 갉아먹힐 수밖에 없었어요.

어머니, 어머니가 없는 나날 외로움을 못 이겨 눈굽에는 눈물이 늘 자리를 틀었어요. 밤바다에 혼자 던져진 것처럼 삭막한 느낌이었어요. 그제야 떠나가는 사람들의 소중함을 알게 되었고 처음으로 그 사람들 뒷모습을 보면서 삶이 얼마나 가난한지를 알았어요.

어머니, 어머니가 곁에 없는 나날 남들이 준 아픔을 풀어낼 곳이 없었어요. 이불을 푹 뒤집어쓰고 오랫동안 있어도 두려움은 웅글진 울부짖음을 그치지 않았고, 아픔은 날카로운 쇠톱으로 간단없이 가슴을 팍팍 허비었어요. 세상 속에서 제멋대로 날뛰던 나, 늘 남들 기분을 생각지 않고 말을 날리던 나, 눈앞에 있는 꽃 세계가 바로 행복이 다다를 귀착점이라고 착각하던 나……. 이 수많은 '나'들은 내 마음을 갈기갈기 찢어 버리고 말았어요.

하지만 어머니, 너무 걱정 마세요. 이것은 어머니 딸이 옛적에 보였던 모습입니다. 어머니가 곁에 없는 날들이 조금씩 익숙해지면서 지금은 많은 것들이 살그머니 바뀌었습니다.

어머니, 어머니가 곁에 없는 나날 '책임'이라는 이 단어가 살며시 마음에 자리 잡았어요. 이제는 감히 당당하고, 감히 도전하는 슈퍼우먼입니다. 벅찬 야심으로 두 주먹 불끈 쥔다면 반드시 어둠을 꿰뚫고 햇빛을 볼 수 있으리라고 굳게 믿는, 어머니의 딸이에요.

어머니, 어머니가 곁에 없는 나날 굳세게 외로움과 싸우곤 했어요. '인생길은 멀고도 먼데 자그마한 시련도 이겨 내지 못하고서야 어떻게 가시덤불로 뒤덮인 인생길을 개척하겠느냐' 하는 생각으로 나는 외로움을 이겨 냈거든요.

어머니, 어머니가 곁에 없는 나날 너그러움과 용서가 내 마음속에서 향기를 풍겼어요. 그래서 더는 화를 못 이겨 머리카락이 쭈뼛 일어서는 횡폭한 여자가 아니라, 아픔이란 잡초를 뽑아 버리고 아름다운 마음속 꽃밭을 가꿀 수 있는 온화한 여자라는 말을 듣고 있어요.

이제는 혼자서 밤길을 걸을 수 있고, 혼자서 빈집을 지킬 수 있고, 아프면 홀로 약방에 다니고, 예전에 질색하던 미역이랑 양파도 모두 먹을 수 있게 되었어요. 친구도 많아져서 외로울 때 눈물을 닦아 주는 손들이 많아졌어요. 깊고 옅게 패인 발자국, 굴곡을 이루는 높낮이,

이것이 바로 내 성장 그래프랍니다.

어머니 딸은 날마다 자라고 있어요. 어머니를 기다리는 마음도 날마다 간절해지고 있어요. 기다림 끝에 행복이 깃들 것이라는 인내를 갖고 살아야겠다는 것이 제 생각입니다. 이국땅에서 제발 신체 건강하세요. 빨리 서로 만날 수 있기를 기원합니다. 그리고 또 한마디……. 어머니, 사랑해요.

새벽 미명이 창문에 비치면서 약한 빛을 뿌리고 있습니다. 계절은 여름을 한발 앞두고 있지만 아직은 새벽이 차갑습니다. 기나긴 밤을 버텨 봐야 해돋이가 장엄함을 알 수 있겠지요. 백지장 위에 써 있는 글자들을 보면서 다시금 어머니 생각이 납니다.

두 손을 비비면서 창문을 열어 밖으로 종이비행기를 날려 봅니다. 봄바람에 띄우는 편지는 새벽노을에 예쁘게 물들어 갑니다. (2009년)

* 일락천장 : 마구 떨어지다.

* 눈굽 : 눈가.

* 웅글진 : 굵은 소리가 나는.

* 간단없이 : 끊임없이.

내 사랑 1번

연길시 제10중학교 3학년 정호린

어느 하루, 나는 심심해서 엄마 핸드폰을 갖고 놀았다. 한창 게임을 하다 보니 게임도 재미가 없었다. 그래서 휴대폰 기능을 보았다. '단축 번호'라는 것이 눈에 띄었다. 1번은 '내 사랑'이었다.

'혹시 우리 엄마가 연애를? 나이 마흔에, 설마? 근데 이 번호 왜 이리도 눈에 익지? 아, 내 번호였구나. 우리 엄마 내 사랑 1번은 다름 아닌 이 아들이었구나.'

엄마 마음속에 '1번'을 차지하고 있다니 그 순간 흐뭇해졌다.

얼마 전 한국에서 금방 돌아온 엄마 친구가 우리 집을 방문하면서 선물로 컵 세트를 가져왔다. 그날 엄마는 내가 수업이 끝나고 집에 돌아올 때까지 포장지를 뜯지 않고 기다리고 있었다. 내가 집 문에 들어서기 바쁘게 엄마는 '이리 오려무나' 하며 손짓했다. 엄마는 나와 같이 포장지를 뜯기 시작했다. 컵 세 개가 나란히 놓여 있는 것이 보였다. 엄마는 컵 세 개 가운데 나더러 제일 맘에 드는 것을 고르라고 하였다. 나는 인차 노란색 컵을 골랐다. 한창 신이 나 있는데 별안간 엄마한테 있는 빨간색 컵이 더 예뻐 보였다. 난 엄마와 컵을 바꾸자고 하였다. 엄마는 두말없이 바꿔 주셨다. 잠시 뒤 파란색 컵이 또 욕심났다. 이번에도 엄마는 아무런 미련 없이 바꿔 주셨다.

그때 나는 속으로,

'아, 엄마 마음속에는 내가 1번이구나.'

하는 생각이 문뜩 들었다.

그래, 나는 항상 엄마 마음속에서 1번이었다. 매일 아침 전기밥솥에서 밥을 뜰 때면 엄마는 언제나 밥주걱으로 살살 저으면서 맨 윗부분 밥을 공기에 담아 나한테 준다. 새해 첫날, 달력에 한 해에 있는 귀중한 날에 빨간색 동그라미를 그려 놓을 때에도 맨 처음 내 생일날부터 찾아 빨간색 동그라미를 그려 놓고 그 위에 '사랑하는 아들놈 생일날' 하고 정성 들여 써 놓는다. 엄마 돈지갑을 열어도 내 사진부터 보이고 우리 집 저축통장 번호도 내 생일로 만들어졌다.

그런데 요즘 이상하게도 엄마는 자주 나를 피해 가면서 전화를 받곤 한다.

'무슨 전화일까?'

수상한 생각이 들어 끝내 어느 날 몰래 엿듣고야 말았다. 무슨 간다느니 못 간다느니 하는 것 같았다.

'혹시 엄마가 어디로 가시는가?'

나는 은근히 걱정스러웠다. 나는 문가에 바싹 귀를 기울였다.

"여보, 호린이가 당금 고중 입시인데 내가 어떻게 호린이 곁을 떠나요? 고중 입시까지 뒷바라지를 해 주어야지요. 힘들어도 조금만 견디세요."

아, 아버지와 주고받는 전화였다. 아버지는 지금 외지에서 홀로 집을 세 맡고 사업하신다. 내가 소학교 때도 아버지가 엄마더러 오시라는 걸 엄마는 호린이가 아직 어리다는 이유로 거절하셨다. 아마 이번에는 사업을 크게 벌였기에 더구나 엄마 도움이 필요해서 빨리 와 달라고 한 것 같다. 그런데 엄마는 내 고중 입시가 당금이라는 이유로 거절하고 있다. 막상 고중에 간 다음이면 또 대학 입시라는 이유로 거절할 것이다. 엄마의 '내 사랑' 1번은 영원히 이 아들이니깐.

그런데 내 1번은 단 한 번도 엄마가 아니었다. 엄마가 함께 쇼핑 가자고 할 때면 친구와 공을 차야 한다고 거절했고, 엄마 생일날에도 친구 생일파티에 참가해야 한다고 거절했고……. 나를 가장 아끼고 사랑하고 보살펴 주는 엄마였건만 내 마음속 자리는 왜 1번이 아니었을까?

나는 내 핸드폰을 꺼내 들었다. '단축 번호'를 찾아 '엄마'라고 썼던 글자를 지우고 '내 사랑 1번'에 엄마 핸드폰 번호를 입력해 넣었다.

'그래, 엄마도 내 사랑 1번인 거야. 엄마와 데이트나 해 볼까?'

나는 '내 사랑 1번' 엄마 번호를 꾹꾹 누르기 시작했다. (2009년)

* 당금 : 지금.

멘토로 변신한 나

영길현 조선족중학교 2학년 김성훈

오늘 아침 나는 일찍 일어났다. 일어나는 길로 눈을 비비며 컴퓨터 앞에 앉았다. 아침에 일어나면 나에게는 중요한 일이 한 가지 있다. 바로 온라인 게임 농장에서 키우는 남새를 거두는 일이다.

큐큐(QQ)농장에 들어가니, 집집마다 크리스마스를 맞느라 농장은 눈이 부실 지경이다. 산타 할아버지한테 크리스마스 선물을 얻으려고 저마끔 갖가지 곡식을 심어 정성껏 가꾸고 있었다. 영이네 집에는 유자, 석류, 수박, 망과를 동이네 집에는 가지, 토마토, 고추에다가 조롱박까지……. 무르익은 오곡백과를 어서 따 가라고 황금색 별들이 깜빡깜빡하며 나를 유혹한다. 하지만 나는 오늘 친구들 노동 성과에 손을 대지 않았다. 이제부터 새로운 사람이 되겠다고 다짐했으니깐.

몇 달 전부터 나는 온라인 게임을 놀기 시작했다. 어느 날인가 농장주로 '승급' 되면서부터 열심히 남새를 심고 어린 동물들을 보살폈다. 동물들 먹이풀을 제때에 공급하지 못할 때에는 비싸게 사서라도 얼른

넣어 주곤 했다. 헌데 컴퓨터 앞을 떠나지 못하는 데는 또 다른 까닭
도 있다. 이 집 저 집 다니면서 농장을 돌보아 주는 것도 있지만 다른
사람 노동 성과를 얼른 슬쩍 '도적질' 하는 재미도 있었다. 다른 집 남
새를 5분 뒤면 거둘 수 있을 때, 또는 다른 집 동물이 2분 뒤에 생산
을 앞두고 있을 때, 그것을 얻기 위해 1초 1초를 헤어 가며 기다리곤
했다. 그러다 보면 시간은 기다림 속에서 어느덧 흘러가 버린다.

헌데 어제 오후 우연히 한국에서 열린 '대한민국 휴먼대상 시상식'
을 보았다. 이 시상식을 보는 순간 나도 모르게 너무 부끄러웠다. 거
기에 나오는 수상자들은 사업이 그렇게 바쁨에도 시간을 짜내서 다른
사람을 돕는 봉사 활동에 참가하였는가 하면, 어떤 사람은 집안일이
바쁜 가정주부임에도 '행복한 홈스쿨' 이라는 데서 도움이 필요한 애
들한테 학습과 생활을 도와주는 멘토(인생 길잡이)가 된 사람들이다. 이
시상식은 이렇게 몇 년 혹은 몇십 년이 될 수도 있는 봉사 활동을 꾸
준히 해 오면서 기적을 만든 사람들에게 상을 주는 시상식이라고 한
다. 수상자들은 진정 다른 사람들에게 빛을 갖다 주는 천사들이었다.

이 시상식을 보면서 나는 많은 것을 생각했다. 다른 사람들은 남남
지간에도 저렇게 서로 돕고 보살펴 가면서 살아가는데 과연 나는?

나는 옆에 앉아 같이 텔레비전을 보고 계시는 할머니를 쳐다보았
다. 머리에는 흰서리가 하얗게 내렸고, 이마에는 밭고랑 같은 주름살
이 줄을 그었는가 하면 손은 손마디가 불뚝불뚝 튀어나와 바로 펼 수
도 없는 것 같았다. 할머니는 지난해보다 퍽 수척해지셨다. 한창 낙을
누릴 때지만 이 못난 손주를 공부시킨다고 붙잡혀서 손에 물 마를 날
이 없다.

할머니는 15년 동안 추울세라 더울세라 나를 보살펴 왔지만 나는 할머니 말도 옳게 듣지 않을 때가 많았다. 나는 나 자신밖에 몰라서 할머니가 나에게 응당 무엇이든 다 해 주어야 한다고 생각했다. 그래서 지금까지 내가 할머니를 위해 무엇을 해 드릴 수 있겠는가는 생각해 보지 못했다. 나는 너무 철이 없었다. 이런 손자였지만 할머니는 그래도 말없이 여태껏 나만 바라보고 계시지 않았는가! 나는 조용히 내 방으로 들어갔다. 생각할수록 내 자신이 한심했다.

침대에 벌렁 누워 있다가 갑자기 한 가지 생각이 떠올랐다.

'옳지, 나도 이제 할머니 멘토가 되어 어려운 일은 내가 책임져야지. 요즘 길도 미끄러운데, 밖에 나가 채소 사고 쓰레기 던지는 일은 내가 책임져야지. 그리고……'

나는 침대에서 후닥닥 일어났다.

"할머니, 뭐 잡숫고 싶으세요? 내가 사다 드릴게요. 그리고 저 쓰레기 주머니도 내가 던질게요."

할머니는 눈이 휘둥그레서 나를 바라보았다.

나는 흥얼흥얼 콧노래를 부르며 내 용돈으로 할머니가 제일 잘 드시는 시원하고 달콤한 귤을 사러 갔다. 귤을 사 들고 돌아오니 할머니는 더 의아한 눈으로 바라보셨다.

"우리 손주가 오늘 갑자기 철이 들었네. 이제 할머니도 챙길 줄 알구. 이 할미가 고생한 보람이 있구나."

나는 우쭐해서 방으로 들어가 컴퓨터 앞에 앉았다. 헌데 나도 모르게 친구 밭에 들어가 얼른 슬쩍 '도적질' 하려던 순간 전에 할머니가 하시던 말씀이 머리에 떠올랐다.

"때로 그렇게 가꾼 곡식이 병이 들거나 홍수나 가물을 만나면 네 할아버지와 나는 가슴이 찢어지는 듯 아팠단다. 그해에 먹을 식량도 모자라니……."

'그래, 나는 이제 멘토야. 농장에서도 도움이 필요한 사람들을 도와주는 그런 멘토가 되어야지.'

나는 내 농장을 돌아보고 친구 농장으로 향했다. 풀도 매 주고 약도 쳐 주고 물도 주려고. (2009년)

* 저마끔 : 저마다.

커피 한잔이 주는 여유

장춘시 조선족중학교 고중 2학년 김지영

'스테이크와 와인이 잘 어우러진, 우아한 드레스와 어울리는 이 분위기. 어느 고급 레스토랑에서 흘러나오는 센스 있는 클래식 음악……'

꿈이라면 깨기 싫을 만큼 황홀하여 오늘도 나 혼자 도취된다.

그런데 이건 그냥 망상에 불과하다. 한국 드라마에서나 나올 듯한 신데렐라 같은 기적은 나와는 아주 거리가 먼 물건들인가 보다. 그냥 상상으로 만족하는 내가 참 가여울 뿐이다. 혼탁한 세상사에 지칠 대로 지쳐 버린 사람들, 가끔은 혀라도 꽉 깨물어 버리고 이 한생 마감하려는 사람들……. 허나 이런 사람들도 한번쯤은 꿈꿔 보았을 것이다. 나 혼자 도취됐던 화려한 상상 말이다.

이런 야박한 인심을 탓한들 무엇하랴. 험난한 세상 원망한들 무엇하랴. 어차피 시작한 '인생 마라톤', 끝까지 달리고 봐야지. 고달픈 인생이지만 그래도 향수라는 쉼터가 있지 않은가? 마치 사막에 있는 오아시스처럼 말이다. 남녀노소, 너 나 할 것 없이 향수를 누릴 수 있는 이 권리만큼은 스스로 좌지우지할 수 있다. 물론 누릴 수 있는 향수는 차원이 서로 다르겠지만 그 소박함만은 비슷할 것이다.

야속한 잠을 쫓아내려고 울며 겨자 먹기로 입에 대기 시작했던 커피. 이젠 음악을 들으며 마시면 제법 어울리는 내 향수가 되어 버렸다. 때론 진짜 포기하고 싶을 만큼 힘들고 지칠 때도 있다. 남들보다 잘해 보려는 욕망만으로는 부족한 이 바닥, 여기에서 견뎌 내려면 몸이 만신창이가 되도록 뛰어야 한다. 이런 내가 누릴 수 있는 향수는 커피 한잔이 주는 여유다. 고급 레스토랑도, 아늑한 내 집도 아니다. 다만 내 유일한 탈출구인 창문에 기대선 채 향기 그윽한 커피를 마시는 것뿐이다. 이 쉼터가 바로 나만이 독특한 방식으로 누릴 수 있는 소박한 향수다.

굳이 향수를 찾으려 하거나, 향수 차원을 높이려고 하지 말자. 향수는 자기한테 알맞은 신발 크기와 같아서 커도 작아도 안 된다. 너무 큰 욕심이 묻어 있는 그것은 향수가 아니라 사치에 불과하니까.

'오늘은 어제 죽은 이가 그토록 그리던 내일'이라고, 어떤 사람들한테는 심장박동 소리도 향수로 다가올 수 있다. 다른 성별, 다른 나이처럼 서로 다른 빛깔을 띠고 있는 사람들이기에 향수도 자기 나름대로 빛깔을 찾아갈 것이다. 그 어떤 거짓도 욕심도 없이 오직 향수를 누리려는 소박한 마음으로, 오늘도 난 나만이 가진 독특한 향수를 누리련다.

오늘따라 진한 커피 맛……. 참 좋다. (2009년)

미완성

길림시 조선족중학교 고중 3학년 박복금

난 고3이다. 대학 입시를 앞두고 혼신의 힘을 다해 마지막 몸부림을 치는 고3이다. 이제 끝인가? 내가 뭘 했다고, 뭘 얻었다고 벌써 이렇게 서툰 마침표를 찍어야 하는가? 그러면서도 겉으로는 아무렇지 않은 척 해피엔딩이라고 얘기하려니 가슴이 시려 온다.

언제부터 느낀 걸까? 날마다 하루하루를 똑같이 끌고 나가면서 사는 것이 정말 지긋지긋했다. 난 무엇인가 하고 싶었고 해야만 했다. 내 존재에 대해 너무나 목이 말랐다.

'나도 한다면 그만큼은 얼마든지 할 수 있다, 방법을 다 알고 있으나 하기 싫을 뿐이다.'

이런 구질구질한 칭얼거림은 세상이 받아 주지 않는다는 걸 알게 됐다. 세상이 불공평하다고 아무리 넋두리를 쳐 봤자 그건 자신을 더 초라하게 만들 뿐 아무런 영향도 효과도 없다는 걸 느꼈다.

지난번에 친구랑 얘기할 때 당당하게 말했던 꿈이 무엇이었나? 또 제일 통쾌하게 웃은 적이 언제였나? 요즘 온 정신을 몰두해서 했던 일이 무엇이었나?

이보다 허무할 순 없다. 시작도 없이 끝을 봐야 한다니. 내가 진정 이런 생활에 만족하고 주어진 안일한 길을 따라 걸어야 하겠는가?

어느 날, 한국에 가는 친구를 배웅하러 공항에 갔다. 그 친구는 고3에 다 와서 대학 입시를 포기하고 최고의 댄서가 되겠다는 꿈을 이루려고 이국 타향으로 떠나는 길이었다. 모든 사람들은 그 친구를 이해할 수 없었기에 단지 유명해지고 싶어서 가진 허황한 꿈이라고 비꼬았다. 그날따라 공항 가는 길에 수많은 생각들이 머리를 들었다. 구름 한 점 없이 말갛게 갠 하늘은 마치 무엇 하나 가진 게 없는 내 마음 같았다. 마음이 들떠서 유쾌하게 웃는 친구가 그렇게 멋있어 보일 수가 없었다. 그런 '멋(?)'은 분명 내가 가져 보지 못한 것이었다. 사람들이 아무리 자기를 부정해도 친구는 스스로를 긍정하고 지지하고 믿었다. 나는 떠나는 친구를 부둥켜안고 목 놓아 울었다. 친구들은 내가 이별하는 슬픔 때문에 운다고 여겼지만 진정한 이유는 나 자신만이 알고 있다. 그날에서야 비로소 느낀 내 안의 가난함 때문에…….

그전까지 그렇게 믿었다. 사람은 다 사는 게 그렇고 그런 거라고. 크게 성공한 사람들도 알고 보면 다 불행한 점이 있고 다 거기서 거기라고. 그래서 평범하게 지내는 게 인생이라고. 실은 그렇게 믿은 게 아니라 그렇게 믿고 싶은 거였다. 그러나 내가 드라마 보면서 실없이 웃고 있을 때, 내가 책 더미 뒤에 숨어 친구한테 메시지 보내고 있을 때, 내가 편안히 누워서 얼굴에 팩을 하고 있을 때, 사람들은 한 잔 또 한 잔 커피를 들이키며 기나긴 밤을 지새고 또 무언가를 위해

투혼했다.

그런 시절을 보내면서 더 이상 꿈이 없는 시간 속에서 허송세월할 수는 없다고 생각했다. 내면에서 울리는 소리에 귀 기울이고 싶었고, 자기 감정에 충실하고 싶었다. 스스로 가진 한계를 실험해 보지도 못한 채 한평생 들러리로 서 있기엔 내 젊은 피가 아직 너무 뜨거웠다.

그렇다. 내가 꼭 이루고자 하는 꿈만 가지고 있다면 언제든지 시작할 수 있다. 가진 것이 없지만 잃을 것도 없다. 공부가 유일한 길은 아니지만 지금 나에게는 그게 제일 빠르고 효험을 볼 수 있는 방법이다.

나는 대학 입시를 앞두고 마지막 발버둥이를 치는 고3 학생이 아니라 가고픈 삶에, 이루고자 하는 꿈에 첫 도전장을 내민 열아홉 살 소녀일 뿐이다. 내가 꿈을 이루면 나는 다시 다른 누군가의 꿈이 된다고 그랬다. 건방진 소리로 들리겠지만 난 큰 꿈이 있고 큰일을 해낼 사람이기에 여기서 멈춰 설 수 없다. 아직은 바닥이 드러날 만큼 가난하지만 제일 큰 재산인 '시간'과 '젊음'이 있기에 발이 닳도록 뛰어 보겠다.

난 겨우 고3이다. 이제 시작에 불과하다. 난 미완성이다. (2009년)

마음속에서 자라는 나무

영길현 조선족제1중학교 고중 2학년 김령

제 마음속에는 사철 푸른 나무가 자라고 있습니다. 그 나무가 늘 푸르싱싱 자랄 수 있었던 것은 고마운 분들이 가꾸어 주셨기 때문입니다.

그 나무에 물을 준 분이 계십니다.

골목길 아이스크림 아주머니, 잘 지내고 계시는지요? 절 기억하시는지 모르겠지만 전 해마다 이맘때만 되면 늘 아주머니가 떠오르곤 합니다. 소학교 때 어느 무더운 여름날이었지요. 제가 더워서 목이 마른데 돈이 없어 아이스크림을 사지 못했을 때 저에게 아이스크림 하나를 건네주셨잖아요. 그때 저는 마치 뜨거운 햇빛 아래서 샘물을 마시는 듯했어요. 메말라 가는 나무에 물을 주신 아주머니, 너무너무 감사합니다. 제 어린 마음에 감격을 느낄 수가 있어서, 어느 날 나도 그런 사람이 되어야지 하는 생각이 절로 났거든요.

나무 옆에 잡초가 자랄 때 그 잡초를 뽑아 준 분이 계십니다.

어문 선생님, 안녕하세요? 선생님께 꼭 해 드리고 싶은 얘기가 있습니다. 기억나시는지 모르겠지만 전 선생님 때문에 공부할 용기를 되찾았습니다. 한창 사춘기인 제가 많이 심란해서 방황하고 있을 때, 선생님이 숙제책에 써 주신 '힘내요!'를 보고 정말로 힘내서 다시 이렇게 공부하는 겁니다. 나무 옆에 자라고 있는 쓸모 없는 잡초를 뽑아 주신 선생님, 정말 감사합니다. 저도 이다음에 이런 원예사가 돼야지 하는 생각이 저도 모르게 자리가 잡혀 가네요.

나무에게는 늘 친구가 있습니다. 바로 새입니다.

내 친구 미령아. 친구들 가운데 난 너 같은 새가 제일 좋아. 이상하게 너랑만 있으면 고민이 사라지고 마음이 편해. 내가 저번에 울었을 적 기억해? 넌 날 위해 노래를 불러 주었잖아. 그때 난 그 노래 가사처럼 너와 함께라면 못 이겨 낼 것이 없을 것만 같았어. 늘 내가 지루하고 힘들고 외로울 때 내 곁에 있어 준 친구야, 정말 고마워. 올바른 친구란, 다른 친구가 슬프고 외로울 때나 도움이 필요할 때 구원이 되는 손길을 내미는 거잖아. 나도 나중에 누군가에게 너처럼 참된 친구가 돼야지 하는 생각이 절로 들어.

제 마음속에 나무를 심어 준 분이 계십니다. 우리 부모님입니다. 부모님은 마치 제 인생에 한줄기 빛과도 같은 존재입니다. 빛이 없으면 만물이 살아날 수가 없듯이 저 또한 마찬가지입니다. 부모님은 제 마음속에 감격이 샘솟는 나무를 심어 주셨고, 그것이 자랄 수 있도록 안받침 해 주셨습니다. 정말 감사합니다.

절 낳고 예쁘게 키워 주신 부모님, 기쁠 때나 슬플 때나 항상 자리를 같이 해 주신 부모님, 그것도 모르고 생트집만 잡으면서 떼질 부렸던 그날그날들이……. 옆에 계실 땐 소중한 존재임을 몰랐는데 지금 곁에 계시지 않으니까 이제야 제가 철이 들어 가네요. 이국 타향에서 몸조심하시고 제 걱정은 안 하셔도 됩니다. 저도 이다음에 부모님 같은 부모가 되어야겠다는 생각이 절로 드네요.

감격스러운 나무들! 이렇게 제 마음속에서는 여러분이 가꾸어 주신 나무가 울창하게 커 가고 있습니다. 이 나무는 장차 커서 여러분들 기대를 저버리지 않고 훌륭한 재목으로 잘 자라날 것입니다. 꼭 믿어 주세요. 정말 감사합니다. (2009년)

사는 것은 참으로 행복하다

휘남현 조선족중학교 3학년 김미령

나는 삶 자체가 참으로 행복하다고 생각합니다. 생은 천만분에 일쯤 되는 기회를 잡은 것과 마찬가지라고 선생님이 이야기하셨습니다. 우리 엄마 아빠가 생명을 만들어 주었다고 하더라도, 나 '김미령'이라는 개체가 생명을 이룰 수 있는 기회는 몇천억분에 일이라는 가능성뿐이라고 생물학자들이 연구 결론을 얻었다고 하셨습니다. 그러니 우리 생명이 얼마나 묘하고 신기하고 소중한 것입니까?

매일 아침 밝은 햇빛이 창을 비추면 밖에 나가서 두 팔을 벌려 기지개를 켭니다. 그런 다음 근육에 힘을 올려서 폐활량을 높이고 맑은 공기를 마음껏 들이킵니다. 그러곤 푸른 하늘과 저 수평선 아래에 있는 대지에 펼쳐진 아름다움을 두 눈으로 만끽합니다. 나무 위로 날아다니며 지저귀는 새 소리 또한 묘하게 내 기분을 돋웁니다. 어떻게 사람에게 이런 것들을 느낄 수 있는 여러 가지 기관이 다 갖추어졌을까요! 참으로 묘합니다.

엠피스리(mp3)에서 흘러나오는 음악 또한 저를 흥분케 하고 밥상에 앉으면 이 세상에 있는 산해진미들을 맛있게 먹을 수 있어서 행복합니다.

나한테 끔찍이 잘해 주는 아빠가 있어서 행복하고, 친근한 여러 가족들이 있어서 행복하고, 아기자기 사귀는 친구들이 많아서 행복합니다. 엄마의 사랑이 없어도 나와 피 한 방울 섞이지 않은 할머니가 채워 주는 진한 사랑만으로도 가슴이 뿌듯합니다. 또한 내가 화목한 가정에서 화기애애하게 자랄 수 있는 것도 고마운 일이고요. 건강하고 건전하고 자신 있고 당당한 모습으로 커 온 내 자신한테도 고맙다는 말을 전해 주고 싶습니다.

앞으로 내 인생에 찾아오는 고난과 좌절도 달갑게 맞이할 것입니다. 그것들은 나를 더욱 성숙되고 뜻깊은 인간으로 자라게끔 내 인생에 든든한 받침돌이 되어 줄 것입니다.

나에게는 항상 하는 일에 열심히 하는 모습을 보여 주는 아빠, 삼촌, 고모님들이 있어서 너무너무 감사드립니다. '언제나 너보다 못 먹고 못 입고 못사는 사람들과 비기며 살라' 는 할머니 말씀을 난 언제나 명심합니다. 그래서 이 세상에서 그 누구보다도 내가 제일 행복하다는 느낌이 듭니다. 하여 매일 아침에 일어나면 나도 모르게 콧노래를 흥얼대면서 학교 갈 준비를 마치고, 발걸음도 가볍게 신나게 학교로 갑니다.

학교에 가면 또 사람만이 가진 언어로 자기 사상과 감정을 친구들과 서로 주고받을 수 있어서 행복하고, 이 세상에 있는 좋은 책들을 읽을 수 있어서 행복하고, 그런 신비한 인간애를 느낄 수 있어서 묘하고 행복합니다. 또 매일매일 지식으로 우리들 눈을 뜨게 해 주시고, 더불어 우리들을 이해해 주고 보살펴 주고 사랑해 주시는 선생님들이 있어서 마음속에 감사와 행복이 넘칩니다.

우리에게 차례진 이 소중한 생명, 하루하루를 즐기면서 살아야만 합니다. 가수면 노래하는 것을 즐겨야 하고, 학생이면 공부하는 것을 즐겨야 합니다. 무엇을 하든지 하는 일을 즐기면 삶에 낙이 있을 것입니다.

감사합니다. 저에게 이렇게 풍요로운 삶을 살아갈 기회를 마련해 주어서요. 아무나 선물 받지 못하는 이 기회를 꼭 소중히 여겨 참답게 그리고 재밌게 잘 살아 보겠습니다. (2009년)

* 차례진 : 주어진.

진정한 행복

돈화시 제2중학교 고중 2학년 임송월

진정한 행복이란 그것을 느낄 수 있는 올바른 마음가짐에 있다. 속된 마음을 버리고 만족하는 마음으로 생활한다면, 둘레에 있는 조그마하고 사소한 일에서도 우리는 수시로 그 속에 담긴 행복을 충분히 만끽할 수 있다.

1부.

아침밥도 먹지 못하고 부랴부랴 학교로 줄달음치다가 학교 부근 상점에서 빵이라도 사 먹으려고 '학우상점' 문을 뗐다. 한 남자아이가 한창 상점 주인한테 무엇인가 애걸하고 있었다. 들어 보니 1원이 모자라서 예전부터 갖고 싶었던 책을 사지 못해 값을 낮춰 달라고 한다. 나는 문득 어느 책에선가 보았던 장면이 떠올라서 책 속 주인공처럼 그 아이에게 1원을 꺼내 주고는 상점 문을 나섰다. 주린 배를 달래려는 급한 마음에 1원만 쥐고 상점에 들어갔다가 닥친 일이라 창자에서는 꼬르락꼬르락 연주를 아끼지 않았다.

이때 갑자기 뒤에서 쨍쨍한 목소리가 들려왔다.

"누나, 고마워요!"

돌아보니 방금 전 그 남자애였다. 그 아이는 싱긋 웃더니 나는 듯이 미끄러져 갔다. 큰일을 했다고 생각하지도 않았고 인사를 받자고 한 것도 아니었는데, 무척이나 만족해하고 행복에 젖은 그 한마디가 조약돌이 되어 내 고요한 가슴에 잔잔한 파문을 일으켰다. 만족과 즐거움, 달콤함으로 어우러진 마음속 감각이었다.

2부.

한겨울에도 옷을 적게 입고 마른 멋을 부리는 것이 요즘 중학생들한테 유행이다. 수시로 우리를 위협하고 마음을 불안하게 하는 신종플루는 유행성감기이니까 예방 안전에 주의하고, 기후변화에 따라 옷가지를 잘 챙겨 입으라는 선생님들 충언을 귀에 딱지가 앉을 정도로 들어 왔건만 그놈의 옹고집이 일을 치고야 말았다.

온몸이 불덩이가 되어 열은 섭씨 39.3도까지 치달아 올랐다. 침실에 누워 있으려니 어머니가 사무치게 그리워졌다. 나도 모르게 눈물이 흘러내렸다. 울며 겨자 먹기로 주사를 맞으러 홀로 병원으로 갔다. 병원에 온 애들 옆에는 종잇장을 들고 의사를 찾아 문의하는 부모와 친척들이 있었지만 나만은 외기러기 신세였다.

부러움과 허전함이 이성을 잃게 했는지 요즘 신종플루로 모두가 조심한다는 걸 알면서도 친구한테 전화를 넣었다. 친구는 내가 병원에 있다는 말을 듣자 바람으로 인츰 병원으로 쫓아왔다. 친구를 보는 순간 나는 내 병이 절반은 사라지는 것만 같았다.

친구는 주사를 맞는 내 옆을 지키면서,

"몹시 아프니? 열은 계속 오르니?"

하면서 캐물었다.

나는 행복했다. 내가 쓸쓸하고 외로울 때 부르면 달려와 주고 뜨거움을 안겨 주는 친구가 있기에 행복이 빚어지는 것이 아닌가 싶었다.

3부.

주는 데는 무심하지만 받는 것에만은 마음이 가는 것을 보면 인간은 자사자리한 것 같다.

오늘은 내 생일날이다. 엄마는 외국으로 가고 없는데 아버지마저 기억하지 못하고 아침부터 어디 나갈 준비를 하고 있었다. 나는 서글픈 마음을 참지 못하고 그만 마음속에 숨겼던 울분을 터뜨렸다.

"아버지, 아버지는 내 생일을 기억한 적이 한 번도 없죠? 엄마가 계셨더라면……."

하고는 집을 뛰쳐나갔다.

홧김에 온종일 밖에서 보내다가 저녁 늦게 집으로 돌아온 나는 그만 그 자리에 굳어져 버렸다. 풍성한 생일상을 차려 놓은 식탁에, 두 볼에 눈물 자국까지 남긴 채 피곤하게 잠든 아버지 모습이 내 눈을 자극했다.

나는 나 자신이 원망스러웠다. 뜨거운 눈물이 줄 끊어진 구슬마냥 흘러내렸다. 아버지는 나를 사랑했다. 그것도 무지무지. 나 때문에 아버지는 외국에 갈 기회도 포기했고, 어머니와 생이별을 한 채 여직껏 나를 지키며 살아왔는데…….

나는 깨달았다. 행복은 일 크기와 관계없이 작은 일에서라도 사람 마음가짐에 따라 느낄 수 있는 것이며, 그것이 미묘한 곡조로 조화를 이루어 아름다운 소나타를 연주한다는 것을. (2009년)

* 뗐다 : 열었다.

내 마음속 우산

매하구시 조선족중학교 3학년 김진연

쭈룩쭈룩, 창밖에선 가을비가 내린다. 바람에 흩날리는 낙엽만 봐도 쓸쓸한데 찬 가을비까지…….

'난 또 어쩌지, 우산도 안 가져왔는데…….'

내 마음은 가을비처럼 처량하기 그지없었다. 이때 '똑똑똑' 문 두드리는 소리가 났다. 선생님은 문을 열고 나가시더니 우산 하나를 들고 들어오셨다.

'우산, 날 주는 우산이었으면 얼마나 좋겠나!'

난 공상이란 걸 알고 있다.

'누굴 줄까?'

선생님은 "영이 학생, 어머니께서 보내왔습니다." 하며 영이에게 건네주었다. 영이는 함박꽃이 핀 듯 입을 다물지 못했다.

'영인 참 행복해! 엄마가 곁에 있어서. 우리 엄마는 여기 비 오는지나 알겠나?'

나도 몰래 눈시울이 뜨거워졌다.

"따뜨릉."

수업 마치는 종소리가 울렸다. 오늘따라 수업 시간이 너무나 빨리 끝나는 것 같았다. 비는 내 마음도 모르고 아직도 쉴 새 없이 내리고 있다. 책가방을 메고 교문을 나섰다. 교문 밖에서는 각양각색 우산들이 빈틈없이 길을 막고 있었다. 친구들은 하나, 둘씩 우산 속으로 찾아간다. 하지만 나만은 빗속에서 걸어갈 수밖에 없었다. 어느덧 온몸이 푹 젖어 물에 빠진 병아리가 되었다.

'엄마, 보고파. 엄만 왜 나를 버리고 갔는지?'

눈물은 빗물보다 더 세찼다. 눈물과 빗물이 뒤섞이는 그 시각, 마음이 너무나 슬펐다. 너무나 아팠다. 너무나 차가웠다. 눈물은 닦기가 바쁘게 헤프게도 흘러내렸다.

"전화 왔어요!"

핸드폰이 울린다.

"여보세요! 연이야? 엄마다."

"엄마, 엄마……."

도화선에 불이 붙은 듯 울음보를 터뜨리고 말았다.

"연이야, 무슨 일이야? 어디 아퍼?"

조급한 엄마 목소리였다.

"엄마, 아니 엄마 보고파서……."

"나도 우리 연이 보고파, 하지만 우리 형편에 엄마가 출국할 수밖에 없잖아. 엄마 돈 많이 벌어서 우리 연이 남 못지않게 무엇이든다 해 줄 거야."

"엄마……."

나는 목이 메어 말을 할 수가 없었다.

"중국 기상예보를 보니 고향에 큰비 내린다고 하던데 지금 비가 억수로 오지? 우산은 있는 거야? 옷은 많이 입었고? 가을철에 감기 잘 걸리니 조심해라. 엄마도 우리 연이 참 보고 싶어. '연이가 뭘 할까? 공부도 잘하고 친구들과 잘 지내겠지?' 하고 늘 생각해. 엄마가 곁에 있으면 꼭 우산을 챙겨 줄 것인데……. 콜록콜록."

갑자기 엄마는 길게 된 기침을 하더니 말을 더 맺지 못하였다. 순간 나는 가슴이 철렁했다.

'엄마가 왜? 엄마, 어디 아픈 거야?'

가슴은 바늘로 쿡쿡 찌르는 것 같았다.

"엄마, 엄마……."

한참 뒤에 엄마는,

"연이야, 괜찮아. 요즘 계속 기침이 나네. 지금 일하는 시간이야. 네가 걱정되어 몰래몰래 전화하니까 말 많이 못하겠다. 연이야, 사랑해……."

하더니 전화가 끊어졌다. 한꺼번에 쏟으려고 했던 마음에 쌓였던 모든 울분은 눈 녹듯이 사그라졌다. 엄마의 힘겨운 모습이 눈앞에 얼른거렸다.

"엄마, 나도 엄마 사랑해요!"

비는 아직도 쭈룩쭈룩 내린다. 알락달락 우산들이 뽐내듯 내 곁을 스쳐 지나갔지만 부럽지 않았다. 내 마음속에 제일 크고 제일 아름답고 제일 따뜻한 우산이 있기 때문에. (2010년)

바보 엄마

돈화시 제2중학교 고중 2학년 조홍

이모는 우리 엄마보고 바보라고 한다.

"요즘 세상에 너처럼 멍청한 애는 없다야. 남편 월급 하나로 다섯 식구가 살면서 외국 갈 생각도 안 하고. 그러니까 시댁 식구한테도 날마다 당하지."

이렇게 이모는 늘 엄마를 나무란다.

이모와 엄마를 견줘 보면 이모가 엄마를 욕하는 것도 그럴 만하다. 이모는 백여 평방미터 되는 아파트를 사서 으리으리하게 장식을 해 놓고 산다. 장식 비용도 10만 원이나 들었다는데 집에 들어서면 황궁과도 같다. 게다가 전에 있던 시골 단층집 두 채까지, 집만 세 채가 있다. 우리 집은 65평방미터밖에 안 되는 아파트에서 할아버지, 할머니, 아버지, 어머니, 나까지 다섯 식구가 살고 있다. 그 집값도 일부는 현찰로 나머지는 월세로 다달이 내야 하는 상황이다.

이모는 오늘도 오백 원짜리 원피스를 사 입었다. 엄마는 항상 이모가 입다가 준, 시대에 뒤떨어진 옷을 입는다. 이모한테는 목걸이, 반지, 귀걸이가 많아서 옷을 바꿔 입을 때마다 맞춰서 바꿀 수 있지만 우리 엄마는 하나도 없다. 실은 이모가 언니지만 모르는 사람은 엄마를 언니라고 한다.

이모는 시체옷 입고 동창 모임이요, 가족 모임이요, 생일파티요 하면서 식당, 노래방, 사우나방을 뻔질나게 다니지만 우리 엄마는 시부모님 뒷시중 때문에 외출할 시간조차 없다.

이모네는 이모부가 한국 나가서 돈 벌고, 언니가 고중 졸업하고 청도에 나가서 돈 벌고, 이모는 한국 수속을 넣고 대기 중이다. 우리는 할아버지, 할머니가 퇴직해서 집에 계시고 아빠는 사업 단위에 근무하신다. 어머니는 가정주부이며 나는 고중 2학년생이다. 게다가 할머니는 뇌출혈 후유증으로, 할아버지는 치매로 일상생활마저 스스로 할 수 없다.

그래서 이모는 항상 엄마를 원망한다.

"요즘 세상에는 돈이 있어야 된다. 집구석에 처박혀 있으면 돈이 절로 생기니? 젊었을 때 벌어야지, 애가 대학교 가면 들 돈이 만만찮을 텐데……."

친척들도 맞장구를 친다. 그때마다 말주변이 약한 엄마는 어쩔 수 없다는 표정을 지으며 말한다.

"내가 가면 노인들은 어떻게 하겠소? 홍이두 걱정되구. 걘 음식을 너무 가려서……. 나두 속 타 죽겠소."

그래도 나는 우리 엄마가 이모보다 더 행복하고 우리 가족이 이모네 가족보다 더 행복하다고 생각한다.

이모네는 집이 세 채나 되지만 그 집에 살고 있는 사람은 이모 혼자 뿐이다. 세 식구가 세 곳에서 산다. 황궁 같은 집이지만 날마다 독수공방하는 이모가 행복하겠는가?

우리 집은 다섯 식구가 비좁은 공간에서 숨 쉬며 산다. 때론 엄마가 치매에 걸린 할머니, 할아버지 때문에 바가지를 긁는다. 그럴 때 유머러스한 아빠가 엄마를 슬쩍 웃겨 주면 우리 집은 웃음소리가 차넘친다.

이모는 이모부와 떨어져 산 지 십 년이나 된다. 지금은 전화도 자주 안 온다. 혼자 명절을 쇠거나 아플 땐 이모가 얼마나 외로우랴? 우리 집은 명절마다 친척들이 모여들고 엄마가 아프다고 하면 아빠가 챙긴다.

"당신이 집에서 부모님을 잘 모시기에 내가 안심하고 출근할 수 있소. 여보, 고맙소!"

이 말은 엄마 생일날에 아빠가 하신 말씀이다.

"형수님, 고맙소. 형수님이 있기에 우리는 걱정이 하나도 없소."

삼촌과 친척들도 엄마를 칭찬하신다.

저녁마다 엄마 아빠는 함께 산책을 나가신다. 둘이서 웃음꽃 피우며 산책하는 이 때에 엄마가 받은 스트레스는 가뭇없이 사라진다.

이모네 언니는 고중을 졸업하고 회사로 나갔다. 나는 고중 2학년생인데 학급에서 일이 등을 하고 있다. 대학에도 들어갈 마음이다. 나는 엄마 희망이고 우리 집 희망이다. 몸이 허약하여 온갖 감기는 다 걸리고 음식도 이것저것 가려 먹기에 다른 애들처럼 개인 집에 하숙하거나 숙사에 들거나 했을 때 공부를 할 수나 있을지 상상도 할 수 없다.

엄마가 아니었으면 난 지금까지 이 상태로 공부할 수 없었을 것이다. 엄마는 내 곁에서 내 성장을 한 눈금 오차도 없이 챙기며 지켜봐 주시고 있다.

요즘 세월에 시부모 모시면서 자식 공부 때문에 외국에 나가지 않는 사람은 바보 취급을 받을 것이다. 노래방이나 식당에 못 가 본 사람은 더구나 바보 취급을 받을 것이다. 우리 엄마는 바로 그런 '바보 엄마' 다. 하지만 '바보 엄마' 가 계셔서 아빠는 걱정 없이 출근하고 할아버지, 할머니는 편안하게 노년을 보내시며 나는 열심히 공부할 수 있다. 문득 '행복은 결코 부와 일치하지 않는다' 는 말이 생각난다.

우리 집은 가난하지만 '바보 엄마' 때문에 행복하다. (2010년)

* 숙사 : 기숙사.

아픔

길림시 조선족중학교 고중 1학년 신순희

오늘은 아침부터 기분이 둥둥 뜨는 즐거운 하루, 일요일이다. 나는 어제 친구랑 한 약속을 생각하면서 집을 나섰다. 열한 시가 다 되자 나는 약속한 곳인 학교 부근 밀국수집으로 들어갔다.

여느 때와 같이 밀국수집은 사람들로 붐볐다. 나는 겨우 구석 빈자리를 하나 찾아 앉았다. 향기로운 밀국수 냄새와 사람들이 내는 즐거운 목소리가 조화를 이루어 그야말로 행복이 가득한 밀국수집이라 해도 과언이 아니었다. 주위에 밀국수집이 촘촘히 붙어 있지만 오직 이 집만이 언제나 사람들로 가득 찬다. 맛좋은 음식 솜씨도 있겠지만, 언제나 밝은 웃음으로 따뜻하게 반겨 주는 주인아줌마 덕에 모두들 피로를 잊고 음식을 먹을 수 있어서 그런 것도 같다.

많은 학생들은 부모가 곁에 계시지 않고 혼자 외롭게 숙사 생활을 하다 보니 엄마 생각이 날 때면 여기 와서 엄마 손맛이 떠오르는 음식을 먹는 것으로 그리움을 달래곤 한다. 그때마다 주인아줌마는 따끈한 음식과 철철 넘치는 정으로 반갑게 맞아 주었다. 그래서 이곳은 우리 학생들이 힘들 때나 어려울 때 서슴없이 찾는 쉼터이기도 하다.

갑자기 문이 열리더니 떠들썩한 소리와 함께 교복을 입은 학생 셋이 비칠거리며 들어왔다.

"난 한 달 생활비 천오백 원을 벌써 다 썼어."

"야, 난 이미 오백 원을 꾸었단다."

"그게 대수야? 우리 엄마는 내가 굶을까 봐 내일 또 돈 보낸다는데?"

셋은 몸도 제대로 가누지 못하며 금방 자리가 난 문 옆자리에 앉았다. 어디서 마셨는지 이미 술이 거나했다. 이 학생들은 해바라기를 까면서 목청을 돋우고 있었다. 땅바닥 여기저기에 떨어진 해바라기 씨껍데기는 마치 티 없이 깨끗한 거울마냥 그 학생들이 저지른 행동을 비웃는 것만 같았다. 셋은 주위 사람들 시선에도 아랑곳하지 않고 목에 핏대를 세우고 떠들어 댔다. 손님들은 더는 참을 수가 없어 얼른 먹고 피하듯 자리를 떴다.

"학생, 얼른 따끈한 것 먹고 집에 가서 자는 게 어때?"

"아줌마, 무슨 소리 합니까? 장사하기 싫어요?"

그중 키가 큰 한 남자애가 말하였다. 한창 싱갱이질하다가 막무가내인지 주인아줌마도 포기하고 주방으로 들어갔다.

나는 이런 정경을 보며 생각에 잠겼다. 자고로 조선족은 예의범절과 자녀 교육에 뛰어난 민족으로 손꼽히지 않았던가? 그런데 지금은 조선족 학생들한테서 옛날 그 당당했던 모습을 찾아볼 수가 없다. 유명 브랜드 옷을 입고 비칠비칠 거리를 누비는 학생들, 학생복을 입고 피시방을 드나드는 행렬에서도 우리는 어렵지 않게 조선족 학생들 모습을 찾아볼 수 있다. 참 가슴 아픈 일이 아닐 수 없다.

'생각이 행동을 바꾸고 행동이 습관을 바꾸고 습관이 인격을 바꾸고 인격은 운명을 바꾼다'고 한다. 언제면 우리 조선족 학생들 생각이 성숙해지고 행동과 습관도 아름다워질까? (2010년)

따뜻한 편지 한 통

연길시 제8중학교 2학년 김서연

요즘엔 인터넷으로 안 되는 게 없다. 서로 주고받는 이메일은 기본 중에 기본이다. 손으로 직접 써서 우표를 붙이고, 우편함에 넣어야 할 필요가 없으니 편리하기 그지없다. 그러다 보니 손으로 쓴 편지는 대다수 사람들 기억 속에서 점점 잊혔다. 하지만 나는 아직도 편지를 쓴다. 지금이 80년대도 아니고 촌스럽다고 말할지 모르지만 천만의 말씀이다. 손편지만이 지닌 따뜻한 매력을 알게 된다면 그런 말이 안 나올 것이다.

손편지는 정성이 낳은 산물이다. 컴퓨터 인쇄체는 딱딱하고 지루하고 성의 없어 보이지만 손편지는 직접 썼기에 정성이 담뿍 들어 있다. 글자도 정연하게 쓰고 장식까지 한다면 금상첨화가 아니겠는가!

편지는 우정에 날개를 달아 주는 천사다. 나는 친구들과 자주 편지를 주고받는다. 알록달록 예쁜 편지지에 또박또박 글씨를 쓰고 반듯하게 접어서 친구 책상 밑에 살그머니 넣어 준다. 이튿날 어김없이 내 책상 속에도 편지가 들어 있다. 마치 한줄기 봄바람이 불어오는 듯 내 마음엔 따스함이 넘친다. 수줍음이 많은 우리들은 평소에 하지 못했던 시시콜콜한 말들을 편지에 털어놓는다. 좋은 일이 있을 때는 축하를 해 주고, 속상한 일이 있을 때는 심리 상담사가 되어 준다. 설사 특별한 일이 없더라도 우리는 편지를 쓴다. 편지를 쓰는 일은 우리 마음을 더 가까워지게 하는 지름길이다.

편지는 마음과 마음을 이어 주는 다리다. 생일이나 명절이 다가오면 나는 선물을 챙기기 전에 편지부터 준비한다. 그래서 가족들 생일 파티 하이라이트는 내가 쓴 편지를 정독하는 순서일 정도로 가족들은 내가 쓴 편지를 매우 좋아한다. 그렇게 특별하지도 않은데 말이다. '사랑해요' 같은, 진심을 담은 단어가 마법을 부리는 것이다. 아빠 생일날에 나는 미처 선물을 준비 못 해서 편지를 선물로 드렸다. 매사에 무뚝뚝한 아빠는 편지를 읽으시더니 얼굴에 환한 웃음을 띠면서 '이것이 바로 최고 선물'이라고 나를 칭찬해 준다. 내 마음은 꿀이라도 먹은 듯 달콤해진다.

편지는 닫히고 막힌 마음을 열어 주는 금열쇠다. 누구와 오해가 생기거나 다투었을 때, 건의를 드리고 싶을 때, 용서를 빌고 싶을 때 편지는 소리 없이 도와준다. 나는 편지의 매력 속에 흠뻑 빠져 있다. 그리고 받는 것보다 줄 때 심정이 더 유쾌하다는 것도 알았다. 그래서 오늘도 따뜻한 편지 한 통을 쓴다. 내 마음을 전달하려고, 따뜻한 행복과 축복을 전달하려고……. (2010년)

사랑이란 무엇일까

길림시 조선족중학교 고중 1학년 리정금

사랑이란 무엇일까?

나는 오래오래 찾아봤지만 답안이 없었다.

어머니는 성격이 아주 나빴다. 티끌만 한 일에서도 아버지한테 자꾸 화를 내곤 하였다. 나는 언제나 옆에서 묵묵히 앉아 있는 아버지를 동정했다. 어머니가 그토록 아버지를 거칠게 대하는 걸 봤을 때 아버지를 하나도 사랑하지 않는 것 같았다. 그런데 어머니는 왜 아버지한테 시집왔는지 이해가 안 되었다.

어느 무더운 여름철 점심 때였다. 더운 날씨가 어머니 심기를 건드렸는지 어머니는 아버지를 보고 또 그 잔소리 보따리를 풀어놓았다.

"당신 그 머리엔 무슨 생각이 들어 있는지 모르겠어요. 날씨가 이렇게 더운데 부엌 찬장에 있는 선풍기를 내려올 생각은 않고 턱 텔레비전만 보고 있으니깐 말이에요."

아버지는 아무 말도 하지 않고 결상 두 개를 찾아 왔다. 우리 집 찬

장이 아주 높아서 걸상 두 개를 겹쳐 놓아야 찬장 꼭대기에 닿을 수
있었다. 내가 걸상을 잡아 주려고 하는데 어머니가 먼저 내 앞에 와서
걸상을 붙잡았다.

"조심해요. 위험하니까 천천히……."

잠시나마 조용하려니 했는데 또 어머니 말소리가 들린다.

"넘어져서 콱 죽으면 좋겠다. 다시는 당신 잔소리를 들을 필요 없
게."

아버지가 말씀하셨다.

"흥, 당신이 죽어도 나는 당신 뒤에 따라가서 잔소리를 해 줄 거
야!"

어머니 말씀이 끝나기가 바쁘게 두 분은 서로를 보면서 웃었다. 행
복을 담은 눈빛이었다.

순간, 나는 오래오래 찾고 있던 사랑에 대한 답을 찾았다. 나는 어
머니와 아버지는 서로 원망만 한다고 생각했는데 두 분 사이에는 내
가 이해할 수 없는 어떤 사랑이 있었다.

사랑은 드라마처럼 상대방한테 '사랑해' 하고 말을 해야 표현할 수
있는 거라고 생각했는데 부모님한테 사랑이란 그런 것이 아니었다.
잔소리는 어머니가 하는 사랑 표현이었고 침묵은 아버지가 하는 사랑
방식이었다. 사랑은 기념일 때마다 장미와 촛불 만찬이 있어야 한다
고 생각했는데 그분들 사랑이란 그런 것이 아니었다. 상대방을 챙겨
주고 받아 주는 것이 그분들이 주고받는 사랑 방식이었다.

부모님은 '사랑'이란 두 글자를 자기 마음속에 깊이 묻어 놓았고
또 상대방 마음속에도 깊이 묻어 놓았다. 그분들은 꿀 같은 언약은

없이 오직 평범하고 평범한 생활을 함께 꾸려 가면서 서로한테 어깨
가 되어 주었다.

사랑이란 무엇일까?

내가 그렇게도 오래오래 찾아 헤맨 답안. 그것은 열렬한 고백도, 불
타오르는 눈빛도 아니었다. 사랑은 서로서로 상대방을 마음에 두는
일이었다. 상대방 손을 잡고 함께 늙어 가는 것, 어머니와 아버지는
이렇게 걸어오셨고 앞으로도 그렇게 걸어가실 것이다.

오늘에야 나는 사랑이란 무엇일까에 대한 답을 찾았다. (2010년)

엄마 잔소리가 그립다

내몽골 울란호트시 조선족중학교 고중 2학년 전동환

"동환아, 일어나거라."

할머니가 부르는 소리에 눈을 떴다. 일요일날 아침 할머니 집이다. 창밖을 내다보았다. 날씨는 유난히 맑아 보였다. 하지만 맑은 날씨와는 달리 왠지 내 마음은 허전하고 미묘하다. 할머니가 맛나는 음식을 푸짐히 차려 놓고 이것저것 집어 주며 먹으라고 하시지만 나는 통 구미가 당기지 않았다.

엄마가 한국을 떠난 지 3개월이 되었다. 점점 엄마가 그리워진다. 엄마가 떠나는 날로 나는 숙사 생활을 하였다. 학교 식당에서 물고기 채를 집는 순간 비린내가 확 풍긴다. 나는 대번에 입맛이 떨어졌다. 밤 자습이 끝나고 입이 궁금해 군고구마를 샀다. 내 입에 들어갈 기회도 없이 친구들이 내 한 입 네 한 입 하면서 다 떼어 먹었다. 날씨가 춥지만 더운 물도 마음대로 쓸 수가 없다. 어느 날엔 감기에 걸려서 열이 39도까지 올랐다. 엄마는 내가 평소에 감기에라도 좀 걸리면 마음 졸이면서 온밤 잠을 못 주무셨다. 그런 엄마를 따뜻한 인사말 한마디 없이 한국으로 떠나보낸 것이 너무 마음 아프다.

"엄마는 뭘 그렇게 했던 말을 하고 또 하고 그래요?"

엄마 잔소리에 대한 내 불평이었다. 나는 엄마 잔소리가 그렇게도 듣기 싫었다. 집에만 들어오면 선생님 말을 잘 들었느냐, 공부는 잘했느냐 꼬치꼬치 묻고 빨리 발을 씻으라는 둥, 텔레비전을 적게 보라는 둥 정말 잔소리가 그칠 새 없었다. 엄마가 했던 하루 잔소리를 장부에 앉히면 50가지는 될 거다. 그래서 늘 엄마가 옆에 계시지 않는 날이 왔으면 하고 손꼽아 기다렸다.

그러던 어느 날, 엄마가 한국을 간다고 하는 것이다.

나는 속으로,

'얼씨구나 좋다! 이제야 내가 살겠다. 놀고 싶은 컴퓨터도 한번 실컷 놀아 보아야지.'

하면서 오늘 떠나라 내일 떠나라 엄마가 떠나기만 기다렸다.

드디어 그날이 왔다. 엄마가 떠나는 날짜가 정해진 것이다. 엄마는 나를 또 붙들고 열 가지고 백 가지고 부탁을 한다. 그러면서 눈물까지 흘리는 것이었다. 하긴 아빠가 일찍 돌아가시고 모든 사랑을 이 아들한테 몰부었으니 그럴 법도 하다. 나도 어딘가 조금은 엄마와 이별하는 게 섭섭했다. 필경 엄마와 함께 17년을 아빠 없이 살아왔으니까. 그렇건만 속으로는 만세 삼창을 불렀다. 엄마 부탁은 잔소리로만 들렸으니 건성건성으로 들었다.

나는 엄마 없는 생활이 자유롭고 즐겁고 행복할 줄로만 알았다. 그런데 아니었다. 엄마 빈자리가 그토록 소중한 줄 이제야 알게 되었다.

떠난 다음에야 알 수 있었다.

엄마가 머나먼 한국에서 자주 전화를 걸어온다. 또 '잔소리'를 한다. 하지만 이제는 귀가 열 개면 열 개를 다 열어 놓고 듣는다. 엄마 손맛도 그립고 밤 자습 마중 나오던 모습도 그립다. 이제는 엄마 잔소리도 그립다.

"동환아, 어서 많이 먹어라."

할머니가 또 음식을 집어 주셨지만 별 관심이 없고 온통 엄마 생각뿐이다. (2010년)

* 채 : 반찬.

있을 때 잘해, 후회하지 말고

장춘시 조선족중학교 고중 1학년 리춘금

"있을 때 잘해, 후회하지 말고. 있을 때 잘해, 흔들리지 말고. 가까이 있을 때 붙잡지 그랬어……."

한국 가수 오승근이 부른 이 노래를 들을 때마다 나를 두고 부른 노래 같아서 가슴이 짜릿해진다. 참으로 있을 때 잘했다면 지금 이렇게 뼈저리게 후회하지 않을 수 있었을 것이다.

내가 초중 때 일이다. 부모님들은 갓 초중에 입학한 내가 걱정되어 학교 주위에 셋집을 잡고 나를 돌보기로 하였다. 그때 우리 집 형편에 한 달에 몇백 원 집세를 내 가면서 나를 돌본다는 것은 정말 큰 결심이 아닐 수가 없었다. 근데 그것이 하나도 고맙지 않았다. 오히려 부담스러웠고 고통스럽기까지 하였다.

난 숙사 생활하는 친구들이 지갑에 몇백 원씩 넣고 다니며 부자 행세를 하는 것이 부러웠고, 날마다 어머니한테서 몇 원씩 돈을 타 쓰는 내 자신이 초라해 보였다. 토요일, 일요일이면 마음대로 쇼핑도 다니고 자유롭게 돌아다니는 친구들이 부러웠고 조롱에 갇힌 새처럼 자유가 없는 내가 불쌍해 보였다.

하여 늘 심술을 부렸다. 어머니가 한 밥이 맛이 없다고, 어머니 관심이 필요 없다고, 어머니 잔소리가 듣기 싫다고, 어머니 웃음마저도 보기 싫다고……. 여하튼 난 그때 왜 엄마가 그렇게 미웠는지 모른다.

어쩌다가 엄마가 같이 쇼핑하러 가자고 해도 속으로,

'돈도 없으면서 쇼핑은 무슨 쇼핑, 남들 엄마처럼 한국에 가서 돈이나 꽝꽝 벌 것이지.'

하며 매정하게 거절해 버렸다.

맛있는 음식을 해 놓고 내 눈치를 살피며 맛있게 먹어 주기를 기대하는 엄마에게 난 늘,

"난 이런 것을 좋아하지 않으니 엄마나 실컷 잡수세요."

하고 쏘아붙이기도 했다. 그때마다 엄마 얼굴에 스쳐 지나가는 슬픈 표정을 보면서 깨고소해하였다. 내가 이렇게 괴롭히면 엄마가 떠나지 않을까 하는 얄팍한 생각에 마음속으로 쾌재를 불렀다.

하느님이 내 마음을 알아주어서일까 정말 엄마가 출국하게 되었다. 그때 나는 날듯이 기뻤다. 엄마가 출국한다는 소식을 듣는 순간 난 세상에서 제일 행복한 사람이 된 듯한 기분이었고, 내가 바라고 바라던 소원이 드디어 이루어진 그런 행복감을 느끼게 되었다.

드디어 엄마가 떠나는 날이 되었다. 나를 두고 가는 것이 마음에 걸려 몇 번이고 미안하다고 하며 눈물범벅이 된 엄마를 보면서도 나는 눈물 한 방울 흘리지 않았다.

엄마가 떠나고 내가 그토록 바라던 자유로운 생활을 시작하였다. 하지만 생각했던 것처럼 행복하지만은 않았다. 모든 것을 내 손으로 하자니 힘든 때가 많았다. 하루 건너 바꾸어 입던 옷도 빨아 주는 사람이 없으니 한 주일씩 입어야 했고, 무더기로 쌓인 양말에 빨래까지 하느라 내 여린 손에서는 피가 났다. 게다가 식당 밥이 맛이 없어 끼니를 굶은 적도 있었다. 돈도 계획 없이 쓰다 보니 한 달 생활비가 며칠이면 거덜이 나 속을 끙끙 앓을 때가 많았다.

다른 집에서 풍겨 나오는 반찬 냄새를 맡을 때면 엄마가 끓여 준 구수한 장국이 먹고 싶었다. 그때마다 난 가슴 짜릿하게 젖어드는 엄마 생각에 남몰래 눈물을 흘렸다. 지난 세월이 너무 그리웠고, 그것을 아끼지 않은 나 자신이 한없이 미련해 보였다.

어디에선가 들려오는 노랫소리,

"있을 때 잘해, 후회하지 말고. 이번이 마지막 기회야……."

정말 나에게 다시 한번 그런 기회가 있다면 정말 잘할 마음 준비가 되어 있는데……. (2010년)

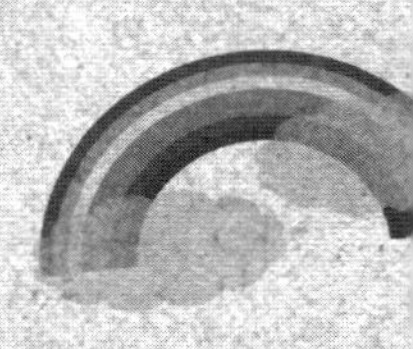

널 사랑하니까 내 말을 들어야 한다는 생각이 당연하다는 듯이 머릿속에 들어와 있었다. 아이가 내 뜻대로 살기를 바랐고 조금이라도 거역하는 듯싶으면 그 이유를 묻기에 앞서 번번이 '너 잘되라고 하는 거다' 하는 말로 아이 훈계를 끝맺었다. 정말 아이를 위해서였을까? 살그머니 자신에게 물어본다.

엄마 품으로 돌아와 주렴

매하구시 안경순

그리운 딸에게.

10여 년 전, 서로 믿고 사랑하며 영원히 함께 인생행로를 걸어가자는 네 아버지의 달콤한 말에 빠져 나는 네 아버지와 결혼했다. 그러나 유감스럽게도 네 아버지가 한 약속은 인차 연기처럼 사라져 버렸어. 결혼한 지 얼마 안 되어 돈을 번답시고 연해 도시로 떠나더니 마음까지 가 버린 거야. 지금 있는 네 새엄마와 새 생활을 시작한 것이지. 그래서 나를 점점 멀리하더니 나중에는 공연히 트집을 걸어 와서 싸우곤 했어. 일 년에 겨우 두어 번 만나는데도 말이야. 그때 내가 겪은 고통을 네가 어찌 알겠니? 나는 불안과 고통 속에서도 참고 또 참으면서 너를 낳고 젖 먹여 키웠어. 2년 동안 너와 의지하면서 살았지. 그때 넌 내 생활의 전부였어.

그러나 운명은 결국 우리 모녀를 갈라지게 했어. 불행하게도 엄마는 경제난으로 너를 키울 힘이 없었다. 내가 고생하는 건 두렵지 않은

데 이제 한 돌이 갓 지난 네가 어떻게 그 고생을 견뎌 내겠니? 그러나 네 아버지네는 생활이 부유한 데다 할아버지, 할머니가 너를 무척 귀여워해서 너를 잘 키울 수 있었다. 그래서 나는 독한 마음을 품고, 너를 두고 떨어지지 않는 발걸음으로 떠났다. 그러나 너를 잊은 적은 한시도 없었고 종종 너를 보러 다녔어. 몇 년 뒤에 내가 경제적으로 자립할 수 있게 되자 네 아빠한테 내가 널 키우겠다고 했어. 그런데 할머니가 여직 너를 키웠다고 너를 꼭 잡고 놓아주지 않더구나.

네가 다섯 살 때, 나는 책가방과 자전거를 사 가지고 널 보러 갔어. 너는 엄마, 엄마 하며 나를 얼마나 따르던지. 그때 나는 피는 물보다 진하다는 말에 담긴 참뜻을 실감했지. 몇 년 갈라져 있어도 우리 모녀 사이에 정은 변함이 없었으니 말이다.

그때 할머니는 네가 엄마 따라갈까 봐 너에게 반면교육을 한 줄로 알고 있어. 그래서 너는 학교에 다니기 시작한 뒤부터는 나를 피했지. 내가 아껴 먹고 아껴 입으면서 아득바득 벌어서 산 옷과 신, 심지어는 먹을 것조차 받지 않았지. 지난해 네 생일날, 내가 널 보러 갔을 때는 "보기 싫어, 당장 돌아가." 하면서 고래고래 소리까지 질렀지. 네 어린 가슴엔 엄마에 대한 미움과 저주로 가득 찼던 거야. 그때 엄마는 이 모든 것이 네가 나한테 주는 징벌이라 여기고 묵묵히 참고 받아들였다.

어쨌든 너는 참으로 불쌍한 애다. 엄마와는 담벽을 쌓고, 아빠는 이름뿐이니까. 솔직히 말해서 너는 엄마의 사랑을 잃었을 뿐만 아니라 아빠의 사랑마저 잃었어. 아빠한테만이라도 사랑을 받을 수 있다면 내 가슴은 덜 아프련만……

할머니가 늙자 너는 고모네 집에 가서 살게 되었지. 지금 엄마는 너와 큰길 하나를 사이에 둔 집에 살고 있어. 아침마다 네가 책가방을 메고 학교 가는 귀여운 모습을 실성한 사람처럼 멍하니 바라보곤 한단다. 가슴속에 정은 끓어넘쳐도 너와 나눌 수 없는 게 눈물겹구나. 세상에 이보다 더 고통스럽고 잔인한 불행이 또 어디 있단 말이냐? 부모를 잘못 만난 죄로 응당 행복해야 할 어린 시절을 잃고, 어린 나이에 무거운 십자가를 메고 힘들게 살아가는 네가 너무너무 가엾어 나는 피눈물을 흘린다.

소월아, 내 사랑하는 딸애야, 하루속히 엄마와 쌓은 마음속 장벽을 무너뜨리고 엄마 품에 돌아오너라. 넌 엄마한테 사랑을 받을 권리가 있단다. 엄마의 하소연이 이해되니? 바라건대 이제라도 엄마와 다정하게 손잡고 즐겁게 웃으면서 험난한 인생길을 헤쳐 가자꾸나. 엄마는 네가 하루빨리 엄마 품으로 오기를 손꼽아 기다린다. (2006년)

* 반면교육 : 사실과는 반대로 또는 다른 쪽으로 가르치는 교육.

응, 참 잘했다!

상해시 오경희

그믐날이었다.

딸은 설 준비로 아버지에게 줄 백세주랑 나에게 줄 설매주, 그리고 오빠와 자기가 마실 음료인 '아침햇살' 한 상자를 사 안고는 3층으로 헐레벌떡 올라와서 나를 불렀다. 나는 물건들을 받아서 정리하다가 '아침햇살' 음료가 두 개 모자란다고 딸을 불렀다. 그러고는 네가 잘못 받아 왔다고, 차근하지 못하다고 못마땅해하였다. 그런데 나중에 알고 보니 전철 안에서 거지 애가 너무 불쌍해서 두 개를 꺼내 줬다는 것이었다. 그러면서 딸은 그거라도 먹으면 좀 마음이 놓일 것 같아서 그랬다고 했다.

딸애가 한 '어리석은 일' 은 이것만이 아니다.

몇 해 전 연길에서 살 때다. 그날도 저녁 준비하던 남편이 내가 퇴근하고 집에 들어서니 "오늘 장사는 비슷이 되었소?" 하면서 짐을 받아 주었다. 그런데 텔레비전을 보고 있던 딸애가 막 달려나오더니 엄

마 왔다고 좋아 야단을 떨면서 나를 텔레비전 쪽으로 잡아당겼다. 딸
애는 텔레비전을 가리키며 저 애는 엄마가 없어 불쌍하다고 '사랑의
전화'를 치자는 것이었다. 오늘 매대 세금도 돈이 모자라서 못 문 나
로서는 그 말이 기쁘게 들리지 않았다.

나는 마음이 내키지 않아서 씨쁘둥한 어조로,

"네 맘대로 하렴."

하고는 씽 가마목 쪽으로 와 버렸다. 나는 밥상을 차리면서 딸이 듣지
못하도록 입속말로,

"제두, 바빠 죽겠는데 누구를 돕겠니."

하며 두덜거렸다. 그런데 남편은 파를 다듬다가 일어나더니 딸애한
테,

"네가 적게 사 먹겠으면 전화 한 번 더 눌러라."

하고 말했다.

나는 남편도 내 마음을 못 알아준다는 데서 눈물이 핑 돌았다. 그래
서 부엌 쪽으로 오는 남편한테 낮은 목소리로,

"우리가 돈 있는 사람들과 같습니까? 우리 살림도 어려워 죽겠는
데……."

하였다. 딸애는 못 이해해도 남편만은 내 마음을 이해해 줄 것을 바라
서였다. 남편은 얼굴에 미소를 지으며 좀 그만하라며 애가 뭘 보고 배
우겠냐고 하였다.

저녁을 먹으며 생각하니 내가 딸애한테 한 말이 어이없기도 하고
부끄럽기도 하였다. 나는 나도 모르게 딸애 머리를 쓰다듬어 주었다.

내 눈앞에는 조각 천을 서툴게 이어 걸레를 만들어서 학교에 가져

가던 딸애 모습이 아련히 떠올랐으며 어제 길에서 만난 린성 할머니 말씀도 귓전에 울려왔다.

"저네 김숙이는 해바라기를 까 먹다가도 아매를 보면 한 줌 줘서 내 손바닥에 올려놓채요. 지금 아이들은 제밖에 모르더구만, 자는……."

그렇게 고맙게 착하게 커 가는 스무 살 되는 딸애를 오늘도 나는 기대되는 눈길로 바라보며, 그냥 그렇게 인생을 살아간다면 박사생도 부럽지 않겠다는 생각을 해 본다. (2006년)

* 가마목 : 가마솥이 걸려 있는 자리.
* 아매 : 할머니.

누구 탓일까?

길림시 김재학

한국으로 일하러 가는 길이 열리면서 우리 민족의 많은 가정들은 생활수준이 크게 높아졌다. 그러나 이에 따르는 부작용 또한 적지 않다.

돈을 끝없이 숭배하는 데서 비롯된 병폐 가운데, 자녀 교육에 대한 홀대로 상당수 청소년들이 꿈과 학습 의욕을 잃고 학교를 중퇴하고 있다. 심지어는 범죄를 저지르는 아이들이 늘어나서 선생을 칼로 찍어 죽이는 끔찍한 일까지 생기니 참으로 가슴 아픈 일이 아닐 수 없다.

모 조선족 중학교 학생 성군(가명)이 부모가 한국에 간 뒤에 성군이가 어떻게 되었는가를 예로 보자.

모 현 농촌에 젊은 부부 한 쌍이 귀동자를 낳아 행복하게 살다가 이웃 친구가 한국에 가 뭉칫돈을 벌어 온 걸 봤다. 그 뒤로 아내는 "나도 가야지!" 하며 여섯 살 난 귀염둥이 아들과 남편을 두고 한국으로 떠났다. 2년 뒤, 더 많은 돈을 벌기 위해 성군이 아빠도 유치원에서 상장, 상품을 안고 오던 아들을 처부모께 맡기고 한국으로 떠났다. 초중 1학년 두 번째 학기까지도 성군이는 줄곧 공부도, 운동도 뛰어나게 잘해 담임 선생님 사랑을 독차지하다시피 했다.

이듬해 2학년 첫 학기가 되어 성군이 부모들은 성군이를 더 좋은 학교에서 공부시키려고 모 시에 있는 조선족 중학교에 보냈다. 학기 초 어느 날, 성군이는 같은 반 친구와 같이 피시방에 다녀왔다. 그 뒤로 성군이는 수업 시간에 선생님 강의가 전혀 귀에 들어오지 않았고 마음은 온통 피시방에 가 있었다. 처음에는 여가 시간에만 피시방에 다니던 것이 나중에는 자습 시간, 심지어는 수업 시작하는 시간에도 갔다. 성군이 공부 성적은 갑작스럽게 떨어졌다.

어느 날, 성군이가 왜 학교에 안 오냐는 선생님 전화를 받고서야 비로소 외할머니네는 성군이가 피시방에 자주 다님을 알게 됐다. 성군이를 얼러도 보고 다그쳐도 보며 학교에 가라고 했으나 전혀 듣지 않았다. 급해 맞은 외할머니가 사위에게 속히 돌아와 성군이를 학교에 보내라고 전화를 했다.

그제서야 부모가 돌아왔다. 장장 10년 세월이 흐른 뒤였다. 성군이 부모는 학교 옆에 새 아파트를 사서 장식도 깔끔하고 멋지게 하고, 가전제품과 가구도 최고급으로 사들여 남부럽지 않았다. 그러나 성군이는 밤낮이 따로 없이 식사 때에도 컴퓨터에 매달렸고 학교에는 가지 않았다. 이에 급해진 부모들이 성군이 친구와 학급 담임, 일가친척 심지어 심리 상담 교수까지 총동원해 보았으나 허사였다.

"니가 그렇게 그리웠고 일이 그렇게 힘들어도 참고 돈을 번 것은 모두 너를 위해서였다. 네 앞날을 위해서라도 제발 학교에 가라."

하고 성군이한테 애걸하면,

"철이네는 아빠만 나갔고 금순이 엄마는 벌써 돌아왔는데……."
하면서 컴퓨터만 친다.

부모의 사랑 결핍으로 10년 남짓 얼어붙은 마음을 어찌 돈으로 녹일 수 있으랴! 어떤 이들은 금전만능이라고도 하지만 돈으로 다 해결할 수 없을 뿐더러 심지어 돈에 대한 탐욕과 돈 많은 것이 화가 되는 일도 허다하다.

성군이처럼 많은 아이들이 학업을 중퇴하고 갈림길에 놓여서 심지어는 범죄를 저지르고 있다. 이것이 아이들 탓인가? 몇 년 또는 10여 년 동안 아이들 곁을 떠난 것이 아이들을 돈의 희생품으로 만든 것은 아닌지, 지금도 삼분에 이가량 되는 부모들은 어디에서 무엇을 하고 있는지……. 무엇이 혼자 있는 자녀보다 더 중할까? 공부에 흥취를 잃고 방황하는 아이, 미성년 교도소 담장 안에 갇혀 울고 있는 아이, 혹 당신 아이는 아닐런지? 자녀가 범죄 구렁창에 빠진 뒤에야 뭉칫돈이 무슨 의미가 있으랴!

어떤 이들은 자녀 교육이 '이미 늦었다'며 한탄한다. 그러나 아니다. 늦었다고 생각한 순간이 가장 빠른 때다.

'과거가 당신의 오늘을 만들었다' '당신의 미래는 오늘이 만든다. 그러므로 미래는 곧 오늘이다' '시작이 절반'이란 말이 있다. 사람의 사상과 행동에 표준이 되는 책, 자녀 교육에서 성공한 선배들 책과 교육학자들 책을 찾아 읽고 배워서 실천하는 것이 자신을 바꾸고 자녀를 성공되게 키우는 믿음직한 담보일 것이다. 더는 미룰 수 없다. 지금 곧 시작하자. 하면 된다! (2006년)

손자 사랑

공주령시 배영남

'눈에 넣어도 안 아플 손자, 금쪽같은 내 손자' 라는 말이 있듯이 세상 할아버지는 다 손자를 사랑하고 귀여워할 것이다. 나도 마찬가지다.

연변 화학 공장에 출근하던 아들과 며느리는 90년대 중반에 공장이 내리막길을 걸으면서 파산으로 가는 지경까지 이르러 직장을 잃고 막벌이를 하게 되었다. 그러다가 1995년에 공주령 진가툰에 이사 오게 되었다. 그리고 이어지는 한국 노무 열풍에 고기잡이배도 탔으며 나중에는 10만 원 이자 돈을 내고 부부 동반 한국 연수생으로 가게 되었다. 이렇게 되어 손자는 우리 노부부가 맡게 되었다. 그때 손자는 일곱 살이었다. 부모가 곁에 없는 생각을 하면 애처롭기도 했건만 우리 내외가 잘 거두어 주는 만큼 손자 녀석은 공부도 잘하고 씩씩히 잘 자라났다. 그 모습이 장하고 자랑스럽기만 했다.

2,000년에 접어들면서 한국에서 초청장이 날아왔다. 우리 노부부

를 한국에 초청한다는, 한국 친척이 베푼 호의였다. 고국도 방문하고 돈벌이 기회도 되는지라 우리는 손자를 학급 담임 선생에게 맡겨 놓고 떠나기로 작정했다. 그러나 긴 시간 머무르지는 않기로 했다. 손자가 마음에 걸려서였다. 더구나 그때 나는 직장에도 다니고 있었다.

한국에 간 우리 부부는 친척 방문을 두루 마치고 일자리를 찾아 돈벌이에 나섰다. 그리고 몇 달 뒤에 아내와 의논 끝에 나 혼자 먼저 귀국하기로 결정했다. 이렇게 해서 나와 손자는 특수한 가정을 이루었다.

손자 덕분에 내 하루는 빨리도 갔다. 아침에 곤히 자고 있는 손자 녀석을 잠에서 깨우기가 아깝다. 그래도 학교에 보내려면 두드려 깨워 밥을 챙겨 먹여야 한다. 학교에 마중 가면 멀리서부터 소리치며 뛰어와 안기는 손자, 밤에는 옛말 들려 달라는 성화……. 전에 할머니가 같이 있을 적엔 할아버지를 시답지 않게 여기던 손자도 의지할 데가 나밖에 없는지라 사탕 사 달라, 과자 사 달라고 하며 나한테 착착 감긴다. 저녁이면 수업을 마친 손자가 내 눈에 들어와야 마음이 놓였으며 휴식날에도 손자와 그림자처럼 붙어 다녔다. 귀찮기보다는 오히려 즐거운 일로 생각했다. 솔직히 내 자식을 키우면서도 이런 낙은 맛보지 못한 것 같았다.

그러나 홀아비 시골 살림살이가 힘들 때도 많았다.

그해 겨울, 생각하면 지금도 속이 섬찍한 사건이 있었다. 그날은 일요일이었다. 방구들에 불이 잘 안 들어 오후부터 불을 때기 시작했다. 저녁에 보니 방이 너무 뜨거워서 나무 널빤지를 깔고는 이불을 펴고 누웠다. 손자는 어느새 잠이 들어 버렸고, 나는 갑자기 비누가 떨어진

게 생각나서 상점으로 사러 갔다. 상점 주인과 한담을 좀 하고 집으로 돌아왔는데 문을 여는 순간 시커먼 연기가 훅 안겨 왔다. 정신없이 방으로 뛰어 들어가 손자가 누운 자리를 더듬이질하는데 이불에 불이 붙기 시작했다. 가까스로 손자를 안고 비칠거리며 방을 뛰쳐나왔다. 손자 이름을 불러 봐도 흔들어 봐도 대답이 없었다. 고함 소리에 이웃들도 달려 나왔다. 인공호흡을 시키고 해서 한참만에야 손자는 깨어났다.

"이놈아, 네가 죽으면 나도 죽을란다. 너 죽고 내가 살아서 무엇하리."

이마에 흐르는 피도 깨닫지 못한 채 나는 꿈을 꾸는 것만 같았다.

또 한번은 손자가 노는 데 빠져서 이웃집 대문 쇠창살에 엉덩이가 찔리는 바람에 여섯 바늘이나 꿰매야 하는 일도 있었다. 어린 손자 놈은 마취제도 안 놓고 치료하는데도 눈물 한 방울 보이지 않았다. 대신 내 마음이 찢어졌다. 내가 대신해 주지 못하는 것이 한스러웠다.

이렇게 희비가 엇갈리는 속에 세월은 빨리도 흘러 손자 놈은 어느덧 열다섯 살 어엿한 소년으로 자랐고, 작년 말에는 온 가족이 한자리에 모이는 경사를 맞았다. 그동안 고락을 같이하며 이 할아버지와 함께 바르게 자라 준 손자가 기특하고 고맙다. (2006년)

사랑으로 지은 매듭

도문시 차영란

"이모, 단추를 달아 주세요!"

"새로 산 바지 단추가 입기도 전에 벌써 떨어졌어?"

나는 조카 생일이어서 이제 막 사 준 바지를 쥐고 바느실을 찾았다. 단추를 달아 주려고 하다가 얼른 생각을 고쳐먹고,

"자 받어. 다 큰 계집애가 단추도 못 달아?"

하며 쥐었던 것을 몽땅 넘겨줬다.

조카는 못마땅한 듯 입을 삐죽하고 나를 쳐다보더니 어쩔 수 없었던지 받아 쥐어서 어설프게 바늘에 실을 꿴다. 이제 실을 알맞은 길이로 잘라 낸 다음 끝을 오므려서 매듭을 맺어야 했다. 헌데 맺혔다는 두 실 끝이 제각기 나름대로 갈라져 흔들거렸다. 이런 간단한 일도 할 줄 모르는 조카를 보고 나는 어이가 없어 실매듭을 지어 주었다.

이때 다른 사람 실매듭은 지어 주지 말라던 외할머니 모습이 하얗게 떠올랐다. 돋보기 걸고도 바늘귀를 꿰지 못하여 조그마한 내 손에

바느실을 넘겨주던 할머니, 내가 실 길이를 가늠해서 끊은 다음 실 끝을 매듭 지으려고 하면 극구 만류하시던 할머니다. 손더듬으로 실 끝을 매듭 지으시고는 눈덩이같이 하얀 이불을 한 땀 한 땀 손바느질하시던 할머니 모습……. 그 영문을 물으면 남의 실매듭을 맺어 주면 그 매듭처럼 상대와 알력이 풀리지 않는다고 했다. 참으로 옛 동화 같은 내 어린 시절이다.

허나 대리 부모질 하는 이모로서 오늘은 조카의 매듭을 지어 주었다. 실매듭만이 아니라 마음속 매듭도 함께 지어 보고 싶었다. 열세 살, 이제 일주일만 있으면 소학교를 졸업할 조카는 공부가 전부라는 이유로 공주처럼 자라서 단추를 달아 봤을 리 없다. 내 말에 못 이겨 울며 겨자 먹기로 바늘을 쥐었지만 어디서부터 시작해야 할지 몰라서 쩔쩔맸다. 나는 단추 하나를 먼저 달아 주는 것으로 시범을 보였다. 조카는 이제야 알았다는 듯이 내 손에서 바늘을 가져가 단추를 달기 시작했다. 남이 하는 건 쉬운 것 같아도 직접 하자니 어려운 모양이다. 단추 구멍으로 바늘이 나오지 않아서 낑낑거리며 몇 번 해 보다가 못 하겠다면서 백기를 들려고 하였다.

나는 조카한테 따끔하게 일렀다.

"무슨 일이나 눈에 익어서는 안 된다. 손에 익어야 한다. 세상에 쉬운 일은 없어. 오늘 나머지 단추만은 네 손으로 꼭 달아야 한다."

내 말에 억울한 표정을 짓던 조카는 그냥 넘어갈 것 같지 않아서인지 다시 바지를 쥐었다. 그리곤 아래 위로 번져 보면서 단추를 달기 시작했다. 뾰족한 바늘 끝에 여린 손이 찔려 '호호' 하고 호들갑을 떨어 보지만 내 마음을 돌리기엔 역부족이었다. 나는 모르쇠를 놓고 조카를 지켜보았다. 엄마가 있었으면 이렇게 가만히 보고만 있었을까? 이다음 저 애 입에서 우리 이모 모질다는 말이 튕겨 나올 것이다. 하지만 나는 조카와 풀지 못할 매듭을 하나 만들지언정 알려 줘야 할 건 알려 주고 싶었다. 몇 년 뒤 귀국하는 부모 앞에 조카가 부끄럼 없이 나설 그런 모습을 새겨보면서…….

한나절 걸려서 "아! 하나 달았슴다!" 하고 조카 입에서 감탄 비슷한 말이 튕겨 나왔다. 나는 때를 맞춰 "오, 잘했구나. 보자, 이쁘게 달았나?" 하자 조카는 자랑스레 쑥 내밀었다. 나는 단추 뒤켠을 번져 보았다. 실을 제대로 당기지 못해 커다란 실매듭이 골려 주듯 말뚱말뚱하게 있었다. 당겨 보니 그런대로 괜찮았다. 다음 것부터는 실을 제대로 당기라고 일러 주고는 아직 떨어지지 않은 나머지 두 개도 다시 달라고 했다.

상을 찡그리던 처음과는 달리 조카는 재미있는지 두 개는 손쉽게 해결했다. 나는 웃으면서,

"오늘 우리 리려 또 하나 배웠네."

했더니 조카도 뱅그레 웃었다. 그 웃음은 그렇게 티 없이 맑았다.

먼 훗날, 이러는 내 마음을 이해할 거라는 막연한 기대를 안고 오늘도 내일도 조카와 사랑으로 매듭을 지어 가련다. (2007년)

* 바느실 : 바늘과 실.
* 번져 보다 : 뒤집어 보다.

빠, 깐마 취야?

교하시 김룡운

이번 음력설에 청도에서 살고 있는 조카, 조카며느리 그리고 손자까지 큰집에 왔다고 하여 한번 다녀왔다. 조카며느리는 비록 한족이지만 조선족 습관에 따라 허리를 굽혀 깍듯이 인사를 하였다.

손자도 조카며느리가 시키는 대로 나한테 인사를 보내오는데,

"예예, 호우!"

하고 대국말(중국 말)이 튀어나온다. 나는 자리를 찾아 앉으면서 손자한테 '할아버지 안녕하세요'를 해 보라고 하였으나 녀석은 따라하는 대신 앵돌아져 버린다. 한참을 있다가 나는 내가 사 준 장난감 놀이에 여념이 없는 손자에게 또 말을 건넸다.

"아, 버, 지……."

그래도 따라하지 않으니 이번에는 좀 더 쉬운 말로 '엄마'라고 해 봤다. 허나 손자는 눈만 말똥말똥한 채 '하' 벌린 내 입만 쳐다볼 뿐 전혀 따라 할 생각을 하지 않는다. 나는 어쩐지 좀 서글퍼지는 느낌이

들었다.

집으로 돌아오는 날, 조카가 나를 배웅하려고 신을 신고 있었다. 이때 장난감을 가지고 놀던 손자는 자기도 모르게,

"빠, 깐마 취야?(아빠, 어딜 가?)"

하고 외쳤다. 표준말도 아닌 전형적인 산동 방언으로. 이 말을 들은 친척들은 배를 끌어안고 웃어 댄다. 이에 조카는,

"애가 인젠 산동 사람이 다 돼 버렸어요."

한다. 나도 허거프게 웃었다.

이제 저 조카의 아이가 몇 살 더 먹으면 산동에 있는 한족 학교에 입학해서 전부 한어로 된 말과 글을 배우게 될 것이다. 우리 말과 글은 그 아이한테 영어보다 더 어려운 제2외국어로 될 수도 있을 거고. 적자생존이라고 했듯이 중국에서 살아가려면 여기에 적응해서 한족 말과 한족 글을 잘 익혀야 한다. 장마당에서 간혹 우리 민족 여성들이 도리가 뻔한데도 대국말이 짧아서 입싸움에서 주눅이 드는 것을 보아도 그렇다.

그러나 한편으로 우리는 모름지기 자라나는 후세들에게 우리 말과 우리 글을 알게 해야 할 책임이 있다. 민족의 일원으로서 우리 말과 글을 모른다면 그것은 자랑거리가 아니라 일종의 비애다. 우리 말과 글을 통하여 우리 민족이 지닌 우량한 전통과 풍속 습관을 이어 나갈 수 있기 때문이다.

어렸을 때는 철딱서니가 없이 자라다가 차츰 어른이 되어 장가를 들고 제 자식들을 키우면서, 비로소 조선족이 쌀에 뉘처럼 섞인 산재 지구에서 부모님이 나를 잘 키워 내기 위해 얼마나 노고를 겪었을까

하는 생각이 든다. 정말로 감사한 마음이다.

　요즘 산재지구에서 살아가는 우리 조선족 처녀 총각들은 제 민족끼리 짝을 뭇기가 대단히 힘들다. 그래서 처남도, 형님도 한족 며느리를 맞았다. 하지만 나는 딸에게 귀딱지가 앉도록 잔소리를 곱씹어서 그나마 겨우 조선족 사위를 맞았으니 얼마간은 마음이 놓이는 셈이다. 허나 또 아들이 있기에 며느릿감이 걱정되고 근심부터 앞선다.

(2007년)

* 허거프게 : 어이없게.
* 뉘 : 껍질이 벗겨지지 않은 벼 알갱이.

작은 사랑, 작은 행복

장춘시 최초영

"엄마!"

딸애는 공부를 하다가도, 물을 마시다가도, 화장실에 있다가도 '엄마' 하고 자주 부르며 애교를 부린다. 내 응답 소리를 듣기만 해도 만족해한다. 이럴 때마다 나는 꿀 먹은 듯 달콤한 행복을 느끼는 것과 함께 엄마로서 드는 책임감이 내 가슴속에서 무한히 커지고 있음을 느끼게 된다.

부모 욕심에 딸애를 남보다 출중하게 키우려고 세 살 적부터 소학교 3학년까지 무용반, 그림 그리기, 서법 같은 여러 가지 과외 학습반에 보냈다. 남이 하는 걸 다 흉내 내면서 그래도 뒤질세라 동분서주하여 왔다. 지금 생각해 보니 내가 딸을 통해 이루려는 소망이 너무나 많았고 기대도 너무 컸던 것 같다. 더욱이 다른 학부모들과 승벽심, 경쟁심이 붙어서 놀고 싶어 하는 아이를 닦달했던 것 같다. 어디까지나 내 소원과 희망 사항으로 진행되었기에 기대한 것만큼 큰 효과는 없었다. 그리고 나중에는 딸이 원하지 않아 다 포기했다.

자식이 커 감에 따라 둘레에서 많은 것을 보고 듣고 느끼면서 드디어 딸애에 대한 집착에서 벗어날 수 있었다. 내 둘레 환경에서 벌어지는 치열한 경쟁 속에서도 초연함과 여유를 가지게 된 것이다. 점수에만 연연할 것이 아니라, 그보다는 인간 됨됨이 공부가 더 중요하다는 것을 깨달았다. 그때부터 착한 마음, 배려심, 바른 예절을 갖추도록 아이를 이끌면서 내 자신부터 본보기가 되도록 노력하였다.

해외 출국 회오리바람에 휩쓸린 둘레 사람들 때문에 나 또한 몇 번이나 담장 위에 갈대마냥 마음이 이리저리 흔들리곤 했다.

어린 자식 울음소리를 등 뒤에 남기고 매정하게 떠나 버리는 사람들. 삼사 년이라고는 하지만 가고 난 다음에는 그것이 기나긴 여정이 돼 버리고, 그사이 아장아장 걸음마 하던 어린것은 초, 고중생으로 훌쩍 커 버린다. 아이들 성장 과정은 눈물로 얼룩져 있고, 부모 사랑 대신 돈이 뒤따라오기 때문에 아이들은 인정과 배려심이 없고 도덕성도 심히 모자라게 된다. 매번 학부모회의 때마다 소개되는 결손가정에 대한 내용을 들을 때마다 가슴이 저리면서도 부모가 함께하는, 몇 명밖에 안 되는 가정 속에 내 가정이 들어 있어 다소나마 위안을 느낀다.

풍족한 돈이 없어도 돈으로 바꿀 수 없는 아빠, 엄마 사랑을 매일매일 줄 수가 있어서, 곁에서 지켜 줄 수가 있어서 마음이 든든하다. 부모가 지켜 줘야 할 그 자리에 있는 것만으로도 어린 자식에게는 큰 위안이 되고 행복과 사랑이 된다. 그 사랑을 듬뿍듬뿍 받아먹고 근심 걱정 없이 건강하고 밝게 자라면서 공부도 잘하는 딸애가 고맙다. 그렇

기에 마음이 흔들리다가도 다시 다잡게 되고, 부모로서 특히 엄마로
서 내가 서야 할 자리를 더욱더 확고히 하게 된다. 흔들렸던 내 자신
이 부끄럽다.

저녁마다 딸애는 숙제를 끝낸 뒤에 내 다리를 베고 눕기를 좋아한
다. 그러면 딸애 머리카락을 어루쓸어 주는데 딸애는 시원하다면서
무척 행복해한다. 그러는 딸애를 보면 나도 무지 행복하다.

거창한 사랑이 아니어도 좋다. 날마다 아침저녁으로 눈 마주치면서
서로 즐거운 인사를 나누고 일상생활에서 서로를 느끼며 아껴 주고,
이끌어 주고, 힘이 되어 주는 것이 부모 자식간에 주고받는 사랑이 아
닐까?

딸애가 성장하는 길에 엄마로서 지켜 주고 보듬어 주며 '엄마' 하
고 부를 때 곁에 있어 줄 수 있는 것이 나에게는 작은 사랑, 작은 행복
으로 다가온다. (2008년)

사랑으로 맡아 온 전탁생

화룡시 최진옥

겨울인데도 옷 단추를 활짝 열어젖힌 목에는 가는 은백색 목걸이가 반짝이고 있었다. 귀에는 귀걸이를 걸고 있고 손톱, 발톱에는 빨간 매니큐어까지 발랐다. 이것이 내가 처음으로 맞이한 전탁생의 첫 모습이다. 초중생이라고 보기에는 나 같은 보수적인 학부모로서는 도저히 받아들일 수 없는 모습이었다. 이 아이에 대한 어머니 교육 방식에 문제가 있는 것 같았다.

나는 딸을 키우면서 항상 사람 되는 도리를 귀 아프게 강조했다. 학생은 어디까지나 학생 준칙을 잘 지키는 것을 본분으로 여겨 온 나였다. 공부를 잘하는 것도 전제 조건이지만 학생답지 않게 행동하고 멋을 부리는 것은 어디까지나 도덕 범주를 벗어난 행동으로서 어떻게 해도 받아들일 수 없었다. 하지만 어머니 손끝에서 곱게 자라온 아이를 내 방식대로 무조건 길들이는 것은 아이를 궁지에 내몰 수 있다고 생각한 나는 며칠 동안 말없이 아이에게 사랑만을 몰부으면서 관찰을 주로 했다. 아이는 공부에는 별로 취미가 없고 아침 운동이나 태권도에 열정을 보이는가 하면 텔레비전과 핸드폰 게임, 음악에도 취미가 있었다. 아이 어머니가 말하길 이 아이가 피시방에도 자주 다닌다고 했다.

하지만 아이한테는 귀여운 면도 있었다. 인사성이 어찌나 밝은지 아침에 일어나면 "큰엄마, 안녕?" 하고, 저녁에 잠자리에 들 때면 "큰엄마, 안녕히 주무세요." 하고 인사를 했다. 밥을 먹고 나도 잘 먹었다고 하고 무언가를 해 주면 고맙다고 뻑 소리 나게 뽀뽀를 했다. 잘만 이끌어 주면 훌륭한 아이로 만들 수 있을 것 같았다.

나는 먼저 아이 흥취를 북돋아 주었다. 아침 일찍 깨워서 신체 단련에 내보내고 아이가 하고 싶어 하는 태권도 연습장에도 날마다 보내 주었다. 좋아하는 음악도 자주 듣게 해 주었다. 개학을 하루 앞두고는 아이를 불러 놓고 학생 준칙에 따라 행동하도록 요구하면서 해야 할 일들과 하지 말아야 할 일들을 차근차근 타일렀다. 아이 취미도 살려 주고, 일상생활 속에서 관심을 많이 주면서도 엄격하게 요구했더니 아이는 별 불만 없이 잘 지켜 주었다.

쉬는 날이면 아는 곳에 데리고 가서 인터넷을 하게 하고, 시장에도 함께 갔으며 몸에 맞는 옷도 사 입혔다. 때로는 아이가 좋아하는 음식도 해 주었다. 그러고는,

"어머니가 너를 잘 키우겠다고 이국타향에서 아글타글 번 돈을 마구 써 버리면 어머니한테 너무 미안하지 않니? 부모라고 해서 자식 요구를 무작정 들어주어야 한다는 도리는 없고, 또 자식은 무조건 부모 보살핌을 받아야 한다는 도리도 없다. 서로 아껴 주고 사랑해

주는 것이 부모 자식 사이에 지켜야 할 도리란다."
하고 타이르면서 아이 용돈도 줄였다.

　개학 초 학급 아이들이 스키 활동을 조직했을 때다. 다른 아이들은 얼른 결정을 내렸지만 그 아이는 아마 내가 허락하지 않을까 봐 고민이 컸던 모양이다.

　"큰엄마, 우리 반 애들이 내일 스키장에 놀러 갑니다. 나는……."
말끝을 흐리면서 내 표정만 살폈다.

　"단체로 조직하는 활동이니?"

　"학생들이 조직한 활동이지만 이미 담임 선생님 동의를 거쳤습니다."

　"그럼 가야지! 신체 단련도 하고 자연과 만날 수 있는 좋은 기회인데, 잘 놀다 오거라."

　아이는 뜻밖이라고 생각했던지 내 품에 와락 안기면서 고맙다며 연신 뽀뽀를 했다.

　그날 저녁 나는 안전에 대한 주의 사항들을 일일이 가르쳐 주었다. 이튿날 아이한테 쓸 돈을 넉넉히 챙겨 주고 간식도 사 줬다. 또 아이가 좋아하는 김밥도 해 주었더니 돌아와서는,

　"큰엄마, 우리 반 애들이 김밥이 맛있다고 칭찬이 자자했습니다."
하면서 우쭐거렸다.

　아이는 내 교육 방침을 잘도 따라 주었다. 아이도 좋아했고 나도 기뻤다. 아이 성적을 올리기 위해 날마다 옛 속담 다섯 개씩 외워서 활용하게 했더니 저녁에 집에 돌아오면 학교에서 어떤 속담들을 써서 말했는지 자랑하곤 했다.

전탁생을 맡아 대리 부모로 있으면서 집집마다 자식 교양 방식에 큰 차이가 있음을 심심히 느꼈다. 아이마다 개성도 다르고 부모가 자식에 거는 기대도 서로 다르다. 하지만 한 가지 분명한 것은 어느 부모든 자기 자식이 용이나 봉황으로 자라났으면 하고 바란다는 것이다. 그 바람을 현실로 만드는 데는 부모들 책임이 무엇보다 크다. 무조건 부모 의사에 따라 아이를 길들이려는 것은 무모한 교육 방식이다. 아이를 바른 길에 들어서게 하려면 아이 취미를 존중해 주면서 옳은 것과 그른 것을 구분해 주고, 공부에 흥취를 갖도록 이끌어 주는 것이 부모들이 해야 할 교육 방식이라고 생각한다. (2008년)

* 전탁생 : 부모 대신 맡아서 기르는 학생.

약속을 지킨 기쁨

화룡시 정영옥

약속을 잘 지키는 사람만이 신용을 얻을 수 있고 믿음을 더 살 수 있습니다. 지키지 못할 약속은 아예 하지 않는 것이 낫습니다. 하지만 약속한 뒤에 생각지도 못한 일에 부딪혀 약속을 지키기 어려울 때가 있습니다. 제가 바로 그런 경험을 해 봤습니다.

나는 고아 서른한 명을 키우는 고아원 원장이자 엄마입니다.

지난 5월 20일에 15일 일정으로 꿈에도 바라던 한국행을 하게 되었습니다. 출국 전에 많이 망설이기도 했습니다. 내가 한국을 방문하고 돌아오면 일 년에 한 번밖에 없는 6.1아동절이 지나갈 수도 있기 때문이었습니다. 하지만 뜻밖에 행운처럼 차례진 한국행을 포기할 수 없었습니다. 한국에 간 남편과 만나기로 한지라 내가 오길 고대하고 있는 남편 마음에 상처를 줄 수도 없었습니다. 하여 아이들한테는 어린이날인 6월 1일에 꼭 돌아온다고 거짓말을 하고 출국길에 나섰습니다.

그런데 아이들한테 거짓말한 것이 체한 것처럼 내려가지 않았습니다. 20여 년 동안 교사로 지내면서 아이들한테는 거짓말하지 말라고 늘 가르치던 내가 거짓말을 하다니, 후회도 되고 가책도 느꼈습니다. 하여 내 마음은 가슴에 큰 돌을 짓눌러 놓은 것처럼 무겁기만 했습니다. 하지만 비행기는 안타까운 내 마음을 아는지 모르는지 예정 시간에 푸른 창공으로 날아올랐습니다.

나는 속으로,

'미안하구나, 정말 미안하구나. 한국 가서 너희들에게 좋은 선물을 사 가지고 올게.'

하고 되뇌었습니다.

처음 타 본 대한항공기지만 설레는 마음보다 가책이 앞서 어떻게 인천국제공항에 도착했는지도 몰랐습니다. 공항에 마중 나온 남편을 보고 기쁘기도 했지만 아이들한테 한 거짓말 때문에 마음이 시종 개운치 못했습니다.

우리 일행은 관광으로 온지라 남편과는 따로 만나기로 하고 꽉 짜인 일정에 따라 관광을 시작했습니다. 즐거운 관광길에서 지나가는 아이들을 봐도 우리 아이들은 어쩌고 있는지, 저녁에 텔레비전을 봐도 우리 아이들은 숙제를 다 했는지, 아침에 일어나서는 오늘은 우리 아이들이 어떤 옷들을 입고 학교에 갔는지……. 이렇게 고아원 아이들을 걱정하면서 한 주일이 지났습니다.

곧 있으면 어린이날이었습니다. 다른 아이들은 엄마가 예쁜 옷도 사 주고 맛있는 간식도 사 줄 텐데……. 물론 떠나기 전에 어린이날에 쓸 용돈을 푼푼히 두고 왔지만 돈보다 엄마가 곁에 있어야 한다고 생각하니 더는 참을 수 없어 미칠 것만 같았습니다.

한국 관광이 나한테는 다시 차례질 수 없는 기회지만 아이들한테 한 거짓말 약속이 너무 가슴 아파서 집으로 돌아가려고 일행을 책임진 분께 전화 드렸습니다. 기한 전에 집으로 돌아가는 방법이 없느냐고 물었습니다. 그러니까 중국 돈 팔백 원을 더 내면 먼저 갈 수 있다고 합니다. 난 또다시 실망하고 주춤했습니다. 중국 돈 팔백 원은 보통 한 달 월급인데……. 에라 모르겠다, 일하는 아줌마한테 돈을 많이 주고 왔으니 어린이날에 잘 먹으면 되지 하면서 스스로 위안을 했습니다. 아까운 팔백 원을 팔지 말고 조련찮은 이 기회에 관광이나 잘하고, 집에 가서 아이들한테 여차여차 약속을 못 지켜 미안하다고 사과하면 아이들이 이 엄마를 이해할 거라고 생각하니 좀 마음이 풀리는 것 같았습니다.

그렇게 하루가 지나 5월 28일 아침이 됐습니다. 또 본병이 발작했습니다. 약속이라는 건 지키려고 나온 말이고, 거짓말은 교육에 잘못된 것인데 한 아이 엄마도 아니고 서른한 명 고아들 엄마로 나선 내가 아이들한테 거짓말하면 안 된다는 생각이 번개같이 스쳤습니다.

'불쌍한 우리 아이들이 거짓말쟁이 이 엄마를 얼마나 기다릴까?'

팔백 원 돈은 벌면 있는 것이지만 내 거짓말 한 번으로 어린이날에 아이들을 엄마 잃은 새끼 기러기 신세로 만들 수 없었고, 또 교육에도 큰 영향이 있을 것 같았습니다. 특히 애초부터 거짓말로 한 약속이긴 했지만 아이들은 정말로 들었으니까 그 약속을 어길 수 없다고 생각했습니다. 그래서 팔백 원을 더 내고, 아이들 선물로 여름에 맞는 짧은 바지와 반팔 적삼 서른한 벌을 사서 두툼하게 트렁크에 넣고는 기쁜 심정으로 비행기를 탔습니다.

6.1절을 하루 앞두고 집에 도착했습니다. 와! 아이들이 어쨌을까요? 서른한 명이 단번에 덮쳐서 내 품이 하나인 것이 한스러울 정도였습니다. 숨 돌릴 새도 없이 선물을 나누어 주었습니다. 아이들은 서로 옷을 입어 보면서 기뻐했습니다. 그 모습을 보니 먼저 온 게 얼마나 잘한 일인지 다시 느꼈습니다.

그 이튿날이 바로 6.1아동절이었습니다. 아이들마다 용돈과 간식을 가방에 넣어 주고, 함께 6.1아동절 운동 대회에 참가해서 아이들 어머니로서 자랑을 느끼면서 즐겁게 보냈습니다.

이렇게 애초부터 거짓말로 시작한 약속을 진짜 약속이 될 수 있도록 어렵게 지켜 내서 보람을 느꼈고 아이들에게 늘 거짓말하지 말라고 한 교육에도 떳떳하게 되었습니다. 남편은 자기보다 아이들을 더 사랑하느냐고 투정했지만 내 마음은 아이들과 남편 양쪽을 다 사랑하는 데 변함이 없습니다. 어른은 이해할 수 있어도 어린이는 그렇지 않다는 것을 남편도 잘 알기에 내 결단에 박수를 보내 주었습니다. 약속을 지키고 이행한 기쁨은 이루 다 말할 수 없었습니다.

'거짓말하면 나쁜 어린이가 된다' 는 교육은 약속을 지키는 데서 둥글어 갑니다. 약속을 지키는 인생은 아름답다는 것을 이번 체험에서 깊이 느꼈습니다. (2008년)

* 조련찮은 : 쉽지 않은.

시티폰 벨 소리 울릴 때마다

연길시 주홍단

고아는 부모가 없는 아이를 말한다. 하지만 지금 우리 둘레에는 부모가 있는 '고아' 들이 계속 늘어나고 있는 추세다. 이런 와중에 고아 아닌 '고아' 란 이 특수 군체와 어울려 사는 나랑 함께 내 시티폰도 자주 시달림을 받는다.

학교 가는 딸애와 인사가 채 끝나기도 전에 '삘리링' 울리는 시티폰 벨 소리. 누구 전화일까?

"선생님이세요? 전 향란이 엄마입니다. 우리 아이와 또 한번 대화를 부탁드립니다. 차라리 선생님, 우리 딸 맡아서 전탁으로 키워 주시면 안 되겠습니까? 돈은 달라는 대로 다 드릴 테니 선생님께서 딸이라고 생각하고 키워 주세요."

향란 엄마 전화는 내 시티폰 배터리가 다 나가는 통에 끊어졌다. 급히 배터리를 바꿔 넣고 전원 단추를 누르기 바쁘게 또 걸려오는 전화, 향란 엄마려니 했는데 다른 목소리 여인이다.

"선생님 그간 잘 지냈습니까? 전 하린이 엄만데요. 요즘 제 딸이 학교 가기 싫어해서 이야기를 나누어 봤더니 16층에서 떨어져 자살하겠다고 위협합니다. 전 지금 어쩌면 좋습니까? 방법이 없어서 선생님한테 부탁합니다."

그이는 전남편과 이혼하고 미국으로 시집갔다. 헌데 생각과는 달리 '자식 농사'가 잘되지 않아서 늘 나한테 부탁하는 상황이다. 나는 시티폰을 상 위에 놓기 바쁘게 단숨에 물 한 컵을 들이켰다. 헌데 또 시티폰이 울리기 시작한다.

"여보세요, 전 양호 어머니입니다. 먼젓번 선생님 소개로 우리 양호가 전탁원에 들어갔는데 지금 그 전탁원에서 애가 행동 조절이 안 되고 다른 애들이랑 어울리지 못한다면서 애를 데려가라고 하는데요. 선생님 또 신세 봐야 할 것 같습니다."

첫 혼인에서 실패 보고 새 출발로 다시 혼인한 여인, 뭉칫돈 벌겠다고 외국행을 선택한 여인, 돈은 있어도 부부 갈등 때문에 눈이 맞은 남자랑 같이 외국행을 선택한 여인……. 하지만 모두가 마음속으론 버릴 수 없는 게 자식인가 보다. 하긴 젊을 때 목돈을 벌어서 부자가 되어 자식을 우수하게 키우려는 생각은 이해된다. 하지만 부모들이 피땀으로 번 돈을 물 쓰듯이 하면서도 부모를 원망하는 것 또한 아이들 앞에 놓인 현실이다.

향란이는 자기 엄마는 돈밖에 모른다고 하고, 하경이는 엄마가 부자 행세를 하기 위해 미국으로 시집갔다고 했으며 양호는 또…….

모두가 너무 어린 아이들이다. 하지만 부모라는 존재를 가슴에 소중하게 간직하는 아이는 한 명도 없다. 부모 사랑 없이 자란 아이들이

어서 모든 일에 차갑고 덤덤하다. 성격도 괴벽하고. 열다섯 살 향란이, 열여섯 살 하린이, 아홉 살 양호 같은 '고아'들이 앞으로 얼마나 더 늘어날지 장담할 수 없는 것이 현재 우리 조선족 사회가 놓인 현실이다.

얼마 전 칼로 손목 대동맥을 끊어 자결하려던 성호는 소학교 시절에는 대대위원을, 초중 1학년 때는 단지부서기도 했다. 그런데 2학년 때 어머니와 아버지가 출국하면서 인터넷방 출입이 잦아지고 성적도 떨어지니 담임 교원이 "학급 간부가 이래서야 되겠니?" 하고 한마디 하자 자존심이 상해서 2학년 하학기에 중퇴하고 말았다. 그러던 어느 날 어머니가 전화로 몇 마디 꾸중하자 손목에 칼을 댔는데 다행히 이웃집 할머니가 발견했기에 목숨만은 건질 수가 있었다.

지금 부모랑 같이 살지 않는 학생들과 이야기해 보면 자기 생명을 귀중하게 여기는 학생이 별로 많지 않다. 아무 때건 한번은 끊어질 목숨인데 사는 것이 짜증 나고 귀찮으면 서슴없이 자살을 선택할 수도 있다고 여긴다. 자기를 버린 부모한테 죽음으로 복수한다는 심리다.

언젠가 연길시 어느 전탁집에 갔다가 아이들이 연변텔레비전에서 하는 '사랑으로 가는 길' 프로를 볼 때 했던 말이 떠오른다.

"야, 저 애도 불쌍하지만 우린 이게 뭐야? 저 애는 부모가 없어서 고생하지만 우린 부모가 멀쩡히 살아 있어도 부모와 함께 살지 못하니 도대체 이게 무슨 세상이냐?"

"너는 여덟 살에 엄마랑 떨어졌지만 난 첫돌 전부터 보모한테서 자랐는데 지금도 전탁집에 버려져 있단다. 난 이제 엄마를 만나면 내 손발을 어디다가 감출지 망설여질 건데…… 엄마가 어느 날 돌아온대도 솔직히 걱정이다."

그리고 전탁집에서 자아 중심으로 살아가는 애들도 있다. 한 달 전에 미나는 벌써 아홉 번째 되는 전탁집으로 옮겨 왔다. 이제 전탁집을 얼마나 더 옮겨야 할지 알 수 없다.

"삘리리 삘리리링."

잠깐 잠잠해지는가 싶던 시티폰 벨 소리가 귀 아프게 또 울린다. 방문취업제, 고용허가제와 친척 방문으로 더더욱 출국길이 넓어지고 있는 한국행 때문에 내 시티폰도 점점 더 '고역'에 시달리게 될 것이다. 또 '사랑 고갈증'에 시달리는 아이들 심리 건강 문제도 점점 더 심각해질 것이다.

언젠가 루쉰이 '아이들을 구하라'고 했다면 오늘 우리 조선족 사회에서는 '고아 아닌 고아들을 구하라'고 말하고 싶다. (2009년)

* 전탁원 : 아이를 부모 대신 맡아 길러 주는 곳.
* 대대위원 : 초등학교에 있는 '중국 소년선봉대(공산주의 소년단)' 위원.
* 단지부서기 : 중등학교에 있는 '중국 공산주의청년단' 학급 지부 서기.
* 방문취업제 : 중국, 러시아에 사는 동포들이 일정 기간 동안 우리 나라에 쉽게 방문하고 취업할 수 있게 하는 제도.
* 고용허가제 : 외국인 노동자가 우리 나라에 취업할 수 있게 허가해 주는 제도.

'너 잘되라고 표' 엄마

길림시 김해숙

'그대들의 아이라고 해서 아이들을 그대들 마음대로 다루어서는
안 된다. 아이들은 그대들을 통해서 이 세상에 왔을 뿐 그대들 것은
아니다. 아이들과 함께 지내고 있지만 그대들은 아이들을 돌보는
관리자일 뿐 결코 소유자가 아니라는 점을 명심하라.'

—칼릴 지브란의 '아이에 대하여'에서

이 말을 보기 전에도 나는 수없이 이런 것을 생각해 왔다. 내가 아
이 적에 조금은 파시스트 같은 엄마 꾸중을 들으면서 속으로 '내가
떡이야? 어떻게 엄마 맘대로 주물릴 수 있어?' 하고 투덜거려 보았기
에 내가 엄마가 되면 아이한테 충분히 대화할 자유를 주리라 맹세했
다. 그런데 인생은 그렇게 내가 설계한 대로 실현되는 계획표가 아님
을 아이를 가지면서 실감하게 되었다.

우리는 주말에도 학원에 가는 아이 때문에 일찍 일어나 서둘러야

한다. 오늘 아침에도 우리는 "난 토요일이 미워. 어른들은 쉬는데 나는 엄마, 아빠보다 더 바쁘니깐." 하는 아이 말을 반찬 삼아 밥을 먹는다. 물론 나는 아이의 그런 불평쯤은 "다 너 잘되라고 하는 거다." 하는 한마디로 뭉개 버렸다. 내 대답이 꼭 같은 것처럼 아이도 똑같이 중얼거린다.

"엄마는 그저 '너 잘되라고' 밖에 몰라. 우리 엄마는 '너 잘되라고 표' 엄마야."

나는 아이 대꾸에 허거프게 웃을 수밖에 없다.

지금 세월에 여느 집에서도 그렇지 않으랴만 주말이면 오히려 평소보다 더 바쁜 것이 우리네 삶의 현장이다. 하나밖에 키우지 않는 아이를 누구한테나 빠지지 않게 하기 위해 이를 악물고 버틸 수밖에 없다. 영어 학원, 수학올림픽, 서예 이런 것은 기본이고 악기, 성악, 무용, 태권도……. 숨차서 하나하나 주워 대기도 힘든 과외 공부들이다. 누구나 이렇게 숨 가쁘게 사는 것이 싫어 불만을 터뜨리지만 주말이면 마술에 걸린 듯 또 학원가로 달려간다. 모든 것의 이유는 하나, '아이의 내일을 위해서' 다. 오늘 배우지 않으면 내일 경쟁에 끼일 수 없고 도태될 것이 뻔하니까 배울 수밖에 없지 않는가. 하물며 해마다 5월에 접어들면 누구 집 아이는 수학올림픽 공부 잘해 중학교에 쉽게 들어갔소, 누구 집 아이는 예술 특장생으로 이미 모모 명문 대학은 문제없소, 하는 소문들이 파다히 퍼지는 데야.

자식은 부모 얼굴이라고 어른들이 모여 이야기하다 보면 화제는 자연히 아이한테로 넘어간다. 아무리 잘난 사람이라도 자식이 '출세' 하지 못하면 어깨가 처지고 슬그머니 구석을 찾게 되니 어찌 보면 아이들 성적표는 부모들 자존심 대결이기도 하다. 또한 지난날 여러 가지 여건으로 이루지 못한 내 꿈을 자식이 대신 실현해 주기를 바라는 마음에서 이것저것 시키게 되는 것이 부모 된 마음이다. 그래서 우리는 아이들이 진정 무엇을 좋아하는지 알려고 하지도 않는다. 알아도 챙겨 줄 겨를이 없다. 하여 우리 집 주말 아침 드라마는 여느 집에서건 펼쳐지는 똑같은 풍경이리라.

널 사랑하니까 내 말을 들어야 한다는 생각이 당연하다는 듯이 머릿속에 들어와 있었다. 아이가 내 뜻대로 살기를 바랐고 조금이라도 거역하는 듯싶으면 그 이유를 묻기 앞서 번번이 '너 잘되라고 하는 거다' 하는 말로 아이 훈계를 끝맺었다.

정말 아이를 위해서였을까? 살그머니 자신에게 물어본다. 기운이 넘쳐 풀쩍대는 아이한테 틀을 만들어 놓고 제일 많이 하는 말이 '이러면 안 돼'였고 하기 싫은 과외 억지로 시키면서 강력하게 밀어붙이는 이유가 '널 위해서'였다. 가끔 텔레비전으로만 자연을 알아 가는 아이가, 햇살 따스한 날에 하루 종일 교실에 갇혀 공부하는 아이가 불쌍하다는 생각도 들었다. 그래도 모처럼 찾아오는 주말이면 아이를 데리고 경치 좋은 송화강가로 나가 느긋하게 놀 여유가 주어지지 않는다. 내가 좋다고 생각하는 것은 당연히 아이도 좋아해야 했고 내가 하지 말기를 바라는 일은 아이가 당연히 하지 말아야 한다고 생각해 온 것도 아이에 대한 사랑 때문이라고 당당하게 말할 수 있었다.

5.1절(노동절)에 사흘 휴가가 생겼다. 하루만이라도 시간을 내서 아이와 공원놀이 가려고 했더니 싫다고 했다. 아파트 단지에서 마음 놓고 이웃집 애들과 노는 것이 더 재미나는 모양이었다. 남자아이, 여자

아이들 일여덟 명이 모여 소리치며 우르르 골목골목 누비는 모습을 보면서, 어릴 적에 마을에서 친구들이랑 숨바꼭질할 때 엄마한테 붙잡혀 울며 겨자 먹기로 책을 봐야만 했던 추억이 떠올라 나도 몰래 웃고 말았다.

공자가 했다는 말이 생각난다.

'자기가 하고 싶지 않은 일은 남에게 시키지 말라.'

하지만 엄마가 되면서 나는 그 훈계를 잊었다. 사랑이라는 이름으로 아이한테 준 아픔이 있다는 것을 몰랐다. 아이를 키우는 일은 곧 나를 버리는 일이라는데, 남의 자식 자랑 들으면서 절대 기죽지 말아야겠다는 내 자존심 때문에 아이에게 억지로 시키는 공부가 아니었으면 좋겠다.

아이한테 어린 시절 추억이, 무거운 책가방과 비좁은 학원 생활만이 아니라 아빠 엄마랑 송화강가를 거닐며 연 띄우고, 물에 손발을 담궈 물장난하고, 겨울에는 얼음덩이를 같이 차며 달리는 추억들이 되도록 만들어 줄 수 있으면 좋겠다. 아이가 무엇을 좋아하는지, 아이가 무슨 생각을 하는지 대화를 나누며 아이 의사를 충분히 존중할 수 있으면 좋겠다. 내 아이와 같은 눈으로 같은 높이에서 이 세계를 바라볼 수 있으면 좋겠다. 그러면서도 마음 한구석에 다음 학기부터는 영어 공부 시켜야 되는데, 하는 생각이 자리를 트니 난 아무래도 못 말리는 엄마, '너 잘되라고 표' 엄마밖에 되지 않는가 싶다. (2009년)

딸애의 메신저

연길시 주계화

주말에 밀린 일들을 하고 나서 잠깐 누운 것이 그만 쪽잠이 들었다. 깨어 보니 머리맡에 서툴게 접은 종이쪽지 하나가 놓여 있었다. 나는 피식 웃으면서 메모지를 집어 들었다. 이번에는 뭘 썼을까 궁금하다. 가끔 딸애는 나한테 쪽지 '놀음'을 하곤 한다. 마치 오프라인이 되어도 메시지가 척척 날아오는 메신저처럼. 또박또박 박아 쓴 글씨가 한 눈에 안겨든다.

"엄마, 너무 피곤하죠? 제가 꿀물 한 잔 풀었으니 마시고 기운 내세요! 난 옆집 언니네 집으로 놀러 가요. 엄마 사랑해!"

글씨 주위에 연필로 서툴게 그린 딸랑머리 개구쟁이 아이가 나를 보고 방긋 웃어 준다. "까꿍!" 하면서 깔깔거리는 딸애 모습이 보이는 성싶다.

'애두, 자기가 좋아한다고 나까지도 좋아하나?'

도리머리를 저으면서도 나는 잔을 집어 들어 천천히 한 모금 마신다. 꿀을 많이 타서인지 너무 달기만 하다. 워낙 꿀물 체질이 아닌지라 속이 뒤집히는 것 같아 잔을 내려놓았다. 하지만 딸애가 정성껏 타준 거라서 눈을 찔끔 감고 다시 마시기 시작했다. 겨우 꿀물 한 잔 마시고 보니 나절로도 그런 내가 놀랍다.

비어 있는 꿀물 잔을 보노라니 머릿속에 섬광처럼 스치는 것이 있었다. 딸애 마음이라고 싫은 꿀물도 마셨지만 만일 딸애라면 어떠했을까? 그동안 내가 좋아서 억지로 시킨 것들을 어떻게 받아 왔을까? 수학은 기초 과목이라서 너무 중요해, 영어는 글로벌 세상에서 꼭 필요해, 음악은 정서 배양에 좋으니까……. 이런저런 이유를 만들어서 딸애가 좋아하건 말건 내 나름대로 스케줄을 만들고 딸애한테 밀어붙이던 나였다. 몸에 좋다는 꿀물도 싫으면 마시기 힘든 것인데 하물며 어른들 욕심이나 집착을 억지로 애한테 갖다 붙이던 나는 어쩌면 못난이 엄마가 아니었나 싶다.

교원을 하면서 머릿속 깊이 새겨진 것은 온통 우수한 학생들 모습이었다. 그래서 항상 딸애한테 요구가 높았다.

언젠가 딸애가 87점을 맞은 수학 시험지를 갖고 온 적이 있었다. 빨간 색으로 커다랗게 새겨진 그 숫자를 보는 순간 화부터 치밀었다. '9' 자도 아니고, '7' 자 앞에 청승맞게 새겨진 '8' 자가 나를 비웃는 것만 같았다.

"너 공부 어떻게 하기에 이 모양이니? 공부 시간에 집중도 안 해? 이것도 점수라고 갖고 와?"

여느 때와는 달리 붉으락푸르락하는 내 모습에 잔뜩 겁에 질려 있던 딸애, 그런 딸애를 보면서도 성이 차지 않아 90점 이상이 몇이냐고 따지면서 한바탕 꾸중을 했다. 그러고서야 직성이 풀려 가는 내 앞에서 딸애는 눈물만 똑똑 떨구었다.

사실 나는 내 학생일 때는 낙제생한테도 너그럽다.

"선생님은 참 좋습니다. 우리 마음 너무 잘 이해해 줍니다."

아이들이 졸업하면서 나한테 남긴 평가다. 그래서 항상 마음이 뿌듯하기만 했다. 이렇게 다른 집 아이들한테는 관용과 포용이라는 것을 많이 베풀어 주면서도 유독 딸애한테만은 모질기만 한 나는 정녕 팥쥐 엄마 같은 나쁜 엄마가 아닐까?

"엄마, 제가 실망시켜서 미안합니다. 다음에는 꼭 잘하겠습니다."

그날 저녁, 눈물 자국을 달고 잠든 딸애 곁에서 나한테 써 놓은 쪽지 한 구절을 읽으면서 가슴이 찡하니 저려 와 속으로 눈물을 떨구기도 했다. 아까 애처롭게 울던 딸애 모습을 떠올리며 내가 왜 그렇게 못되게 굴었을까 하고 천번 만번 때늦은 후회도 했다. 항상 엎지른 물이 된 다음에야 소 잃고 외양간 고치는 격인 실수들을 자주 범하는 나는 분명 자격 미달 엄마임에 틀림없다. 하지만 그런 모자란 엄마임에도 딸애는 항상 변함없는 사랑으로 내 곁을 지켜 주었다.

딸애는 일찍 셈이 든 아이였다. 여느 아이들보다 생각도 많고 궁리도 깊었다. 자기 마음속 말들도 항상 깜짝 메시지로 내게 전해 주는 재미있는 아이였다.

"엄마, 3.8절 축하해요. 내가 사 온 카네이션 이쁘죠? 사랑해."

"엄마, 오늘은 힘들어. 나랑 좀 놀아 주면 안 돼? 우리 조금만 놀아요."

"엄마, 나 작문 시합에서 금상 탔어! 너무 신나! 선생님이 칭찬 많이 해 주셨어. 오늘은 정말 기분이 짱이야!"

"엄마, 아빠랑 싸우지 마. 난 싸우는 거 싫어. 엄마 아빠가 영화에 나오는 것처럼 닭살이 되었으면 좋겠어……."

"엄마는 맛나는 거 많이 해 줘서 너무 좋아. 애들도 부러워해. 우리 엄마는 요리사야. 파이팅!"

딸애가 보내는 메시지는 다양하기만 했다. 각양각색 아이콘처럼 내 마음을 아프게도, 설레게도, 기쁘게도 했다. 딸애가 주는 메시지가 있어 어느새 내 세상은 한층 밝은 모습으로 탈바꿈하고 있었다. 바쁜 일상에 찌들리다 보면 가끔 짜증스런 모습으로 살아가던 나한테 딸애가 보낸 메시지들은 활력소로 다가오고 있었다. 그런 딸애가 있어 나는 모자람 속에서도 항상 행복을 느끼며 살아왔나 보다.

어쩌면 딸애가 준 메시지들은 그애만이 가진 메신저였을지도 모른다. 사이버 세상에서 내가 친구들과 주고받는 메신저처럼. 컴퓨터에서 타이핑으로 전달되는 그런 메신저보다도 순간순간 마음이 더 진실하게 오고가는 딸애의 메신저. 거기에는 열 살 딸애가 지닌 소박한 마음이 숨 쉬고 있었고, 가장 순수한 마음으로 아롱진 딸애의 열 살 하늘이 펼쳐져 있었다.

웃는 얼굴 뒤에 허위와 질투와 냉담함이 숨겨진 어른들 세계와는 달리 생각하면 생각하는 대로, 꾸밈없이 소박하고 진지한 동심 세계. 그 세계와 만나면서 오늘도 나는 모자란 엄마 모습에서 탈바꿈할 미래를 꿈꾼다.

딸애의 메신저, 이제 늦게라도 내 메신저에 추가시켜야겠다. 개구쟁이 세상이 안겨 주는 경이로움 속에서 무언가가 비어 있는 내 메신저도 새로이 업그레이드시켜야 할까 보다.

　어디선가 싱그러운 동심 향기가 미풍을 타고 다가온다. 딸애의 메신저를 추가하며 나는 그 아이가 짓는 웃음 한 자락을 곱게 베어 문다. 열 살배기 하늘에 떠 있는 그 티 없이 맑은 웃음을. (2010년)

*3.8절 : 국제 여성의 날로, 해마다 3월 8일.

고맙다, 딸아

연길시 구호준

참 오랜만에 몸이 욱실거린다. 아버지 병간호로 지친 어머니는 경풍이 스쳐 갔고, 덕분에 함께 누워 링거 주사를 맞는 부모님들을 간호하느라 몸과 마음이 지쳤나 보다. 며칠을 간호하다가 딸애를 핑계로 누님에게 부모님들을 맡겨 놓고 집으로 내려왔더니 육신이 흐느적거리기 시작했다.

감기약 몇 알 주워 먹으면 금방 도망갈 줄 알았던 감기는 몸살까지 겹쳐 마침내 입맛까지 모두 빼앗아 갔다. 연길에 일 보러 왔던 누님이 말라 버린 내 얼굴을 보고 야단하면서 링거를 사 왔다. 매형이 의사라 누님도 감기 치료쯤은 눈동냥으로 할 수 있었던 것이다.

딸애를 마중하고 침실에서 주사를 맞게 되자 딸애가 따라 들어왔다.

"넌 나가서 컴퓨터 게임이나 해."

"싫어. 나 아빠 주사 맞는 거 볼래."

딸애는 처음으로 내 말을 무시했다. 설을 쇠고 여섯 살이 되기는 했지만 아직 다섯 돌이 되려면 몇 달을 더 기다려야 하는 딸애. 하지만 어린 나이에도 아빠 말을 거역하는 일은 별로 없었다.

"무섭지 않어?"

"아니, 아빠 아프면 어떻게 해? 내가 손 잡아 줄게."

딸애는 자기가 링거를 맞을 때마다 내가 손을 잡아 주던 것을 잊지 않고 있었다. 주삿바늘이 내 피부를 파고들 때 딸애 얼굴이 일그러지면서 그 작은 손에 힘이 들어갔다.

"아빠, 아프지 않어?"

딸애는 눈물이 글썽해지려 하고 있었다.

"아니, 은혜가 잡아 주니 하나도 아프지 않은데 뭐."

나는 딸애를 향해 밝게 웃어 주었다.

"그럼, 나 꼭 잡아 줄게."

링거를 꽂고 누님이 거실로 나가자 딸애를 내보내고 편히 한숨 쉬고 싶었다.

"이젠 아빠가 주사 맞으면 되니깐 은혜는 거실에 나가서 놀지."

"싫어. 나 장난치지 않고 가만히 앉아 있을게. 아빠 주사 다 맞으면 맏아매와 말해야지."

평소에 집으로 돌아오면 컴퓨터 앞에 앉아 게임으로 시간을 보내는 딸애다. 그것도 싫증 나면 그림영화를 보거나 하면서 잠시도 가만히 앉아 있지 않는 성격인 딸애가 오늘따라 얌전하게 침대에 앉아 있었다. 링거를 맞는 내 모습을 한참 눈여겨보던 딸애는 침실을 나갔다. 결국 따분함을 이기지 못해 나갔으려니 했는데 서재에 들어가서 《개구쟁이 피노키오》라는 그림책을 들고 들어왔다.

"아빠 심심하겠는데 내가 책을 읽어 줄게."

딸애는 책을 번지고 한 글자씩 또박또박 열심히 읽어 내려갔다.

"옛날 어느 마을에 제페트라는 할아버지가 혼자서 쓸쓸하게 살고 있었어요. 할아버지는 나무 인형에게 '피노키오'라는 이름을 지어 주고 친자식처럼 키우기로 했답니다."

한 글자씩 힘을 주어 열심히 읽어 주는 딸애 모습을 보면서 나는 가슴 한구석에 눈물이 흐르고 있었다.

옛말 듣기를 즐기는 딸애, 아직 글도 배우지 못한 딸애가 책을 읽어 달라면서 아버지를 힘들게만 하더니 오늘은 책 한 권을 거뜬하게 읽어 가고 있다. 딸애가 《개구쟁이 피노키오》를 몇 번 되풀이해서 읽어 주자 마침내 링거 맞는 것도 끝났다.

"아빠, 내가 눌러 줄게."

주삿바늘을 뽑자 딸애는 다시 그 작은 손으로 주삿바늘이 뽑힌 자리를 꼭 눌러 주었다.

딸애의 맑은 눈동자를 보면서 부모 된 즐거움이 무엇인지를 가슴으로 새겨 보게 되었다. 링거를 다 맞을 때까지 곁을 떠나지 않고 아빠의 적적함을 달래려고 하는 딸애 모습에서 나는 무엇이 자식인지를 되돌아보게 되었다.

부모님에게 링거를 꽂아 드리고도 살뜰한 말 한마디 해 드리지 않고, 그냥 치료만 해 드리면 된다고 여겼던 내 얇은 생각이 딸애 앞에서 산산조각이 나고 있었다. 어쩌면 내 아빠도 링거보다는 곁에서 아들이 들려주는 이야기가 더 듣고 싶지 않았을까? 어쩌면 내 엄마도 아들이 들려주는 세상 이야기가 링거 한 통보다 더 그리운 것이 아니었을까?

이제 겨우 여섯 살, 철없다고만 느꼈던 딸애 앞에서 나는 자식 된 도리를 깨달으면서 고개를 숙였다. 그리고 마침내 내 가슴 깊이 숨겨져 있던 말 한마디를 꺼내 보았다.

"고맙다 딸아." (2010년)

* 맏아매 : 큰 이모를 보통 맏아매라 하는데 큰 고모를 이렇게 부르기도 함.
* 책을 번지고 : 책장을 넘기고.

자식들 곁으로 돌아오시라

왕청시 현명규

자식은 부모의 희망이며 나라의 기둥이다. 교육에서 가정, 학교, 사회는 삼위일체이고 그 기본은 가정 교육이다. 이는 다 아는 일이지만 많은 부모들은 어린 자식을 다른 사람한테 거침없이 떠맡기고 금맥을 찾아 외국 돈벌이에 나선다. 부모한테 사랑과 교육을 받지 못하고 기형으로 자라는 어린 아이들은, 이제 더는 누구도 강 건너 불 보듯 할 일이 아니다.

조명 1. "엄마를 절대 용서 안 해."

이 불길한 말은 소학교 4학년에 다니는 열한 살짜리 남자아이 입에서 튕겨 나온 말이다. 때는 지난 10월이다. 한창 손님 머리를 깎고 있는데 남자아이 셋이 우르르 쓸어들어 왔다. 그 가운데 키가 좀 작고 머리가 더부룩한 아이가 이발값이 얼마인지 나한테 물었다. '5원'이라고 대답하자 그 아이는 우물쭈물하더니 값을 낮춰 달라고 사정하는 것이었다. 다 같은 자식을 키워 왔던 부모인지라 나는 대뜸 승낙했다.

몇 달은 가위 신세를 보지 못한 듯 머리는 길다 못해 땋아도 될 듯 싶었다. 게다가 언제 물 신세를 보았는지 머리때가 많아 빗도 들지 않았다. 나는 머리를 깎으면서, 학생은 학생답게 머리도 제때에 깎고 위생을 챙겨야 한다고 그 아이한테 관심을 갖고 말했다. 그런데 내 호의가 그 아이 비위를 거슬러 놓을 줄이야!

"내 머리를 가지고 내 마음대로 하는데 무슨 걱정임둥?"

그 아이는 발딱했다. 하긴 그랬다. 자기 부모도 아닌 동네 집 부모가 무슨 주제로 남 일에 이래라 저래라 하면서 심사를 건드려 놓았으니 코를 떼어도 당연한 일이었다. 하지만 귀엽게 생긴 아이 얼굴과는 다르게 괴짜 같은 성격이어서 나는 놀라움을 금할 수 없었다.

그런데 또 놀라운 것은 머리를 싸게 깎은 그 아이가 기분 좋게 나가는가 했더니 문 앞에서 방금 같이 왔던 아이 둘과 옥신각신 다투는 것이었다. 투닥투닥 소리와 함께 끝내 몸싸움이 벌어지는 것 같았다. 안 되겠다 싶어 후닥닥 뛰쳐나가니 아까 머리 깎은 아이 코에서 선지피가 흐르고 있었다. 영문을 알아보니 머리 깎은 그 아이가 언제인지 함께 온 아이들 돈을 빌려 쓴 적이 있는데 이자를 주지 않았다는 것이다. 기가 막혔다. 한창 천진하게 어울려 놀아야 할 어린 아이들이 언제부터 서로 잔돈푼이나 빌려 주고 이자를 받는 속된 사람으로 변하였을까?

나는 싸움을 뜯어말린 뒤에 상한 아이를 끌어다 지혈시킨 다음 피를 닦아 주었다. 아이는 마음이 좀 가라앉았는지 내가 하는 말에 곰상곰상해지는가 싶더니 나를 또 한번 놀라게 했다.

"난 우리 엄말 절대 용서 안 함다, 만남 죽여 버리겠슴다!"

눈물을 뚝뚝 떨구며 고통스럽게 울부짖는 소리였다. 마른하늘에 벼락 칠 소리를 거침없이 내뱉는 그 말에, 나는 그만 온몸에 소름이 쫙 끼쳤다. 자초지종을 알아보니 그 아이 어머니가 한국에 간 지도 6년이 넘었단다. 그런데 웬 까닭인지 한 번도 아이한테 생활비를 부쳐 오지 않았다고 한다. 전화가 오면 공부를 잘해라, 잘 먹고 다녀라 말은 하지만 이내 이어지는 건 아버지와 벌어지는 원격 싸움이었다.

아이 아버지는 어머니보고 남편은 버리더라도 아이만은 불쌍하니 한 달에 아이 생활비로 오백 원씩이라도 보내 달라고 빌고 사정했다. 하지만 어머니 쪽에서 오히려 아버지란 사람이 아이 생활비도 못 버느냐, 그게 무슨 아버지냐, 아버지 노릇을 하려면 똑똑히 하라고 했단다. 아버지는 아버지대로 중국에서 벌면서 아이를 공부시킬 걱정이 없을 거였으면 한국에는 왜 갔느냐고 맞불질했다. 고래 싸움에 새우 등 터진다고 결국은 상처받고 타격받는 건 아이였다. 별 수 없이 아이 아버지는 울며 겨자 먹기로 삼륜차를 끌어 근근이 아이 뒷바라지를 하고 있다. 그것도 벌이가 좋은 날이면 그나마 아이한테 용돈이나마 차례지지만 그렇지 못하면 며칠씩 돈을 구경도 못 한다는 것이었다. 어머니가 조금씩이라도 돈을 부쳤으면 오늘과 같은 일이 없었을 거라고 한다. 그리고 자기는 어머니를 증오한다고 덧붙였다.

사랑에 메말라 있고 돈에 메말라 있는, 정말 불쌍한 아이였다. 그 아이 어머니는 돈을 벌어서 무엇하려는지 귀신이나 알 노릇이다. 모든 부모들은 자식의 오늘과 내일을 위해 돈을 번다지만 이 아이 어머니는…… 이렇게 가정불화, 친구들 따돌림, 자기 비하가 이 아이의 어린 마음에 불만과 원망을 품은 씨앗을 심어 놓았다.

조명2. "어디 두고 보자."

어느 날, 퇴근하려고 하는데 칠십여 세 되는 한 할머니가 일여덟 살 되는 손자를 데리고 왔다. 손자 아이는 머리가 귀를 푸근히 덮고 있었지만 안 깎겠다고 떼질을 했다. 할머니가 머리를 깎으라고 호통치자 손자는 돈 50원만 주면 머리를 깎겠다고 조건을 내걸었다. 할머니는 제 머리를 깎는데 웬 돈이냐면서 손자 귀를 가볍게 쥐어 당겼다. 손자 놈은 대뜸 발딱하더니 두 눈을 부라리면서 할머니와 말대꾸질을 시작했다. 할머니한테 손가락질하면서 입에 담지 못할 쌍욕까지 해 댔다. "야, 자!" 하는 막말까지 하면서 말이다. 어디 두고 보자는 둥, 집에 가면 가만 놔두지 않겠다는 둥, 심지어 죽여 치우겠다고까지 했다. 하느님 맙소사! 이게 어디 일여덟 살짜리 아이가 할 짓이라고 하겠는가. 할머니는 눈물을 흘리면서 자기 신세를 하소연하였다.

아들 며느리가 아이 곁을 떠난 지 9년이 되었고, 생활비는 넉넉히 보내오지만 손자가 학교에 입학하고부터 말을 듣지 않아 애를 먹고 있다고 한다. 그렇다고 매를 대고 무섭게 굴면 며칠씩 앓아 누워 학교에 못 가고, 또 좋게 타이르면 늙은이 말이라고 우습게 여긴단다. 이래저래 손자 때문에 속에 재가 들어찬다고 했다. 부모가 집에 없다고 오냐오냐했더니 돈만 쓰자고 들고, 자기 구미에 맞지 않으면 위아래도 없는 범벅이 같은 아이가 되었다고 한탄했다. 자식 농사를 지은 데다 손자 농사까지, 인생에서 두벌 농사를 짓자니 힘에 부쳐 미칠 것만 같다고 넋두리를 하는 할머니. 할머니 얼굴에 패인 깊은 주름에는 손자 앞날에 대한 짙은 근심이 깔려 있었다.

내가 몇 년간 이발하면서 보면 제가 낳은 자식을 데리고 오는 부모가 금싸라기같이 보기 드물다. 거개가 할머니 아니면 할아버지, 혹은 친척이다. 소년 범죄자들 백 명을 조사한 결과 60퍼센트가 이혼한 가정 자녀라고 한다. 부모의 이혼과 가정 해체는 아이들을 폭력과 범죄에 이르게 만드는 원흉이며, 아이들이 윤리와 도덕을 모르는 냉혹하고 기형적인 인간으로 자라게 되는 온상이다. 물론 부모가 곁에 없는 것이 꼭 자식이 잘못되는 이유에서 전부는 아니겠지만 그렇다고 또 부정할 수도 없는 것이 엄연한 현실이다.

이 세상 부모들이여, 돈 때문에 게도 구럭도 다 잃는 일은 삼가시고 하루 빨리 자식들 곁으로 돌아오시라. 하루 빨리 마음에 균형을 잃고 방황하는 어린 자식들을 붙잡아 주시라. 이 일이야말로 거액을 주고도 바꿀 수 없는 '돈벌이'이며 나중에 자식 앞에 한 점 부끄럼 없이 나설 수 있는 바람직한 처사이니까! (2010년)

* 발딱했다 : 발끈했다.
* 구럭 : 해산물 같은 것을 담는 그릇.

아이들을 고독에서 구하라

흑룡강성 연수 김춘식

전에도 그렇거니와 지금도 학생들 작문에서 자신이 외로이 고독에 시달린다는 글을 종종 읽게 된다. 어려서부터 부모를 연해 도시나 외국에 멀리 떠나보낸 뒤에 몇 년이고 홀로 할아버지, 할머니 슬하나 친척 집에 얹혀살면서 공부하거나, 아니면 기숙사 생활을 하면서 공부하느라면 고독감이 시시로 몰려들면서 부모 생각에 눈물이 나고 외로운 신세에 늘 마음이 처량해지고 서글퍼진다는 것이다. 그래서 마음이 항상 들떠 있고 공부에도 정신이 몰입되지 않는다는 것이다. 확실히 적지 않은 아이들 얼굴에 항상 서글픈 표정이 깃들어 있고 유쾌한 빛은 별로 보이지 않는다. 이런 아이들을 보면 수업 시간에도 공부에 잘 신경을 쓰지 않고 곧잘 멍하게 앉아 있는다.

부모가 없는 고독, 일가친척이 없는 고독, 부모 이혼으로 말미암은 고독. 고독은 현재 우리 아이들을 시시로 괴롭히고 있다. 아이들은 고독으로 눈물을 흘리고, 고독으로 정서가 변하고, 고독으로 도덕이 기형으로 비뚤어지고 있다. 한창 부모들과 함께 있으면서 식구들 사랑과 받들림 속에서 쾌활하게 지내야 할 어린 시절이 고독 속에서 스러지고 있다. 하루하루 시간이 흐름에 따라 부모에 대한 그리움은 더욱 절박해졌다. 심지어는 밤에 꿈속에서 어머니를 만나 대성통곡을 하는 바람에 옆자리 애들까지 놀라서 깨어나 울먹이고 있는 일들이 학생 숙사에서 종종 벌어지고 있다.

방학 때도 그렇고 쉬는 날도 그렇고 많은 아이들이 갈 곳이 없어 쩔쩔매고 있다. 다른 아이들은 집으로 가고 친척 집으로도 간다지만 그 아이들은 갈 곳이 없다. 받아 줄 곳이 없다. 낮은 그럭저럭 지낼 수 있지만 저녁에는 외롭게 기숙사나 여관에 남아 있어야 하는데 이때가 가장 고독할 때다. 고독을 이기지 못해 어떤 아이들은 자연 발걸음을 인터넷방으로 돌린다. 적어도 거기서만은 외롭지 않단다. 게임이나 유희로 시간을 보내노라면 적막감을 잊을 수 있고 거기에 온 아이들과 한데 어울려 얘기를 나누노라면 외로움이 사라진단다. 그래서 한 번 두 번 찾아가노라면 아예 인터넷 중독에 걸려 발뺌을 못 한다.

지금 적지 않은 우리 부모들은 아이들한테 죄를 짓고 있다. 돈으로는 아이들 요구를 충족하게 만족시켜 주고 있지만, 고독이 아이들 마음에 가져다준 상처는 한생에 다 아물지 못할 것이다.

우리는 아이들을 고독의 그늘에서 건져 내야 한다. 고독할 때처럼 인생이 괴로울 때가 없다. 인간은 어디까지나 남과 교류하며 살아가는 사회적 존재다. 우리는 사색을 위해서 가끔 혼자 있는 시간을 갖는 것은 좋으나 죽 혼자서는 살 수 없는 존재다. 서로간에 오고가는 따뜻한 대화 속에서 우리는 행복할 수 있고 사는 보람을 느낄 수 있다. 고독은 산책처이지 영원한 안식처는 절대로 아니다. 누군가 말한 바와 같이 완전한 고독 속에서 혼자 살 수 있는 것은 야수나 신뿐이다.

고독은 우리 생애에 가장 뼈를 깎는 고통이다. 그래서 가장 괴로운 고통을 주기 위하여 죄인을 옥에 가두어 고독이라는 쓴맛을 보게 하거나, 시베리아 같은 황량하고 인적이 드문 곳에 귀양 보내 가족이나 친지와 교제를 끊고 외롭게 혼자 지내는 비참한 세월을 보내게 한다. 또 착오를 저지른 군인들은 독방에 며칠씩 격리시켜 자아 성찰을 하게 하고, 계율을 위반한 중은 몇 시간이고 며칠이고 홀로 뻔뻔하고 차디찬 벽을 마주하고 꿇어앉게 한다. 이는 다 고독으로 벌을 주는 것으로써 육체에 내리는 징벌보다 사람을 더 괴롭힌다.

입센은 '이 세상에서 가장 강한 인간이란 고독한 인간'이라고 했다. 어느 한국 수필가도 '고독은 우리의 안식처가 아니다. 정말로 고독 속에 혼자 견딜 수 있는 사람은 진정한 거인이요, 정신력이 비상하게 강한 인간'이라고 말한 바 있다.

이태 전 일이다. 아내가 저 멀리 남쪽에 있는 아들 회사에 출근하면서 일 년 동안 지냈는데 그러노라니 나는 자연 여기서 외톨이 생활을 하며 출근해야 했다. 비록 길지도 짧지도 않은 일 년 동안이었지만 나는 고독한 괴로움에 너무나 시달렸다.

낮에는 출근해서 동료들과 함께 있고, 또 사업에 바빠 돌아치노라면 그것을 크게 느낄 수 없으나 일단 저녁이 되어 혼자 집에 있을 때면 극심한 고독감에 휩싸여 견디기 힘들었다. 책을 봐도 머리에 잘 들어오지 않고, 글을 쓰려 해도 생각이 잡히지 않으며 텔레비전을 본다 해도 정신이 잘 집중되지 않는다. 온 마음이 허전하며 쓸쓸한 기분에서 헤어날 수 없다. 저녁에 잠자리에 누워도 외로움과 서글픔, 때로는 처량함이 시시각각으로 심사를 건드려서 잠을 못 이루게 한다. 그때 나는 외국에 돈 벌러 간 사람이나 그 사람들을 떠나보낸 이들이 겪는 어려움을 너무나 이해할 수 있었다. 고된 노동으로 육체가 힘든 일보 다 더한 것이 고독으로 시달리는 정신 고통임을 알고도 남음이 있게 되었다.

어른들도 견디기 어려운 고독을 하물며 아이들임에랴! 어른들은 그래도 고독 속에서 진지한 생각과 자기 성찰을 할 줄 알지만 아이들 은 그렇지 못하다. 심지어 어떤 아이들은 가정 파탄으로 부득불 학업 을 중단하고 친구들과 학교를 떠나야 한다. 이러한 현실은 아이들에 게 어디에도 비할 바 없는 고통이다.

부모 사랑은 한 아이가 성장하는 데 매우 중요한 것이다. 때문에 아 침저녁으로 함께 있어야 할 부모를 잃는다는 것은 실제로 성장길에서 의지할 곳을 잃는다는 것을 말해 주며 천진난만한 어린 시절을 잃는 다는 것을 말해 준다. 인간은 사회화되는 동물로서, 사회를 잃고 인간 사이에 관계를 잃는다면 감정과 문화, 그리고 물질 교류도 잃게 된다. 따라서 정신이 고통 받게 되고 심지어는 일종의 '시달림'도 받게 된 다.

아이들을 고독의 그늘에서 구하라! 그러자면 우리 부모들은 과연 어떻게 해야 할 것인가? (2010년)

* 뻔뻔하고 : 평평하고.

달놀이

4부 내 마음의 별들아

조선족 선생님이 쓴 글

한 기 한 기 졸업식을 맞이할 때마다 너희들이 정든 모교를 떠나야 한다고 생각하니 눈굽이 젖어들더구나. 하지만 우리 말과 우리 글을 배우고 새로운 인생길을 내딛는다고 생각하니 마음 한구석은 뿌듯해지더라. 고맙다, 얘들아! 나는 이 세상에서 제일 행복한 사람인 것 같구나. 너희들은 꼭 잘될 거야. 내 마음의 영원한 별들아……

짝 뭇기

돈화시 제2중학교 김금녀

이번 학기 우리 학교에서는 낙후생을 완전히 변화시키기 위해 교원과 낙후생 짝 뭇기 활동을 했다. 그런데 낙후생 영범이와 짝을 무으려는 교원은 한 명도 없었다. 나는 소문이 짜한 특수 인물을 잘 교육해 보려는 욕심에서 영범이와 짝 뭇기를 하겠다고 자청하였다.

영범이는 내 수업 시간에도 늘 '병'이 발작하곤 하였다. 한번은 아이들이 수학 문제를 푸느라 여념이 없는데 영범이만은 책상 밑에 얼굴을 파묻고 무엇을 하고 있었다. 다가가 보니 책상 안에 고무를 한 줄로 쭉 늘어 놓고는 칼로 썰고 있었다. 늘 여학생들 고무를 빼앗아 간다더니 이래서였구나. 나는 치밀어 오르는 분을 가까스로 참고 영범이에게 살짝 눈치를 주었다. 영범이는 미안한 듯 인차 손을 뗐다. 아마 자기와 짝 무은 선생님이니 체면을 봐주나 생각하면서 만족스러운 기분으로 돌아서는데 애들이 '와' 하고 웃었다. 어느새 영범이가 고무 조각을 뒤에 앉은 미화 머리에 마구 뿌렸던 것이다. 나는 또 분이 울컥 치밀어 올랐지만 화를 내도 아무런 쓸모가 없다고 생각하고 전술을 바꿨다.

"동무들, 영범 학생이 왜 꽃보라를 미화 학생에게 뿌렸는지 압니까? 그것은 영범 학생과 미화 학생이 우리 학급에서 제일 친한 짝꿍이기 때문입니다. 영범 학생, 짝 무은 저한테는 꽃보라를 뿌려 줄 수 없을까요?"

불호령이 떨어질 것이라 생각했던 영범이는 내가 이렇게 농담을 주고받자 부끄러운지 귀밑까지 빨개졌다.

그날 저녁에 나는 영범이 엄마한테서 걸려온 전화를 받았다.

"선생님, 오늘 우리 영범이가 수학 선생님이 최고래요. 애들은 체면을 봐줄 줄 아는 선생님이 제일 좋은가 봐요."

그날 나는 영범이한테 인정을 받기 시작했다는 걸 느꼈다.

또 한번은 바로 수업을 시작하려는데 영범이가 교과서를 잃어버렸다면서 막무가내로 곁에 앉은 학생을 도적이라고 넘겨짚었다. 나는 수업을 시작하는 대신 학생들에게 이야기를 들려주었다.

"혁명 전쟁 시기 굶주림에 시달리던 한 꼬마 전사가 음식점에서 죽 한 그릇을 사 먹었습니다. 죽값을 치르려 할 때 음식점 주인은 꼬마 전사가 죽 두 사발을 먹었다면서 기어코 두 사발 값을 내라는 것이었어요. 꼬마 전사가 아니라고 아무리 말해도 음식점 주인은 그 말을 믿지 않았습니다. 연대장마저도 꼬마 전사한테 음식점 주인에게 사과하고 죽 두 사발 값도 물라고 했습니다. 너무도 억울한 꼬마 전사는 자기의 청백함을 밝히려고 끝내 칼로 배를 가르고 말았어요."

내 이야기에 학생들은 무거운 침묵 속에 잠겼다. 모두들 질책하는 눈길로 영범이를 쳐다보았다. 나는 영범이한테 다가가 같이 책을 찾기 시작하였다. 그래서 영범이가 방석 밑에 책을 깔아 두고 깜박했다는 것을 알아냈다. 영범이는 부끄러운 듯 머리만 긁적거렸다.

어느 날은 소낙비가 억수로 쏟아지는 밤에 영범이가 우리 집에 달려왔다. 눈물범벅이 된 채 목멘 소리로 엄마가 몹시 앓는다면서 가 봐 달라고 했다. 그때 나는 영범이와 진정한 짝꿍이 되었음을 절실히 느꼈다.

점심 도시락을 살 돈이 없어도 나를 찾아오는 영범이, 교복 단추가 떨어져도 찾아오는 영범이……. 나 또한 영범이와 마찬가지였다. 운동장에서 뛰노는 아이들 속에서도 은근히 영범이 모습을 찾았고, 복도에서 영범이를 만나면 아들을 만난 것처럼 반가워 어깨라도 한번 다독여 주고 싶었다. 정말 자식에게 주고픈 모든 사랑을 영범이한테 다 주고 싶었다. 그래서인지 모두들 나와 영범이는 진짜로 '모자' 같다고 한다. (2006년)

* 짝 뭇기 : 짝을 만들기.

언약

료녕성 철령시 교원연수학교 김례호

내가 오늘날까지 교육계에 몸을 담고 있게 된 것은, 딴 곳으로 자리를 뜰 기회가 없어서가 아니라 16년 전에 나어린 아이들과 했던 언약 때문이다.

'난리 난 해에 과거 한다' 더니 학교 교도 주임으로 부임한 뒤에 출국풍이 학교에도 불어닥쳐서 때 아닌 곤경을 치러야 했다. 불과 일 년 사이에 교원이 다섯 명이나 한국에 돈벌이 간다고 훌쩍 떠나 버렸으니, 명색이 교도 주임이지 대신 수업하느라 눈코 뜰 새 없었다.

그렇지 않아도 '신수가 멀쩡해서 소학교 훈장이 뭐냐?' 는 친구들 힐난에 점직한 마음을 금치 못하던 차에, 청도에서 의류 회사를 꾸리고 있는 김유식 사장이 '후한 대우를 해 줄 테니 대리로 들어오잖겠느냐' 는 전화를 수차 걸어왔다.

'모두들 떠나는데 내가 뭐라고 코흘리개들 치닥거리를 한담? 내가 없으면 조선족 교육이 무너진다더냐?'

나는 학교를 떠나려는 생각이 점점 싹트기 시작했다.

아침에 등교하니 교장 선생님이 5학년 담임 교원이 어제 한국으로 떠났노라고 알려 주었다. 대리 수업을 들어갈 사람은 나밖에 없었다. 언짢은 기분으로 교실에 들어서니 물음표를 담은 눈동자들이 나한테 쏠렸다. 무거운 말투로 담임 교원이 떠났다고 말하자 소년선봉대에서 중대장을 맡고 있는 연이가 입이 뾰로통해서 물었다.

"그럼 누가 우릴 배워 줍니까? 주임 선생님이 우릴 배워 주면 안 됩니까?"

나는 머리를 가로젓고 나서 바로는 대신할 사람이 없으니 전보다 더 스스로 알아서 해야 한다고 강조했다. 그러자 교실은 물 뿌린 듯 조용해졌다. 몇몇 여학생들 눈확엔 맑은 샘이 출랑거렸고, 까불이 남학생들 얼굴에도 울기가 픽 돌았다. 철부지들이건만 자신들 앞일이 걱정된 모양이었다.

"모두 한국에 가면 우린 어떡합니까? 선생님도 가시렵니까?"

어느 학생 입에서인지 이런 질문이 튕겨 나오는 통에 나는 말문이 막혀 한동안 침묵을 지켰다.

'조것들이 오죽했으면…….'

"난 절대 학교를 떠나지 않을 테니 걱정 말아요!"

본의 아닌 말이 내 입에서 불쑥 튀어나왔다.

"와! 우리 주임 선생님 제일이다!"

학생들이 환성을 지를 때 나는 눈앞이 흐려져 슬그머니 돌아섰다.

거의 20년 가까이 아이들을 가르쳐 왔건만 그 시간처럼 정성을 다한 적은 없었고, 애들도 그때처럼 참답게 배운 적은 없는 것 같았다.

수업이 끝나자 학생들에게 밀리고 끌리면서 운동장에 나가 오랜만에 아이들과 함께 놀았다. 그날 저녁, 나는 아내한테 핀잔을 받아 가면서 청도 김 사장 앞으로 거절 편지를 썼다.

그 이듬해 여름방학 때 출장을 갔다 오니 아내가 학생 몇이 왔다 갔다고 하면서 깜찍한 포장곽을 내놓았다. 알락달락한 포장 종이를 여니 그 속에 만년필과 정교한 족자가 들어 있었다. 족자에는 '선생님께서 언약을 지켜 주셔서 감사합니다. 나중에도 계속 교육 사업에 몸 바쳐 주세요'라고 써 있었고 밑에는 연이어 서명까지 했다. 나는 그 선물을 이윽토록 보면서 깊이 생각에 잠겼다.

그 다음 해에 교원진수학교로 전근되어 갈 때 나는 웬일인지 그 아이들과 언약을 저버린 것 같아 죄스러운 마음이 갈마들었다. 헌데 어느 날 기차에서 통학하는 그 아이들과 만났을 때 일이다. 학교를 떠나지 않겠다는 약속을 어겨 미안하다고 했더니,

"선생님이 교육계를 떠나지 않았으니 약속을 어긴 것이 아닙니다."
하면서 오히려 나를 위로하기까지 했다.

훗날 나는 시 경제무역국에서 오라고 할 때도, 문화관에서 오라고 할 때도 모두 완곡히 거절하였다. 정이 들 대로 든 교육 일터에서 끝까지 일할 결심을 내린 것도 있지만 눈에 가득 고인 그 옹달샘들이 눈앞에 어른어른해서, 또 그 아이들과 맺은 언약을 영원히 지켜 가기 위해서 말이다. (2006년)

* 점직한 : 부끄러운.   * 눈확 : 눈.
* 이윽토록 : 밤이 깊도록.   * 교원진수학교 : 교육부 밑에 있는 교사연수원.

나쁜 선생

훈춘시 제1실험소학교 김옥란

"때르릉, 때르릉."

사무실 전화벨이 울렸다.

교장실로 오라는 교장 선생님 호출이었다.

"힘들겠지만 6학년 2반 조선어문 수업을 맡아야겠어요."

"네? 네……."

'많고 많은 교원 가운데 왜 하필이면 나야!'

속으로는 못내 언짢았지만 거역할 수 없는 교장 명이었다. 교원이 모자라서 이렇게 내가 6학년 2반 어문 수업을 맡게 된 것은 새 학기 맞이로 유난히 바빴던 9월 어느 날 오후였다.

교도처 일을 하게 되면서 수업을 놓은 지가 오래된 탓일까? 막막한 기분과 하기 싫다는 게으름이 엉켜서 몰려왔다. 하루 일상은 전보다 훨씬 바빠졌다. 선생님들 수업을 날마다 살펴보고 다듬어 줘야 하는 일, 온갖 경연을 준비하는 수업 활동, 학교 사이버 교연실 운영, 거기에 덧붙여진 학생들 숙제책 그리고 일기책 검사…….

졸업을 앞둔 학년인지라 수업 시간 40분 가운데 한순간도 소홀할 수가 없어서 예전 경험을 바탕으로 활기차고 효율 있는 수업이 되도록 나름대로 힘을 기울였다. 그러나 사랑과 진심이라기보다는 책임이니까 해야 한다는 생각이 앞섰기에 수업이 항상 부담으로 느껴졌고, 하루라도 빨리 나를 대신할 수 있는 교원이 나타나기만 기다렸다.

이렇게 어느덧 두 달이 훌쩍 지났다. 들길 코스모스가 천천히 시야에서 사라질 무렵인 10월 말, 이웃 학교에서 김 선생이 전근해 왔다. 그동안 내가 맡았던 어문 수업이 자연스레 김 선생한테 넘겨졌다. 부끄럽지만 솔직히 무거운 짐이 부려진 듯 마음이 가벼웠고 기분 또한 한층 여유로워진 것 같았다.

아무런 생각 없이 새로 오신 김 선생을 교실로 안내했고, 같이 공부하게 될 선생님이라고 아이들한테 소개했다. 순간 아이들 표정이 어두워졌고 예상 못 했던 눈앞 광경에 나는 가슴이 뭉클해졌다. 개구쟁이 우양이 눈에 가득 고인 눈물, 항상 얌전하기만 하던 홍연이 눈에서 똘랑 떨어지는 눈물방울. "잉, 우릴 졸업할 때까징 갈킨다 해 놓군." 하고 투정하면서 원망스레 흘겨보며 책상에 엎디는 수룡이…….콧마루가 찡해 오며 약해지는 마음을 진정시키고, 간단히 김 선생 소개를 마치고서 나는 조용히 교실 문을 닫고 나왔다.

사무실에 돌아와 책상에 앉았지만 왠지 일이 손에 잡히지 않았다. 항상 이 '짐'을 빨리 부려 놓았으면 하고 기대했는데 막상 이렇게 매듭지으려니 이름 모를 허전함이 가슴을 허비며 나를 괴롭혔다.

짧은 2개월 수업 인연이 그렇게 마무리가 되고 조금이나마 시간도 생기고 여유로움을 되찾는가 싶었더니 그것도 잠시였다. 뜻밖의 사정으로 갑자기 변화가 생겨 이틀 뒤에 나는 내려 놓았던 학급의 수업을 다시 맡아야 했다.

이틀 전, 아이들과 나누는 작별이 못내 쑥스러워 어색하게 웃으면서 나왔던 그 교실 문을 다시 살며시 열었다.

"짝짜그르……."

교실을 메우는 박수 소리. 일제히 일어선 아이들의 환한 얼굴이 나를 맞아 주었다. 교탁 위엔 '사랑합니다, 선생님'이라고 쓰여진 하트 모양 꽃바구니가 놓여 있었다. 커다란 감동, 순간 눈앞에 뽀얀 안개가 피어올랐다.

다음 날, 아이들 일기책을 하나하나 검사하다가 나는 끝내 눈물을 쏟고야 말았다.

"수업 시간 내내 선생님 얼굴이 떠올라서 시간 집중이 안 되었습니다."

"선생님이 다시 우리 반으로 돌아오신다는 말을 담임 선생님한테 듣고 너무 좋아서 책상에 올라 '야호!' 하고 외쳤습니다."

"나쁜 선생님, 미워요. 말한 대로 안 하는 선생님, 우릴 졸업할 때까지 가르친다고 해 놓구는……. 다시 돌아오셨기에 용서합니다."

줄 끊어진 눈물이 양 볼로 미끄럼 친다.

내가 뭘 잘해 준 게 있다고, 항상 부담스럽게만 생각했던 너희들이었는데, 그 부담에서 해방된다고 내심 얼마나 기뻐했는데…….

나쁜 선생, 하나하나 일기책을 덮을 때마다 고스란히 다가오는 감동과 아픈 반성.

　순수한 아이들 마음이 내 얼굴을 화확 달군다. 내가 준 건 짧은 지식이었음에도 아이들은 나에게 뜨거운 감동을 선물했고, 교원으로서 양심도 살려 주었다.

　나는 지난 두 달과는 다른 새로운 수업을 준비하였다. 진지한 사랑으로 펼쳐 가는 따뜻한 수업을. 창가로 들려오는 아이들의 해맑은 웃음소리가 유난히 낭랑하게 들려온다. (2007년)

* 교연실 : 교무실.

나만이 느끼는 천기 변화

장춘시 제2조선족중학교 장춘령

내일은 또 어떤 날씨일까? 햇빛 따사로운 맑은 날? 구질구질 비 오는 날? 아니면 먼지로 심술부리는 바람 부는 날? 좋은 날씨였으면 하는 기대로 가득 차서 내일 날씨를 기다린다.

학생들과 함께하는 내 담임 생활은 이렇게 변화무쌍한 날씨 변화와 꼭 같다.

흐린 날.

찌뿌둥한 날씨다. 이놈들, 방금 자습 시간이 끝났는데 숙사에서 빠지다니. 빨리 옮겨야 하는데 발걸음은 자꾸 무거워진다. '신항 피시방'에 먼저 가 보자, 거기에 없으면 다시 '영도 피시방'에 가 봐야지. 지난번에 들킨 뒤로 다시는 안 가겠다고 다짐을 열두 번도 더 해 놓고……. 피시방들이 미워 죽겠다. 18세 미만 아이들은 출입 금지라 해 놓고도 아이들이 가기만 하면 무조건 파란 신호등이다. 거짓말쟁이 같으니라고! 무겁게 드리운 구름 때문에 가슴은 갑갑하기만 하다.

　비오는 날.

　화식 관리원 선생님이 태림이 화식비를 재촉한 지가 벌써 여러 번째다. 태림이는 친척들 도움으로, 학교 보조로, 전교 선생과 학생들 손길로 2년이란 초중 생활을 힘겹게 지탱해 왔다. 태림이를 위한 학급 의연금 상자는 1년 365일 쉬지 않고 채워지고 있다. 하지만 워낙 자존심이 강한 태림이는 스스로 의연금 상자를 열 때가 없다. 지난번에 몰래 넣어 준 화식비가 거의 변화 없이 그대로 남아 있다. 오늘 점심에도 태림이가 혼자 교실에 앉아 있는 걸 보니 눈굽부터 젖어든다. 엄마는 태림이가 어렸을 때 정신 질환으로 집을 떠난 채 지금까지 소식이 없고 아버지는 오랫동안 병을 앓고 있다. 연로하신 할머니가 가냘픈 품팔이로 지탱하고 있는, 가느다란 바람이 불어도 흔들릴 수 있는 가정이다. 생각할수록 눈물을 억제할 수 없다.

　바람 부는 날.

　빈이 자리가 또 비어 있다. 빈이는 이틀은 고기 잡고 사흘은 그물 말리는 일을 한다. 한국에 가서 돈을 벌고 있는 엄마는 밑굽 없는 항아리인 아버지 성화에 그만 행방을 감춰 버렸다. 도박에 미친 아버지는 빈이가 살아 있는지 죽었는지도 모르는 처지다. 참 어쩌면 좋을는지…….

　모두들 아이들을 위해 외국으로 간다지만 기실 아이들은 부모들 외국행으로 희생품이 되고 마는 것 같다. 한 달에 한 번씩 월말에 학교

룰 쉬지만 어떤 아이들은 그냥 학교에서 서성거리기만 한다. 아무리 생각해도 갈 데가 없다나. 가련한 학생들이고 근심스러운 우리 조선족 사회다. 스산한 바람에 마음이 어수선하다.

갠 날.

그래도 갠 날이 많아서 참 좋다. 학생들이 결석 없이 자기 자리를 잘 지켜 주던 날, 정화가 시 '3호학생'으로 선발되던 날, 잠만 자던 태은이가 선생님을 찾아 어려운 문제를 도움받던 날, 철이가 유치원 교실을 청소하던 날, 순이가 돈지갑을 주워 바치던 날……. 헤아릴 수 없이 많은 갠 날들이다. 푸른 하늘에 그림처럼 수놓인 흰 구름들을 볼 때마다 날아갈 듯한 기분이다.

돌이켜 보면 너무 행복한 교원 생활이다. 주면서 동시에 얻을 수 있으며 평범함 속에서도 도전이 꿈틀거리고 있는, 영원히 권태를 느끼지 못하는 신선 같은 생활이다. 나만이 느끼는 매력 있는 천기 변화다. 쾌청한 날을 만끽하면서, 또 바람과 비가 주는 시련을 겪으면서 아이들도 커 가고 나도 성숙해진다. (2007년)

* 화식 : 급식.
* 3호학생 : 학교에서 정기로 뽑는 덕, 지, 체육 면에서 우수한 학생.

같이 울었다

류하현 삼원포조선족학교 김병순

하루 마지막 수업 시간이 끝났다. 담임인 나는 습관처럼 교실로 갔다. 헌데 이게 어찌 된 일인가? 모두들 울고 있었다. 책상에 엎드려 흐느끼는 아이, 아예 땅에 주저앉아 울음보를 터뜨린 아이……. 내가 영문을 몰라 어정쩡하게 서 있자 약삭빠른 수진이가,

"선생님, 선생님도 우리 학교가 없어지면 우리 따라 가시지 않나요?"

하며 흑흑 느끼며 우는 것이었다. 잇따라 많은 아이들이,

"수업 시간이 끝날 무렵 영어 선생님이 마지막 수업을 해 주신다고 하시며 또 우리 따라 가실 수 없다고 작별 인사를 했어요."

하며 더 슬프게 울었다.

실은 이날 나도 아이들에게 마지막 수업을 하였지만 그런 내색을 하지 않았다. 종일 기분은 별로였고 마음속 어딘가가 꽉 막히면서 아팠다.

돌이켜 보면 교편을 잡은 지도 벌써 옹근 27년째다. 이 학교에서 쭉 있으면서 요즘에 와서는 조선족 교육이 진통을 겪고 있는 모습을 직접 목격하고 있다. 산거 지구 조선족 사회 발전과 더불어 많은 학생, 특히 성적이 우수한 학생이거나 가정 형편이 괜찮은 학생들이 도회지 학교로 전학해 가는 바람에 우리 학교는 점점 가련하고 썰렁하기 그지없게 되었다. 그렇다고 늘 초롱초롱한 눈빛으로, 이번 시간에는 무엇을 가르쳐 줄까 하고 기대하고 있는 아이들을 내버려 둘 수는 없었다. 그래서 이 척박한 땅에서라도 좀 더 무엇을 거두어 보려고 열심히 가꾸었는데 그 결실을 보지도 못한 채 끝장이라고 생각하니 눈물이 앞을 가린다.

아이들을 하나하나 훑어보았다. 제일 먼저 눈에 띄는 애가 애꾸러기 일봉이다.

4학년 첫 학기에 이 학급을 담임했다. 일봉이는 3학년 때 늘 숙제를 안 해서 거의 날마다 교무실에 끌려오던 아이였다. 처음 며칠은 나를 떠보느라고 그러는지 숙제를 해 왔다. 그러더니 점점 원래 버릇이 나오기 시작했다. 숙제를 절반만 하기도 하고, 긴 과문을 쓰라면 머리 꼬리만 쓰고 외우기 같은 것은 아예 할 생각을 하지도 않았다. 하지만 주의를 돌려서 관찰하고 지켜보니 퍽이나 인정 있고 눈치도 있었다. 희망이 보였다. 저런 아이를 변화시키지 못하면 무능한 내 탓이라고 마음먹었다. 그러면서 일부러 가까이했다.

한번은 또 숙제를 손도 대지 않았다. 부아가 났지만 마음을 눅잦히고 우선 안 하는 까닭을 알려고 조용히 불렀다.

"일봉인 참 눈치가 있던데 공부에는 왜 눈치가 없어요? 어떤 이유도 좋아요. 왜 안 하는지 알려 줄 수 있어요?"

그러자 한참 물끄러미 나를 보더니 내 표정이 진지해 보였던지,

"솔직히 전 집에만 가면 컴퓨터만 놀아요."

하기에 나는,

"그래요! 좋은 일이에요. 나도 컴퓨터를 좋아해요."

하고 맞장구를 치면서 신나 하는 일봉이 비위를 맞추며 컴퓨터에 관해 많은 이야기들을 서로 주고받았다. 많이 친해진 듯했다. 기회를 놓칠세라 한 가지 약속을 하자고 손가락을 걸었다. 일봉이도 좋아서 싱글벙글하였다. 숙제를 다 하고는 일주일에 두 번 정도 컴퓨터로 한담을 나누자고 약속했다. 너무나 좋아하는 표정이었다 .

그 뒤로 일봉이는 정말 약속을 곧잘 지켰다. 컴퓨터에 앉을 때마다,

"선생님, 안녕하세요. 전 저녁도 먹기 전에 숙제를 다 했어요."

하며 홀가분한 기분으로 나와 마주하곤 하였다.

이렇게 일봉이가 변하니 늘 손자 때문에 학교를 제집 드나들듯 하던 할머니께서는 이 은혜를 어떻게 갚겠냐면서 맛나는 음식을 정성들여 만들어 보내곤 하셨다. 이 일로 정이 들어서인지 속마음도 스스럼없이 털어놓곤 했다.

그런데 지금 그 일봉이가 제일 서럽게 울고 있었다. 이번엔 머리를 돌려 여학생 쪽을 보았다. '울보' 라는 별명을 가진 백숙이가 보였다. 이 아이는 슬퍼도 울고 질문에 대답을 못 해도 울고 칭찬을 받아도 운다. 오늘은 더욱 왕왕 울고 있었다. 그 옆에 성격이 활달한 '덜렁이', 입이 빠른 '촉새', 욕을 먹고도 금방 달라붙는 '싹싹이' ……. 모두들 울고 있었다.

마음이 한참 자라고 있는 아이들에게 부모 대신 끝까지 사랑을 흠뻑 주고 싶었는데, 늘 마음을 달래 주는 한마디 말과 관심이 담긴 눈길을 주고 싶었는데…….

이제라도 아이들의 아픈 마음을 다독여 줘야지 하는 마음으로 하나하나 말없이 꼭 안아 주면서 같이 소리 내어 울었다. 어디를 가나 진심으로 천진난만한 내 '자식'들에게 붉은 태양과 푸른 하늘이 펼쳐지기를 굳게굳게 바란다. (2008년)

* 옹근 : 꽉 찬.

은하수 놓는 까치가 되어

연길시 제13중학교 박성옥

지난해 연말 교장 선생님이 내놓은 새로운 의견에 따라, 우리 학교에서는 새해를 맞으며 부모님께 감사 편지 쓰기 활동을 벌였다. 결손 가정이 대부분인 조선족 사회 현실에서 아주 좋은 정감 교육 기회가 될 거라고 생각해서 나는 이 임무를 적극 맡아 나섰다.

학생들은 처음에는 쓸 것이 없다고 머리를 설레설레 저으며 막연한 표정이던 것이 조금씩 이끌어 주니 10여 년 전 아스라한 작은 추억이라도 더듬어서 쓰기 시작하였다. 부모와 함께했던 행복한 순간을 떠올리며 빨갛게 상기된 얼굴로 단숨에 써 내려가는 진지한 모습에 가슴이 찡해 왔다. 그래, 피는 물보다 진한 것이구나!

우락부락한 거친 성미로 싸움 대장인 성민이가,

"운동 대회 때 용돈이 적다고 팽개치고 뛰쳐나와 어머니를 속 태웠던 철없는 불효자식을 용서해 주십시오!"

하는 뼈저린 뉘우침.

공부는 뒷전인데다 잠시도 가만 있지 못하는 다동증 때문에 가끔
비평받는 태성이마저,

"요즘 기말시험이 눈앞에 닥쳐와 공부를 열심히 잘하고 있습니다.
금방도 잘한다고 선생님 칭찬을 받았습니다. 제 걱정 마시고 날씨
가 추워지니 어머니 건강 잘 챙기십시오."

하며 어머니 근심을 덜어 드리려는 아름다운 거짓말.

좋은지 궂은지 표정이 전혀 없는 무뚝뚝한 용건이가,

"유치원에 갈 때 업혔던 엄마의 따뜻한 등이 그립습니다. 공원놀이
갈 때 잡았던 엄마 아빠의 따뜻한 손이 그립습니다."

하는 그리움에 목마른 애잔한 정……. 실로 감동 없이는 읽을 수 없
는 구절이었다.

평소에 단문 짓기조차 제대로 못 하던 아이들도, 바늘방석에라도
앉은 듯 한시도 진정 못 하던 아이들도, 선생님이 주는 관심에 감동은
커녕 고개만 틀던 아이들도……. 오늘은 웬일인지 무척 진지한 태도
로 이처럼 감동적인 편지를 썼다. 정말로 혈육이 맺어 준 정이란 제일
기본이 되는 소박한 감정인가 보다. 글자마다 그리움과 정으로 쓴 편
지를 우체통에 넣을 때, 그 기대감과 설렘 자체가 바다 건너 저 멀리
있는 부모와 마음의 다리를 놓는 행복한 순간이었을 것이다.

얼마 뒤 기다리던 부모님 회답 편지가 날아들자 그늘졌던 얼굴들이
금시 해맑게 개기 시작하였다.

"선생님, 우리 엄마 제 편지 받고 울었대요. 새해 봄에 꼭 온대요."

휴식 시간에 헐떡거리며 편지까지 들고 와 자랑하는 용건이의 반짝
이는 두 눈.

"네가 공부 열심히 한다니 사발을 씻어도 힘드는 줄 모르겠구나.
장하다! 내 아들아……."

오구작작 모여 앉은 애들 앞에서 또박또박 소리 높이 읽는 태성이
의 떨리는 목소리, 일하느라 비뚤비뚤 바삐 쓴 편지건만 보배라도 얻
은 듯 읽고 또 읽으면서 흘리는 눈물, 오늘은 나한테도 올 거야 하는
기대감으로 우체통으로 부리나케 달려가는 설레는 마음……. 엄마
아빠가 보낸 사랑의 편지는 아이들 가슴을 기쁨과 희망으로 설레게
했다.

백일홍처럼 곱게 피어난 애들 얼굴을 보면서 부모와 아이들 사이에
'은하수'를 만드는, 우리 애들 정감을 열어 주는 뜻깊은 이 일을 우리
교원이 해야 함을 깨달았다. 그 뒤로 3.8절에 어머니에게 축하 메시
지 보내기, 5월 어머니절에 부모님한테 노래 선물하기 같은 활동을
자주 했다. 그래서 아이들이 부모 은혜를 알고, 효심도 키울 수 있게
이끌었다.

한 사람이 건강하게 성장하려면 부모의 따뜻한 보살핌이 있어야 한
다. 부모는 아이들에게 있어서 태양이고 세상 전부다. 정을 먹고 사는
것이 사람이다. 그런데 요즘 아이들은 부모 사랑을 모르고 자란 나머
지 정감이 메마르고 굳어져서 감로수로도 적셔 줄 수 없게 되어 버렸
다. 현재 학교교육이 어려움을 겪고 있는 제일 큰 까닭은 부모 정에
배고픈 아이들이 꽁꽁 얼어붙은 마음을 좀처럼 열지 않기 때문이다.
그래서 선생님의 따뜻한 손길도, 부드러운 웃음도 효력을 잃는다.

이젠 막을 수도 피할 수도 없는, 헤어짐 때문에 겪게 된 아픔을 어
떻게 달래야 할까? 고독에서 몸부림치는 아이들 마음이 폐허로 되기

전에 핏줄이라는 끈끈한 끈으로 다리를 놓아야 한다. 눈에서 멀어지면 마음에서도 멀어진다지만, 마음과 마음을 잇는 다리를 부지런히 놓아서 바다 건너 먼 거리를 가까워질 수 있게 만들어야 한다.

학교와 교원은 아이들을 돕는 '까치'가 되어 '은하수'를 만들어서 혈육의 정을 마음속 깊이 느끼게 해야 한다. 시공을 초월하는 은하수를 건너 훈훈한 봄바람이 불어오면 얼어붙은 마음이 녹고 닫힌 마음속 문도 빠끔히 열릴 수 있을 것이다. 그러면 아이들은 더 많은 인간애를 받을 줄 알고, 줄 줄도 아는 피와 살이 있는 진정한 인간으로 될 것이다.

우리 아이들이 오늘은 천리만리 떨어진 부모와 혈육으로 다리를 놓지만 내일에는 존경하는 선생님과, 사랑하는 친구들과, 둘레 모든 사람들과, 그리고 우리 사회와 더 진실하고 단단하고 예쁜 다리를 놓으면서 세상을 주름잡는 억센 날개를 키워 갈 것이다. (2008년)

제 이름도 불러 주세요

연길시 제10중학교 김점순

예쁜 꽃들은 저마다 이름이 있다. 못난 벌레도 저마다 이름이 있다. 마찬가지로 우리 아이들도 저마다 이름이 있다. 향미, 홍매, 명석이……. 그 아이가 예쁘건 못났건 공부를 잘하건 못하건 어느 아이이건 막론하고 누군가가 자기 이름을 예쁘게 불러 주기를 소망하고 있다. 이런 아이들 마음을 선생님들은 알고 있는지?

이번에 초중 2학년 조선어문 시험 작문을 채점하게 되었다. 작문 제목은 여러 개였지만 그 가운데서도 '제 이름도 불러 주세요' 라는 작문 제목이 제일 아이들 인기를 끌었다. 아이들이 쓴 작문 한 편 한 편을 읽을 때마다 아이들이 얼마나 선생님이 자기 이름 불러 주기를 갈망하고 있는가를 깨닫게 되었다.

한 아이는 작문에 이렇게 썼다.

"저는 한 차등생입니다. 그 선생님은 수업 시간에 제 이름을 부르지 않습니다. 어떤 때는 말하려고 손을 들어도 못 본 척하였습니다.

한 시간, 한 주, 한 학기가 다 가도록 제 이름 한번 불러 주지 않는데 그때마다 가슴이 무너집니다. 우등생들한테만 이름이 있는 건 아니잖아요? 사실 저한테도 할아버지가 지어 준 '조명석'이라는 멋진 이름이 있답니다. 그러면서도 왜 물통을 들어 오라거나 쓰레기를 버리라고 할 때는 제 이름을 부를까요? 선생님, 제발 수업 시간에도, 칭찬할 때도 제 이름을 불러 주세요."

이 목소리는 후진생들이 부르짖는 공통된 외침이었다. 선생님들은 성적이 좋은 우수생 아이들 이름은 잘 기억하고 잘 불러 준다. 자기가 직접 가르치는 학급 아이가 아니라도 성적이 학년 앞자리를 차지하는 아이라든가 여느 면에서 재능이 출중한 아이라면 그 아이 이름을 잘 기억하고 친절하게 불러 준다. 하지만 성적이 낮아 교실 맨 구석에 앉아 있는 아이라든가 별로 눈길을 끌 데가 없는, 풀 같은 존재로 비치는 아이라면 그 이름을 잘 불러 주지 않는다. 그나마 어쩌다 부른다는 것이 '앞의 학생' '뒤의 학생' '옆의 학생' '안경 낀 학생' '파란 등산복 입은 학생' 이런 식으로 부를 때가 많은데, 그때 그 아이가 얼마나 서운해할지 알고나 있는지?

교수 참관을 할 때면 자주 보게 되는 현상이 있다. 선생님들은 수업 효율을 높이기 위해 척척 대답할 수 있는 우등생만 지명한다. 그러다 보니 어떤 우등생들이, 심지어 한 수업 시간에 일여덟 번씩 말하는 사이 차등생들은 단 한 번도 말할 기회가 없다. 어쩌다 손을 들어도 선생님은 그 아이를 외면한 채 이름을 불러 주지 않는다. 선생님이 요구하는 모범 답안이 나오지 않아서 수업 흐름에 영향을 줄까 봐서다. 그럴 때면 손을 들었던 아이는 움츠러든 손과 함께 마음도 움츠러들었을 거라는 생각을 선생님은 해 보았는지?

어느 날 수업 마치고 가는 길에 몇몇 남학생들을 만났는데 그중 한 아이가,

"선생님, 안녕히 가십시오."

하고 인사를 하는 것이었다. 분명히 우리 학교 교복을 입었는데 내가 가르치는 학급 아이는 아니었다. 그 아이가 너무 귀여워서,

"너 이름이 뭐지?"

하고 물었더니,

"철룡입니다."

하고 대답하였다.

"오, 철룡이가 참 인사성이 밝구나."

하고 칭찬을 했더니 옆에 서 있던 남학생들이,

"전 성호입니다."

"이 앤 영훈입니다."

하면서 앞다투어 이름을 알려 주는 것이었다.

아, 자기들을 가르치지 않는 선생인데도 아이들은 분명히 자기 이름을 선생님이 기억해 주기를, 불러 주기를 간절히 바라고 있었다. 하물며 자기들을 가르치는 선생님이야 더 말해 뭘 하겠는가?

그렇다. 아이들이란 자기 존재를 누군가 알아주기를, 그래서 자기 이름을 누군가가 불러 주기를 갈망한다. 우등생이건, 차등생이건, 예쁜 아이건, 못난 아이건 그 마음은 꼭 같다. 선생님 가방을 교연실로 가져다 놓으라는 심부름을 시킬 때라도 자기 이름을 불러 달라는 아이들이다. 시험이 끝난 뒤에 우등생 이름만 부르면서 '시험 잘 쳤

니?' 묻지 말고, 자기 이름도 불러 주기를 갈망하는 아이들이다. 조금만 노력하는 모습을 보여도 자기 이름을 불러 주면서 칭찬해 주기를 바라는 아이들이다. 그 누구한테서 인정받기를 갈망하는 아이들이다.

그렇다. 못생긴 아이도 낙후생 아이도 이름이 있다. 그 아이들 이름은 3초면 기억할 수 있다. 그 이름을 꽁꽁 새겨 두자. 아이들 이름을 불러 주자. 선생님이 이름을 불러 주는 소리에 아이들 마음은 다시금 깨어날 것이다. (2008년)

내 마음의 별들아

왕청현 천교령조선족학교 함길자

옛 추억을 거슬러 올라가니 오늘따라 너희들이 무척이나 보고 싶구나. 마음씨 착하고 다재다능했던 주묘, 총명하고 예쁘고 말수 적던 동흠뢰, 이해가 빠르고 대담하고 활발했던 고원, 묻기 좋아하고 사귐성이 좋던 당박, 두소영, 장옥흠, 풍려나……. 너희들은 내 교육 생애에 빛나는 한 페이지를 엮어 놓았어. 우리 민족도 아닌 한족 아이들이었으니까.

1학년에 입학할 때 너희들은 눈치놀이를 할 때가 많았고 조선족 아이들과 휩쓸리지 못했지. 하루빨리 언어 장벽을 넘게 해 주려고 휴식 시간이 되면 나는 일부러 너희들 한편이 되어 주고, 수업 시간에는 말을 많이 시켰지. 자음 'ㅅ, ㅈ, ㅊ'을 배울 때 발음이 되지 않아 애를 먹었던 일 너희들도 기억할 거야. 이는 교원이 꼭 넘어야 할 산이었지. 자음 'ㅅ'을 가르칠 때는 한자 '人－인'으로 사람에 비유하고, 'ㅈ'을 가르칠 때에는 '凳子－떵즈'로 쪽걸상에 비유하고, 'ㅊ'을 가르칠 때는 '쑈-쭤'로 앉다에 비유하면서 글자 모양을 익혀 주었지.
'소, 조, 초'는 비록 너희들이 듣기에는 발음이 다 같지만 '牛-뉴'
'谷子-꾸즈' '蜡烛-라주'로 한어로는 뜻이 완전히 다른 단어지. 보
기에는 간단한 글자지만 풍부한 뜻을 담고 있는 우리 조선 글의 매력
이 여기에 있는 것 같아. 너희들은 되풀이되는 듣기, 말하기, 쓰기를
거쳐 이 글자들을 척척 잘도 받아 쓰더구나.

너희들은 시험 칠 때면 또 왜 그렇게 실수를 하던지. 가로 한 문제
씩 뭉텅 빼놓던 동흠뢰, 문제 요구대로 쓰지 않던 주묘, 보통 땐 암산
을 척척 잘하다가도 시험만 치면 틀리게 하던 옥흠, 이름을 쓰지 않고
시험지를 훌훌 바치던 당박…….

나는 너희들 사정을 제때에 부모님들께 알려야 할 책임감을 안고
집집마다 문을 두드렸지. 하나같이 반가워하며 달려나와 두 손을 따
뜻이 잡아 주던 너희들 아빠와 엄마가 참 고마웠어. 시험지를 찬찬히
훑어보면서 안타까워하시던 모습이 지금도 기억에 생생해.

"조선 글을 배워 낼 수 있을까요?"

"이제라도 한족 학교에 보낼까요?"

그날 너희 부모님들 근심과 걱정은 나를 얼마나 당황하게 했다구.
여차여차 우리 학교를 믿어 달라고, 선생님인 나를 믿어 달라고 간절
히 부탁도 했지. 그래도 그때 너희들이 그렇게 기특하더라. 기어코 선
생님 학교에 다니겠다며 우리 학교를 가리켰지.

너희들 부모님과 나는 많은 이야기를 나누었어. 그 이튿날부터 너
희들이 더 씩씩하고 활발해 보여서 마음이 든든해지더라. 아침 자습
시간이면 한 책상에 앉은 조선족 아이들과 한족 아이들이 하고 싶은

말을 서로 주고받았지. 그리고 제일 멋지고 순조롭게 말한 조에 붉은
꽃을 달아 주는 경쟁을 벌였더니 하루가 새롭게 대담해지고, 우리 말
도 술술 잘하더구나.

수업이 끝나고 돌아갈 때는 두 가지 일을 명심해야 했지. 우선 선생
님과 친구들한테 인사하기.

"선생님, 안녕히 계십시오."

"잘 가. 내일 만나자."

다음은 학부모 연계부를 챙겨 가기였지. 학부모와 선생님이 너희들
의 아름다운 이야기를 많이 적은 것이었어. 선생님은 그날 배운 글자
나 학교에서 칭찬받았던 일들을 적고 한어로 번역도 해 주었지. 이튿
날 부모님들은 연계부를 꼭꼭 챙겨 주었는데 거기에는,

"선생님 감사합니다. 우리 부모들도 많이 배웠습니다."

같은 글들이 많이 적혀 있었어. 과문이 끝날 때면 과문을 녹음한 테이
프를 부모님께 보내는 일도 옹근 두 학기를 계속해 나갔지.

너희 부모님들은 얼마나 적극적이었다고. 수업이 끝나면 이웃에 사
는 조선족 집에 찾아가서 숙제도 시키고, 이야기도 듣게 하고, 하루
동안 있었던 일을 서로 주고받으며 대화도 나누게 하고…… . 부모님
들의 든든한 뒷심으로 너희들이 우리 글을 꼭 잘 배워 낼 수 있다고
생각한 나는 항상 신심으로 벅찼어. 너희들은 2학년이 되자 우리 말
로 이야기도 잘하고, 3학년부터는 독서 필기도 쓸 줄 알고, '조선어
작문 경연'에만 나가면 상을 타더라. 공부 잘하는 동흠뢰는 현, 주 특
장생 경연에 참가하여 상을 탔고, 작년에 고원은 '한글 백일장 경연'
에서 은상을 받기도 하고, 주묘는 '나의 마음속 선생님' 작문 경연에

서 특득상을 받게 되어 사제간 생활을 담은 화폭이 텔레비전 화면에
까지 실리게 되었지.

　너희들은 우리 조선족 예절을 어려서부터 잘 배워서 그런지 먹을
것 하나라도 있으면 기어코 내 입에 밀어 넣어 주면서 맛이 어떠냐고
했지. 선생님과 전화 통화가 되지 않을 때는 부모님께 부탁하여 선생
님께 문안 인사드리고, 해마다 새해가 되면 '선생님 건강하시고 행복
하세요. 좋은 대학에 가서 선생님 사랑에 보답하겠어요' 라는 메시지
도 보내 주고. 어머니절마저도 잊지 않고 꽃다발을 안겨 주던 너희들,
그 고마움에 나는 기쁨이 물이랑을 탔어.

　한 기 한 기 졸업식을 맞이할 때마다 너희들이 정든 모교를 떠나야
한다고 생각하니 눈굽이 젖어들더구나. 하지만 우리 말과 우리 글을
배우고 새로운 인생길을 내딛는다고 생각하니 마음 한구석은 뿌듯해
지더라. 지금은 어엿한 대학생으로 된 동흠뢰, 두소영, 왕청고급중학
교에서 학생회 부장, 학교 기자로 활약하는 주묘, 올해 연변1중에 추
천생으로 가게 된 고원……. 너희들은 우리 학교의 영광이고 내 훌륭
한 제자들이다.

　고맙다, 애들아! 부모님 선생님들 기대에 어긋나지 않게 몸과 마음
이 건실하게 자라 주어서. 나는 이 세상에서 제일 행복한 사람인 것
같구나. 애들아! 열심히 착실하게 계속 노력하자. 온 세상 행운을 다
따다 너희들에게 주고픈, 한 시골 학교 평범한 여교원의 소원이란다.
너희들은 꼭 잘될 거야! 내 마음의 영원한 별들아……. (2009년)

주는 것과 가르치는 것

길림시 조선족중학교 김향화

가끔씩 상심에 빠져 있는 선생님들과 맞다들게 된다. 자기가 기울인 정성에 견주면 너무나 보잘것없는 '보답' 때문이다.

담임 교원일 때는 더욱 그러한 것 같다. 조금 아픈 기색이 보이면 약 사다 먹이고 음식 해다 먹이고, 빈곤생에겐 옷 사 입히고 돈 찔러 주고. 심지어는 방학이나 설 명절이면 오갈 데 없는 학생을 집에 데려다 재우고 먹이고 한다. 후진생에 대한 사랑은 더구나 극진하다. 하루가 멀다 하게 이야기를 나누고 조금만 나아져도 입이 마르도록 칭찬도 해 보고 으름장도 놓아 보고……. 어르고 다그치고 갖은 수단을 다 부려 본다. 하지만 많은 아이들은 선생님이 보여 준 '의리'를 무시해 버린다. 그래서 선생님은 늘 억울하다. 한탄이 나온다.

"지금 애들은 참……."

나도 그런 일에 부딪친 적이 한두 번이 아니다. 그중에서도 내 기억을 자꾸 아프게 찌르는 아이가 있다. 어릴 적에 부모를 여의고, 연로

하신 데다 질병에 시달리고 있는 할머니와 생활하고 있던 아이였기에 옷도 사 입히고 음식도 사 먹이고 늘 따뜻이 손도 잡아 주며 딸처럼 생각했다. 그 아이가 대학에 입학했을 때 날듯이 기뻤고 아이한테 부담이 가지 않는 선에서 돈 오백 원을 쥐어 주었다. 그런데 학교로 떠나는 날도 학교에 간 뒤에도 감감무소식이었다. 교사절이 돌아와서 숱한 문안 전화가 날아들었으나 그 아이 소식은 없었다. 선생님 생일이라고 여기저기서 전화가 왔으나 그 아이 목소리는 들을 수 없었다. 방학이 되어서도 여느 아이들은 선생님을 찾아 학교로 오곤 하였지만 그 아이 그림자는 시종 보이지 않았다. 무엇을 받으려고 그 아이에게 정성을 기울인 것은 아니었지만 여간 서운하지 않았다.

그러나 리진서 선생님 책을 탐독하면서 생각이 바뀌었다. 리진서 선생님은 '사랑의 교육'은 사랑을 주는 것만이 아닌, 사랑을 할 줄 알게 배워 주는 교육이라고 하였다. 천만 지당한 말씀이다.

우리는 늘 학생을 사랑하고 학생을 존중하며, 민주적인 분위기 속에서 학생들과 평등한 자리에 서는 것을 교원의 천직으로 생각해 왔다. 그래서 무작정 학생들을 사랑해 왔으나 진정으로 사랑을 할 줄 알게 배워 주는 것엔 약했다. 그렇기에 선생님이 무거운 물건을 들고 가도 받아 줄 줄 아는 학생이 극히 드물었고, 선생님이 밀걸레를 들고 청소를 해도 자기가 하겠다고 나서는 학생이 거의 없다. 아이스크림 사 달라고 선생님을 조를 줄은 알아도 음식을 먹으면서 선생님에게 권하는 학생은 극소수다. 그래서 선생님들은 탄식한다.

"지금 애들은 참……."

어디 그뿐인가! 우리는 늘 아이들을 존중해야 한다고 떠들고만 있었다. 그래서 아이들에게 상처를 줄까 봐 말 한마디도 조심스럽게 하고, 학급에서 벌어지는 많은 일들은 아이들 의견을 충분히 존중해 주는 것을 원칙으로 했다. 그러나 우리가 아이들을 존중한다고 해서 아이들이 절로 남을 존중할 줄 알게 되는 건 아니었다. 남을 깔보거나 무시하고, 남 의견은 받아들이지 못한 채 무엇이나 자기중심이 되어 버리는 아이들이 많았다. 그래서 선생님들은 탄식한다.

"지금 애들은 참……."

시험을 칠 때면 청소가 깨끗이 되지 않는다. 아이들이 하는 말이 더 충격이다.

"우리가 시험을 칠 때면 선생님들이 늘 청소를 하잖아요."

이건 분명 우리들이 학생을 '사랑' 해 온 결과다. 교원들이 입버릇처럼 하는 말이 있다.

"학교를 떠나가고 나면 그래도 문안 전화를 해 오는 건 애꾸러기들이에요. 공부 잘하던 애들은 참 인정머리가 없다니까."

그러나 다시 되새겨 보면 그것이 바로 '사랑' 이 부리는 작간이 아닐까 싶다. 교원들은 성적이 우수한 학생들을 너무 총애한다. 이래도 저래도 다 이해하고 용서한다. 그래서 자기만 알고 배려 같은 건 아예 모르는 건 아닐까? 애꾸러기들은 하루같이 불러다 이번엔 이게 잘못이다, 전번엔 저게 잘못이다 하면서 하나하나 꼬집는다. 그러는 가운데 애꾸러기는 사람이 되는 것이 아닐까?

교원이 아이들을 사랑한다고 해서 모든 아이들이 절로 사랑할 줄 알게 되는 것은 아니다. 마치 교원이 지식을 가지고 있다고 해서 아이들이 절로 지식을 알게 되는 것이 아닌 것처럼. 우리는 지식을 가르칠 때 이론 강의도 하지만 실전 연습을 더욱 중요시하고 있다. 되풀이되는 연습을 하면서 아이들이 이론을 실천으로 승화시킬 수 있기 때문이다. 아이들의 일상생활 규범도 속수무책으로 '지금 애들'이란 한탄만을 할 것이 아니라, 이론 설교가 아닌 하나하나 가르치며 실천하는 방법을 찾는 것이 분명한 선택이 아닐까 싶다.

학기 초 반급 규례를 내오면서 아이들한테 들려준 첫 번째 조례가, 선생님을 만나 인사를 하지 않으면 어떻게 할 것인가 하는 화제였다. 학생들이 웃음소리를 냈다. 고중생을 소학생 취급하냐는, 한심하다는 뜻이었다. 그래서 즉석에서 조사에 들어갔다. 선생님을 만날 때 인사를 했는가, 저녁에 돌아갈 때 선생님과 인사를 했는가, 웃어른께 물건 드릴 때나 문어귀에서 선생님을 만났을 때 어떻게 행동했는가 같은 극히 사소한 일상 예절들이었다. 그랬더니, 앉은 자리에서 한 손으로 물건을 주고받고, 문을 드나들 때도 선생님보다 먼저 자기가 비집고 나가고……. 일상 예절에 어긋나는 현상들이 비일비재했다. 조사 결과가 나오자 아이들은 선생님 제의에 수긍했고, 반급 규례에서 가장 앞쪽 조목이 될 조치까지 내왔다. 일상 예의범절은 사소한 것 같지만 다른 사람에 대한 존경과 배려가 들어 있다. 그런데 가장 작은 예절도 무시한다면 어떻게 남을 사랑하고 존경할 수 있으며 또한 사회적인 책임감과 문명을 운운할 수 있겠는가?

강제로 조치를 하니 선생님 말을 들어도 잊어버리곤 하던 아이들이 눈에 띄게 바뀌었다. 실로 자기가 직접 겪으면서 닦고 배워야만 몸에 배인 훌륭한 습관이 되는 것이다.

이제는 청소가 깨끗이 되지 못하면 나만 밀걸레를 드는 것이 아니라 아이들과 같이하면서 배워 준다. 쓰레기통이 넘치면 책임진 학생을 시킨다. 무거운 물건은 같이 들어 줄 수 없겠냐고 청을 한다. 인사를 하지 않는 학생을 만나면 '옆구리 찔러서' 절 받는다. 한 손으로 물건을 주는 학생을 만나면 두 손으로 물건을 돌려주고 다시 받는다. 명절이면 과임 선생님께 문안 전화를 해 줄 것을 요구한다. 학급 학생 생일날은 학급에서 반드시 생일 축하 노래를 불러 주도록 한다.

'스승이란 도리를 전수하고 학업을 가르치고 의혹을 깨우쳐 주는 사람'이라고 한유는 이야기했다. 우리는 힘껏 도리를 전수한다. 그러나 주는 것에만 그치는 게 아닌, 이론 설교에만 그치는 것이 아닌, 하나하나 지도하면서 전수해야 한다. 사람은 주물러서 만든다던 선인들 말씀이 떠오른다. 그렇다. 사람은 만들어야 한다. 주는 것만이 아닌 가르쳐서 만들어야 한다. (2009년)

* 맞다들게 : 마주치게.
* 교사절 : 스승의 날로, 중국에서는 해마다 9월 10일.
* 작간 : 장난.
* 과임 선생님 : 수학 과임, 국어 과임처럼 지정된 학과목을 가르치는 선생님.

나는 부자다

연길시 제8중학교 리련실

"와! 선생님이 싸이를 하시네. 김휘라구 잊지 않으셨죠. 우와, 격동된다. 하나도 안 변했어요. 어쩜 사십 대인 우리보다 더 신세대시네. 너무 보고 싶다. 건강하시죠. 지금도 그렇게 열정으로 끓어넘쳐요? 초중 생활이 막 밀려오네요. 여기에 호일이도 있어요. 가끔씩 만나서 술 한잔 기울이며 초중 때 이야기도 해요. 가장 재밌었던 것 같아요. 여기 어딘지 아세요? 미국입니다. 여기에 와서 발을 붙인 지 10년 됩니다. 제 싸이에 들어오시면 제 미국 생활이 어떠한지를 낱낱이 보실 수 있어요. 이제 귀국하면 꼭 찾아뵙겠습니다. 건강하십시오."

"안녕, 꼬불꼬불 오솔길을 따라 여기까지 왔어요. 우리 반 주임이시네. '토끼'가 이렇게 커서 일본서 어엿한 회사원이 된 지도 7년 됐네요. 애 사진 보셨죠. 울 딸애입니다. 어릴 때 저랑 비슷한 데가 많죠. 너무 졸랑대고 멋만 부리면서 공부에 전념하지 않아 선생님

속 많이 썩여 드렸는데……. 돌이켜 보면 참 희한하게도 초중 때 생각이 많이 나요. '공주' 남숙이랑, '미국콧대' 영애랑, 그리고 '남자번지개' 광자랑 다 일본에 있습니다. 이제 조만간에 여기서 만나뵙게 될 거예요. 너무 반가워요."

"샌님, 안녕! 오늘도 들림다. 저 조리사 자격증까지 땄어요. 자격증만 네 개인 셈이죠. 저 장하죠. 선생님과 전번에 얘기하던 성군이와 이미 언약을 했어요. 축복해 줘요. 약혼 사진 보냅니다. 올 국경절에 싱가포르에서 조촐하게 식을 올릴 예정입니다. 건강하세요."

"시험에서 생각보다 좋은 성적 땄어요. 이렇게만 된다면 제가 지망하는 중점대학은 문제없을 것 같아요. 영호랑 명남이, 문희도 잘했어요. 내년에 기대하셔도 될 것 같습니다. 좋은 하루 되세요."

"안녕, 쌤. 이메일을 열어요. 문의할 게 있어서요. 나중에 봐요."

끝이 없는 방명록 이야기, 댓글 달기, 글 평 써 넣기……. 오색 찬연한 만남의 장소, 마음을 열고 다가서서 교류하는 유대 공간이다. 실로 시간 흐름에 따라 마음도 겉모습도 새콤달콤 달라지는, 각각이 지닌 개성들이 넘쳐흐르는 대화 공간이다.

예전에 담임 교원인 내가 아이들 밭에 꽃씨를 심어 주었다면 지금은 각자 피워 낸 가지각색 꽃들이 흐드러지게 만발하여, 이 꽃 저 꽃마다 향기가 짙고 열매 또한 달콤하기만 하다. 제가끔 다른 나이에다가 다른 문화에 놓인 제자들이 줄지어 놀러 오는 내 넓은 공간! 과거에 한 기에 3년씩, 아홉 기에 나누어 가르친 제자들이 이젠 시간과 공간을 뛰어넘어 편하게 놀러 오는, 끝없는 바다처럼 펼쳐진 재밌는 컴퓨터 공간이 있어서 얼마나 다행스러운지 모른다.

오늘도 나는 이 교류 마당을 넓고 크게 만들어 내 곁을 떠난 지 아득한, 기억에서 가물가물한 내 사랑하는 제자들과 연락할 수 있는 끈을 높고 길게 달아 본다. 그늘진 마음은 서로서로 다독이고, 자랑찬 성과는 입을 모아 칭찬하다 보니 전에 없던 무한한 행복에 도취된 내 가슴은 정녕 둥둥 떠다니는 고무풍선마냥 벅차오른다. 또 세상만사 골목골목 누비면서 앉은 자리에서 소식이 가장 정통한 사람으로 된다. 그러고 보니 자연히 부자가 된 기분이다. 바다에서 돌을 일어 내듯 지구촌 어디에나 널려 있는 내 제자들과 함께 인생과, 사랑과, 행복을 이야기하며 걸어온 길을 되돌아보면서 한 걸음 더 성숙을 재촉하고 있다.

교육 사업 페이지마다 묻어나는 학생들과 나눈 정과 학부모들과 나눈 인정을 담은, 헤아릴 수 없이 많은 이야기 주머니를 풀어 보는 재미도 솔솔……. 그 속에 파묻혀 걸어온 여정을 새로 걸어갈 사람들에게 펴 보이는 것. 그것은 실로 그 무엇과도 바꿀 수 없는 참다운 경험이자 보배로운 재산으로 와 닿는다. 그러니 나는 비록 돈 부자는 아닐지라도 마음 부자임은 확실하다.

오늘도 컴퓨터를 켜는 순간 또 제자들이 한 떼 밀려온다. 미리 대기하고 있는 좋은 친구들처럼 느껴진다. 아니, 이 순간만큼은 그 아이들이 제자가 아닌, 가장 허물없는 친구 같고 애인 같고 자식 같은 존재로 다가온다. 그러면서 그 아이들한테 새로운 것을 배워야 함을 깨치며 즐거운 하루를 연다. 이젠 뭔가 많이 딸리는 느낌을 제자들한테서 푹푹 받으면서, 신세대로 살아남자면 새 정보를 빨리 받아들이고 소화할 수 있어야 한다는 점도 잊지 않으면서……. (2009년)

항상 초심으로

매하구시 조선족중학교 최혜영

머릿속이 텅 빈 게 아무 생각도 없다. 내가 왜 여기에 앉아 있는지 왜 이렇게 갇혀서 무언가를 부지런히 생각해야 하는지……. 숨이 막힌다. 그래서 '후' 하고 긴 한숨을 쉬고는 또 생각을 해야 한다. 이렇게 사람은 계속 생각을 하고, 그 생각대로 행동이 따르고, 또 생각을 하고……. 일단 생각이 틀리다 보면 행동이 틀리고 그러다 보면 뒤잇는 건 후회일 뿐이다. 인생길은 초고지가 없다는데 틀린 생각을 한다면 그 뒤에 이어지는 모든 잘못은 지울 수도 고칠 수도 없게 된다. 그래서 나는 이렇게 그냥 앉아서 정확한 생각을 찾아 헤맨다.

요즘 들어서 참 많은 생각거리로 골치가 아프다. 내 미래에 대한 계획과 더불어 내 신세를 두고 한탄에 가까운 설움을 참으며 내가 갈 길이 어딘가를 두리번두리번거린다.

사람은 늘 초심으로 살아야 한다던데, 내 초심이라면 정말로 괜찮은 조선어문 교원이 되어서 우리 말, 우리 글, 우리 문화를 떨쳐 나가는 것을 꿈으로……. 왠지 웃음이 난다. 거의 비웃음에 가깝다. 지금 이 세월에 누가 그런 걸 꿈으로 삼겠냐는 생각에서일까 아니면 이 꿈을 위해 열심히 앞으로 달려가지 못한 내 자신이 부끄러워서일까? 그도 아니면 그 누구라도 이 꿈을 한 번도 인정해 주지 않았던 내 신세가 불쌍하다는 생각이 들어서일까? 참 복잡하고 심란하다. 나도 자존심이 있다. 날 인정해 주지 않는 곳에 5년이란 세월과 청춘, 정력을 몽땅 바친 건 지나쳤다. 그래서 새로운 선택을 한다. 이 꿈이 깨지면 난 또 새로운 꿈을 찾을 것이다. 다른 친구들처럼 멋있는 자가용 몰고, 브랜드 패션으로 몸을 감싸고, 고급 레스토랑에 드나들고……. 그래, 나도 그렇게 살아야지! 나라고 그렇게 살면 안 된다는 이유가 없지 않는가! 멋있게 살아 보자. 그러면 자연히 지금 이루지 못했던 내 꿈에 대한 허전함도 풀고, 내가 그토록 사랑했던 우리 아이들도 잊을 수 있고, 또 내가 날마다 뒤적거려 이미 해져 버린 사전 여섯 권도 깡그리 지워 버릴 수 있고……. 그런데, 그런데……. 왜 더 허전해지고 서럽고 답답하고 눈물이 날까? 왜?

핸드폰이 반짝인다. 메시지다.

"선생님, 안녕하세요? 저 류단이에요. 저 이미 새로운 학교, 새 학급에서 학습 시작했어요. 여기 환경도 참 좋고 다 좋아요. 걱정하지 마세요. 그런데 유독 좋지 않은 건 선생님이 없는 거예요. 언니 같았던 선생님이 좋았고, 내 작문에서 모자란 점을 예리하게 지적해 주신 선생님이 고마웠고, 작문 수업 때마다 선생님이 쓰신 글을 읽어 주셔서 선생님이 너무 존경스러웠어요. 선생님 덕분에 참말로 작문 쓰기를 무척 좋아한 학생이 있었다는 걸 꼭 기억해 주시고요.

저같이 선생님 영향을 받는 애들이 더 많아졌으면 좋겠어요. 선생
님 건강을 빌면서 이만. 선생님, 사랑해요. 아, 글구 개구쟁이들 땜
에 속상해하지는 마세요."

애가 왜 이럴 때 메시지를 보내서 마음을 더 심란하게 만드는 거
야? 두 볼을 긋고 내려오는 눈물을 참지 못하는 내가 또 미워졌다. 이
렇게 마음 약해지면 금방 결정된 내 꿈이 또 깨지는 게 아닌가!

사실은 난 내 마음을 충분히 잘 알고 있다. 내가 바라는 것, 하고 싶
은 일이 무엇인지. 단순히 쓸데없는 자존심이 잠깐 심술을 부렸던 것
이고 내 생각을 흐리는 뇌세포가 꿈틀거렸던 것뿐이다. 사실 나한텐
자가용도, 브랜드 패션도, 고급 레스토랑도 다 필요하고 또 정말로 갖
고 싶은 것들이다. 하지만 그보다도 참 어설픈 학교 통근차, 평범하지
만 쏠쏠한 우리 교복, 아담한 학교 식당……. 이런 것들이 더 편하고
좋다. 그리고 내가 제일 떨어뜨릴 수 없는 건 굉장한 글씨로 희한한
글들을 써 논 우리 아이들 작문책들, 땀을 뻘뻘 흘리며 뒤늦게 교실로
뛰어 들어오며 눈치를 슬슬 보는 까불이들, 공부하기 싫어서 상을 찡
그리는 못난 놈들……. 난 이 아이들이 귀엽고 사랑스럽기만 하다.
그래서 떠날 수 없다. 절대로!

안도의 숨이 나온다. 한때 잘못된 생각으로 그른 행동을 하지 않았
고 또 쓸데없는 후회를 하지 않았으니 말이다. 내 인생길에는 초고지
를 마련하지 않으련다. 바른 생각으로 바른 내 꿈을 이루며 바른 인생
길을 걸으련다. 후회 없는 인생길을……. (2009년)

* 쏠쏠한 : 품질이 웬만한.

가정방문

돈화시 제2중학교 김봉익

　우리 학교에서 특수한 경우를 빼고는 1학년에서 담임을 맡은 교원이 졸업 학년까지 맡는 것이, 명문으로 밝히지는 않았지만 규례처럼 되고 있다. 그렇다 보니 물리를 가르치는 내가 담임을 맡을 기회는 거의 차례지지 않았다. 그러던 중 한번은 한 담임 교원한테 특수한 사정이 생겨 내가 담임을 넘겨받게 되었다. 어쩌다 차례진 기회인지라 나는 담임 사업을 잘해 보리라 생각하였다.

　담임을 맡아 처음으로 착수한 사업이 가정방문이었다. 통신 도구가 발달한 요즘은 전화로도 학생들 가정 형편을 알아볼 수 있지만 학생들 가정생활을 내 눈으로 직접 보고 싶었고, 학부모들 마음속에서 흘러나오는 말소리도 내 귀로 직접 듣고 싶었다. 그때 우리 학급에는 학생이 42명이었는데 여러 고장에서 온 아이들이 10여 명 정도였고 대부분 아이들은 시내나 혹은 시교 마을에 살고 있었다. 공업촌인 시교 마을은 시내와 8리쯤 떨어졌는데 그 마을에서 통학하는 학생이 여덟 명이었다.

주말이 되자 나는 공업촌으로 제일 먼저 발길을 돌렸다. 자전거를 타고 달리는데 기차역을 지나다 보니 오가는 차량이 많은 데다 철길마저 건너야 하기에 학교로 다니는 아이들 고생이 막심할 거라는 생각이 들었다.

아무런 예고도 없이 찾아간 나를 보고 학부모들은 처음엔 깜짝 놀라더니 아주 반갑게 맞아 주었다. 나는 학생 여덟 명 집을 하나하나 찾아다니면서 학생들이 학교에서 지내는 모습을 소개하는 한편 학부모들한테서 아이들이 가정에서 지내는 이야기를 듣기도 하였다. 뽈차개 해봉이가 축구로 학교에 이바지한 일, 성격은 우락부락하나 친구와 의리를 잘 지키는 진명이의 우애 정신 들을 극구 칭찬했다. 그런가 하면, 머리는 총명하나 공부를 열심히 하지 않는 태일이 성적을 추어세우기 위한 방안을 이야기하고, 자비심이 많은 춘홍이한테 자신심을 키워 주자는 약속까지 마치고 나니 어느덧 다섯 시가 넘었다.

저녁 식사를 하고 가라는 춘홍이 부모 요구를 가까스로 사양하고 대문을 나서는데 어느덧 해가 서산으로 기울어지고 있었다. 자전거를 타고 막 마을 어귀를 벗어나려는데 오토바이 한 대가 불시에 내 앞길을 막았다. 태일 학생 아버지였다. 먼 길을 찾아오신 선생님이 너무 고마워서 학부모들이 간단하게 저녁 준비를 했다는 것이었다. 학부모들께 부담을 주면 안 된다는 생각에 극구 사양했지만 태일이 아버지는 끝내 나를 놓아주지 않았다.

그날 저녁 우리는 태일이네 집에서 학부모들이 정성 들여 차린 음식상에 마주 앉았다. 선생님의 가정방문에 감사하다는 이야기로 시작된 화제는 자연스럽게 아이들한테 돌려졌다. 처음에는 아이들이 공부를 열심히 하지 않고 말썽을 부려 속이 상하다는 이야기로 시작되더니 분위기가 흥겨워지자 학부모들은 아이들에 대한 자랑도 주저 없이 하는 것이었다. 흥과 자랑으로 반죽 된 학부모들 이야기는 우리 대화를 더 무르익게 했다.

모두가 흥에 겨워 이야기를 나누는데 태일이 아버지께서 갑자기 내 나이를 물었다. 내 신상이 궁금해진 것이었다. 토끼띠라고 알려 드렸더니 학부모들은 더 기뻐하는 것이었다. 거의 모두가 나와 나이가 비슷한 분들이었다. 그 순간부터 우리는 학부모와 교원 신분을 벗어나 친구들과 대화를 나누는 기분이었다. 오랫동안 이야기꽃을 피우다가 헤어질 무렵 학부모들은 일일이 내 손을 잡아 주면서, 자식을 선생님한테 맡기니 욕을 하든 때리든 사람으로만 만들어 달라는 것이었다.

한차례 가정방문은 나와 학부모들 관계만을 가까워지게 한 것이 아니었다. 가정방문을 한 뒤에 학생들은 나와 더 친근히 지내려고 하였다. 이전 같으면 잘못을 저질렀을 때 나를 속이려 들거나 아니면 고양이 앞에 서 있는 쥐처럼 벌벌 떨었지만 요즘은 슬며시 찾아와서 반성하는 한편 부모들에게 제발 이르지 말라고 애걸하기도 하였다. 말하지 않아도 아이들이 나를 믿어 주는 것 같았다. 나 역시 시치미를 떼면서 이번만은 봐주겠으나 다시 또 그러면 에누리 없다고 엄포를 놓았지만, 내 기색에서 아이들은 내가 저희들을 용서해 준다는 것을 알고 있었다.

학부모들이 나에게 준 무형의 권리가 바로 학생들을 이끌어 참다운 인간으로 키워 주길 바라는 것이 아니겠는가. 학생들이란 교원이 어떤 마음가짐을 갖고 대하는가에 따라 생각이 달라지는 것이다. 학부모들이 보여 준 진심과 기대를 되새겨 보면 어느 학생이나 내 자식처럼 소중하지 않겠는가.

요즘 교원이 가정방문을 다닌다면 전화 한 통이면 될 일을 가지고 공연히 일거리 찾아 한다고 이상하게 생각할 사람들이 있을 것이다. 학부모들이 선생한테 뭘 대접해야 하나, 호주머니에 뭘 찔러 줘야 하나, 이런 부담을 준다고 생각할 것이다. 하지만 이번 첫 가정방문은 이런 관념을 깨뜨렸다. 순박한 마음으로 시작한 가정방문이었기에 학부모들한테 부담을 주지 않았을 뿐더러 학부모와 학생들로 하여금 나를 진심으로 믿게 하였다. 몇 분이면 척 해결할 수 있는 통신 도구로 깊은 이해를 할 수 있을까?

바람 맞으며, 자전거 페달을 돌리면서 가는 가정방문. 아이들 어릴 때 사진첩도 번져 보고, 아이가 사는 환경을 내 눈으로 눈빗질하는 가정방문은 아이들과 나 사이를 가깝게할 것이다.

그렇다. 요즘 시대에 가정방문이란 옛 교육 방법을 다시 열어 가는 것이 바람직하지 않을까? (2009년)

화도(花道)

길림시 조선족중학교 김해숙

우리 집 베란다에는 화분들이 꽤 줄지어 있다. 꽃은 말이 없지만 나에게 하 많은 도리를 배워 주고 있다. 꽃과 말없이 대화를 나누며 학교라는 화단에서 내가 키우는 꽃들을 생각한다. 그런 자잘한 깨달음을 '화도'라고 이름 지어 본다.

화도 1.

지난해 가을에 1층 집 울바자 밑에 예쁘게 피었던 채송화 씨를 채집했다. 어쩜 한겨울에도 채송화 꽃을 볼 수 있으리라는 욕심에 그냥 화분에 심어 놓고 빨리 싹이 트기만을 기다렸다. 한 주일이 지나도 한 달이 지나도 감감 무소식이었다. 지치다 못해 기다리기를 포기했는데 새봄이 다 될 즈음에 화분마다 흙 속에서 뾰족뾰족 머리를 내미는 것들이 있었다. 한참 지나서야 채송화 싹인 것을 다시 생각해 낼 수 있었다. 채송화는 기다리는 내 마음을 알아주느라 서두르지 않았다. 그저 자연 섭리에 따라 때가 되면 싹이 트고 꽃을 피웠다. 생각해 보니 모든 것이 다 때가 있는 법이라는 것을 번연히 알면서도 다급했던 내가 우스웠다. 우리 학생들도 다 그런 것이 아닐까? 어른들 눈높이에서 보면 아이들이 유치하고 한심하기만 해서 머리를 흔들 때 한번쯤 생각해 보자.

"나도 그런 시절이 있었던 거야."

쪼프렸던 양미간을 펴고 천천히, 좀 더 천천히 기다려 보자. 흙이 있는 한 씨앗은 언젠가는 꼭 싹을 틔울 것이니까!

화도 2.

친구네 집에 놀러 갔다가 멋스레 자란 알로카시아에 반해 버렸다. 팔뚝 굵기만 한 줄기 꼭대기에서 부채만 한 잎사귀들이 운치 있게 쭉쭉 펼쳐져 있었다. 옆에 새로 돋아나는 것을 얻어 집에다 고이 모셔 놓았다. 내 정성에도 불구하고 잎은 내 손바닥만큼만 크다가 노랗게 말라 떨어졌다. 꽃시장에 가서 물어봐서야 영문을 알았다. 옮길 때 집에 있는 작은 화분을 그대로 쓴 것이 문제였다. 시간이 흐르면서 화분도 큰 걸로 바꿔 주어야 잘 클 수 있는데, 작은 화분 속에서 뿌리가 숨이 막혀 제대로 영양 공급을 받을 수 없었던 것이다. 화분이 커야 뿌리도 기지개를 켤 수 있었는데……. '화분에서 만년송을 키울 수 없다'는 말은 터무니없는 말이 아니었다.

내가 학생들에게 작은 화분 통이 되어 버린 건 아닐까? 너무 교과서에만 매달려 서책에 담긴 것만 강의한 것이 아니었는지 돌아본다. 창공을 보는 새가 억센 날개를 가지기 위해 노력할 수 있다. 내가 진정 학생들에게 드넓은 하늘을 보여 주는 창문이 되어야겠다고 새삼스레 다짐한다.

화도 3.

인터넷을 보다가 우연하게 싱고니움을 화장실에 두면 공기 청결에 좋다는 글을 보고 당장 꽃시장에 가서 하나 안아 왔다. 심리 작용에서인지는 모르겠지만 화장실에 들어가면 정말 공기가 훨씬 좋아진 것 같기도 하여 눈길이 갔다. 그런데 아이구야, 얘가 내 정성에 감동하기는커녕 오히려 시름시름 앓는 모습을 보여 주고 있었다. 급히 인터넷에 구원을 청했더니 밝은 베란다에 한동안 옮겨 놓으라는 것이었다. 아니나 다를까 시간이 지나자 시들시들하던 잎들이 싱싱한 모습으로 바뀌었다. 아무리 습기 있는 곳을 좋아하는 식물이라지만 역시 햇빛이 그리웠던 모양이다. 식물에게 햇빛만큼 좋은 약은 없었다.

문득 나는 학생들에게 북풍이었을까 햇빛이었을까 생각해 본다. 내 욕심만큼 빨리 따라오지 못하는 아이들한테 사랑으로 하는 꾸지람이라고 당당했지만 그런 아이들이야말로 선생님의 다정한 눈길과 작은 칭찬 한번이 더 그리웠을 것이라는 생각에 가슴이 뜨끔해진다.

화도 4.

한여름이다. 대만죽이 보기 좋게 자라났다. 말 그대로 대만이라면 아열대에 속하니깐 대만죽도 고온을 좋아하지 않을까 하는 나름대로 생각에 화분을 바깥 창턱에 올려놓았다. 뜨거운 햇빛을 받으며 쑥쑥 자라나기만 기다렸다. 며칠도 못 돼서였다. 하느님 맙소사, 푸르싱싱

하던 잎들이 노랗게 말라 버렸다. 급히 집 안에 들여와 긴급 조치를 취해서야 되살아났다.

지금 사회적으로 '감상할 줄 아는 교육'을 외치며 햇빛 교육이 되어야 한다고 한다. 하지만 햇빛도 지나치면 역시 독이 될 수 있다는 것을 잊지 말아야겠다. 칭찬 속에서 자란 우등생들이 모든 면에서 우등생인 것은 아니다. 조금만 좌절을 해도 못 이겨 낸다면 그것 역시 우리 교육이 낳은 비애라 할 수 있다. 시대가 변한다고 옛 도리가 다 한물가는 것은 아니다. '과유불급'이란 말처럼.

화도 5.

어제 유리병에 꽂아 기르던 참대의 물을 갈아 주었다. 오랫동안 물만 보충해 줬을 뿐 뿌리를 자세히 들여다본 적이 없었다. 둥근 유리병에 있는 참대 뿌리는 원기둥 꼴로, 육각형으로 된 유리병에 있는 뿌리는 육각형으로 얽혀 있었다. 어떠한 그릇에 꽂혀지는가에 따라 제 모양을 정할 수밖에 없는 뿌리를 보며 학생들은 참대 뿌리와 비슷한 점도 많다는 생각이 들었다. 선생님이 배워 주는 대로 만들어지는 것이다. 지식도 마음도. 그렇다면 나는 학생들에게 어떤 그릇이 되어 주었을까? 이 물음은 아마 내 교원 생애가 끝나지 않는 한 계속 내 마음속에 자리 잡게 될 것이고 나는 그 답을 찾기 위해 고심해야 할 것이다.

(2009년)

* 울바자 : 갈대, 싸리 같은 것으로 엮은 울타리.

백지 마음

왕청현 제5중학교 김명희

소학교 4학년에 들어서면서부터 우리 학급에는 무슨 영문인지 사소한 사건들이 생겨났다. 학용품이며 핸드폰이며 엠피스리(MP3)며 전자계산기 들이 없어져 담임인 나는 골머리를 앓게 되었다.

며칠 전 마음이 약한 영순이라는 여학생이 애지중지하는 엠피스리를 잃어버렸는데, 한국에서 엄마가 부쳐 보낸 거라면서 너무 울어서 두 눈이 팅팅 부었다. 아침보도시간과 반회 시간에 이 문제를 둘러싸고 여러 차례 학급 학생들을 설득하였지만 다른 학생 물품들을 가만히 가져가는 일은 여전히 없어지지 않았다. 어떻게 하면 이런 현상이 학급에서 없어지게 하고 또 이런 마음을 가진 학생들을 정확하게 교육할 것인가 이리저리 궁리하다가 한 교육 잡지에서 본 방법을 한번 실천해 보기로 하였다.

드디어 반회 활동 시간이 되었다. 학급 학생 서른여섯 명에게 인쇄용 백지 한 장씩 나누어 주고, 그 백지에다 학생마다 검은색 원주필로

점 하나씩 찍게 하였다. 1분 동안 생각할 시간은 준 뒤 그 백지 위에다 계속해서 더욱 많은 검은 점과 선들을 그리게 했다. 몇 분이 지났다. 대부분 학생들 종이는 이젠 백지가 아닌 검은색으로 얼룩진 종이로 바뀌었다. 나는 학생들 사이를 한 바퀴 돌아보고는 천천히 교단에 올라섰다.

"학생들이 금방 사용한 그 종이로 무엇을 더 할 수 있습니까?"
하고 물으니, 많은 학생들이 이상한 듯 머리를 갸우뚱하면서 서로 마주 보더니 머리를 절레절레 흔들었다.

"선생님, 제 종이는 너무 어지럽습니다. 더는 무엇을 할 수가 없습니다."

"선생님, 이 종이는 이미 째졌습니다. 버릴 수밖에 없습니다."
이러는 학생들을 바라보며 나는,

"정말 필요가 없다면 그 종이들을 쓰레기 상자에 버리겠습니다."
하고 부드럽게 말했다.

학생들이 이상한 눈길로 나를 바라보면서 하나 둘 나와서 쓰레기 상자 안에 금방 쓴 어지럽게 된 종이들을 버렸다. 그리고 신비로운 듯 모두 걸상에 똑바로 앉아 초롱초롱한 눈길로 내 해답을 기다렸다.

나는 샛별 같은 학생들 눈길들을 하나하나 똑바로 보고서,

"금방 선생님은 학생들더러 백지에 검은 점 하나로부터 많은 검은 점들과 선들을 그리게 한 뒤에 그 종이를 쓰레기통에 버리게 하였습니다. 그럼 이 활동은 어떤 의미를 갖고 있을까요?"
하고 되물었다.

교실 안은 삽시에 물 뿌린 듯 조용했다. 잠시 뒤 학생들이 서로서로

눈짓을 하면서 토론을 하는 것 같았지만 선뜻 일어나 대답을 하는 학생이 없었다. 또 일정한 시간이 흘렀다.

학급에서 영리하고 학습을 잘하는 김천일 학생이 우쭐 일어났다.

"선생님, 제가 알아맞혀 보겠습니다. 백지는 우리들의 하얗고 깨끗한 마음을 나타내고 검은 점들은 우리 마음에 있는 나쁜 일들을 말합니다. 나쁜 일들이 하나하나 쌓이고 쌓이면 마지막에는 쓸모가 없는 사람이 됩니다. 그러면 결국 사회에서 버림을 받거나 감옥에 들어갑니다."

김천일 학생 말이 떨어지자 교실 안은 수근거리는 학생들 말소리가 높아지기 시작했다. 서로서로 눈짓을 하던 학생들이 이번에는 너도나도 한마디씩 자기 관점을 발표하였다. 이번 학기 학급에서 일어난 잃어버린 물품들도 화제에 올랐고 그 위해성들도 서로 다투어 말했다. 그러나 자존심 때문에 잃어버린 물품을 자기가 가져갔다고 하는 학생은 한 명도 없었다. 나는 저도 모르게 한숨이 나가면서 어깨가 더 무거워지는 감을 느꼈다.

이튿날 아침, 출근해서 교실에 들어가 교탁 서랍을 열어 보니 큰 변화가 일어났다. 잠가 두지 않은 교탁 서랍 속에는 잃어버렸던 영순 학생의 엠피스리와 함께 쪽지 한 장이 들어 있었다. 쪽지를 펼쳐 보니 우리 학급 한 학생이 쓴 글이었다.

"선생님, 참 부끄럽습니다. 제가 영순이의 엠피스리가 너무 욕심나 가만히 집으로 가져갔습니다. 어제 있은 반회에서 깊은 교육을 받았습니다. 영순 학생에게 엠피스리를 되돌려 주면서 매우 미안하다고 전해 주십시오. 체면 때문에 제 이름을 밝히지 못합니다. 선생님, 죄송합니다. 앞으로 평생 백지 같은 깨끗한 마음으로 살겠습니다."

이 글을 보는 순간 내 마음은 뭉클해졌다. 천 마디 만 마디 되풀이해서 설득시키는 교육보다 말 없는 교육 방법이 이렇게 큰 효과를 나타낼 줄이야! 꿈에도 생각지 못한 일이었다.

그 뒤로 학급에는 잃어버렸던 물건들이 하나하나 임자에게 소리 없이 되돌아왔고, 이름을 밝히지 않은 학생들 반성문이 내 서랍과 우편함에서 발견되었다. 비록 그 학생들이 자기 이름을 밝히지는 않았지만 나는 더 추궁하지 않았다. 왜냐하면 아이들이 백지 같은 하얀 마음을 지니고 싶어 하기 때문에. (2010년)

* 아침보도시간 : 수업 시작하기 전에 열리는 짧은 회의.
* 원주필 : 볼펜.

너는 춤추기 위해 태어난 사람

연길시 제10중학교 구설매

아마 이 시간 무용 연습실에서 한 여자애가 백조처럼 즐겁게 춤추고 있을 것이다. 하지만 그 아이가 처음부터 백조는 아니었다. 오히려 못난 새끼 오리였다.

2008년, 새로 1학년 담임을 맡은 지 며칠도 안 되어 나는 우리 학급에 개성이 독특한 한 여학생이 있음을 발견하였다. 개성이라기보다는 과임 선생님들 평가대로 사람 됨됨이가 덜 된 아이라는 인상을 두드러지게 주는 여학생이었다.

사람을 바라보는 눈길이 째려보는 듯 했고 과당 시간에도 비스듬히 건방지게 앉은 채 선생님들 강의를 새겨듣지 않았다. 또 시험지에 자기 소중한 이름마저 대충 갈겨쓰는, 말 그대로 허물투성이 못난 아이였다. 그럼에도 미안한 마음 한 점 없는 아이이기도 했다.

같은 소학교에서 올라온 아이들한테 몰래 물어보니 소학교 때부터 그 본새였고 소학교 선생님들은 아예 그 아이를 무시했다고 한다. 지각해도 상관하지 않고 숙제를 하지 않아도 상관하지 않고……. 그 아이 부모님과 이야기를 나누어 보니, 그 아이는 갓 태어나서 눈조차 제대로 뜨지 못하는 병으로 고생했다고 한다. 그러다 보니 장차 공부는 둘째치고 그저 건강하게만 자라 달라는 마음에 아이가 하자는 대로 내버려 둔 것이 몹쓸 버릇이 되었다며 한숨만 내쉬었다.

'애물단지가 굴러들어 왔구나.'

나는 걱정만 쌓여 갔다. 하지만 시간이 흐르면서 그 아이한테도 남다른 장점이 숨어 있다는 것을 발견하였다. 예쁜 아이는 아니지만 소학교 때부터 무용을 틈틈이 배워 왔고 배구 솜씨 또한 이만저만이 아니라는 걸 알았다.

'애물단지가 보배로 될 수 없을까?'

나는 시선을 바꾸기로 작심했다. 눈을 흘겨보는 건 병 때문이지 예의가 없어서가 아니라고 과임 선생님들한테 일일이 말했다. 그 아이한테도 선생님이 너를 건방진 아이로 본 건 오해였으니 미안하다고 따뜻하게 말하였다. 그러면서 그 아이가 밥 먹듯 지각하는 문제에 대해 말했더니 되려 기분이 좋지 않다고 엇서는 것이었다. 선생님은 너를 관심하기 때문이라고, 너를 선생님 마음속 학생으로 인정하지 않는다면 관계하지 않을 수도 있지만 너를 사랑하기 때문에 다른 아이들과 꼭 같은 엄격한 요구를 한다고 말했더니 그 아이 태도가 자못 부드러워졌다. 나는 약은 입에 쓰지만 병을 치료할 수 있듯이 꾸중은 들을 때는 귀에 거슬리지만 그릇된 습관을 고치는 데는 보약이라고 감명 깊게 말해 주었다.

그 아이가 특수한 학생인 것만큼 나는 특수한 치료 방법을 찾기에 머리를 썼다. 그래서 나는 그 아이한테 기회를 주는 방법을 선택했다. 그 아이한테 아주 작은 진척만 보여도 나아졌다고 칭찬을 아끼지 않았다.

"오늘은 어제보다 5분 빨리 학교에 왔구나."

"글씨가 많이 정연해졌구나."

"너 머릿결이 참 좋구나."

나는 그 아이가 여느 여자아이들과 똑같이 사랑받을 자격이 있는 공주라는 걸 시시각각 알려 주었다. 하지만 아이들은 여전히 그 아이를 피하는 눈치였다. 나는 그 아이가 아이들의 인정을 받아서 조금씩 아이들 속에서 어울릴 수 있도록 기회를 엿보았다.

두 번째 학기 학급 주제 모임에서 그 아이한테 장고춤을 추게 하였다. 그날, 반 아이들이 내지르는 끝없는 환호 소리와 칭찬 속에서 둥둥 장고를 치던, 황홀했던 그 아이의 아름다운 무용 동작들은 지금도 아련한 기억 속에 남아 있다. 주제 모임 총결 때 나는 반 아이들 앞에서 '너는 춤추기 위해 태어난 사람' 이라고 높이 평가해 주었다.

그 뒤로 학급에는 그 아이가 여느 아이들 속에 자연스럽게 어울리는 아름다운 풍경이 그려졌다. 그 아이를 싫어하던 아이들도 차츰 같이 밥도 먹고 화장실도 함께 다녀오는 사소한 모습들을 보이곤 했다. 그때면 나는,

"세상에서 가장 아름다운 풍경이 너희들이 함께하는 모습이야."

하고 칭찬하기도 했다.

어느 순간부턴가 그 아이도 사춘기를 겪고 있었다. 학급에서 운동도 잘하고 학습 성적도 우수한 한 남학생을 좋아하는 느낌을 눈치챌

수 있었다. 다짜고짜 훈계하면 금방 파아랗게 싹터 오르던 그 아이 자
존심이 스러질지도 모른다는 생각에 모르는 척했다. 그러면서 일부러
그 남학생과 한 책상에 앉게 하였고, 또 우리 학급에서만 하는 특별한
사교춤 활동이 있을 때면 일부러 그 둘을 짝으로 묶어 줌으로써 그 아
이가 남학생에 대한 신비감을 덜 느낄 수 있게 하였다.

이성이 가진 흡인력이 컸나 보다. 그 남학생한테 잘 보이려고 그 아
이는 공부도 열심히 하고 글씨도 예쁘게 썼다. 이젠 부모님을 졸라서
가정교사까지 찾아 달라고 한다면서, 그 아이 부모님들한테서 흥분된
목소리로 전화가 걸려왔다. 이런 미묘한 변화를 지켜보면서 나는 감
동하지 않을 수가 없었다.

하지만 기초가 낮은 탓인지 학습 성적이 잘 올라가지 않아서 그 아
이는 무척 고민을 했다. 고중 진학이 불가능한 것 같았다. 나는 그 아
이와 마음을 터놓았다. 누구나 다 공부만 해서 성공하는 건 아니며
'갈래갈래 길이 로마로 통한다'고 성공으로 가는 길은 많고 많은데
네가 하고 싶은 것, 네가 좋아하는 것을 선택한다면 다른 아이들과 지
금 당분간은 길이 다르지만 역시 하나의 꿈으로 향하는 길이 될 거라
고 희망을 주었다. 그러면서,

"세상은 공평하다. 네가 이토록 남들이 가질 수 없는 훌륭한 무용
재주를 가졌기에 학습에선 남들보다 조금 못할 수 있는 거다."
하고 말해 주었다.

마침 그 무렵 예술 학교에서 학생을 뽑으러 왔다. 그 아이도 자기가
가진 무용 실력을 확인하는 자세로 응했는데 통과되었다. 예술 학교
에 가서 기초 과목 시험을 치던 날, 면바로 교내 배구 경기를 맞이하

게 되었다. 배구 경기에 참가하지 못한다고 못내 아쉬워하던 그 아이는 기초 과목 시험이 끝나는 그길로 다시 학교 배구장에 달려왔다. 그 아이 얼굴에서 줄줄 흘러내리는 땀방울을 보면서 나는 학급을 사랑하고 집단 명예를 소중하게 생각하는 그 마음이 느껴져 눈물이 쏟아졌다. 또한 그 아이는 학급에 있는 화분 하나가 말라 죽었다고 집에서 애지중지하는 새끼손가락만 한 선인장 두 개를 가져다 교실 화분 통에 옮겨 심기까지 했다. 이런 행동은 어느새 그 아이를 아름다운 백조로 우리 곁에 다가오게 만들고 있었다.

그 아이가 예술 학교 시험에 합격해 떠나가던 날, 학급에서 송별 연회를 마련해 주어 하고 싶은 말을 터놓게 하였다. 그리고 우리 학급에서 남몰래 좋아했던 남학생 이름을 말할 수가 있느냐고 묻자 그 아이는 약간은 수줍어하면서 아이들 앞에서 솔직하게 고백하였다. 그 남학생보고 그 아이가 가는 길에 축복해 주는 뜻으로 나와서 악수해 주고 포옹해 주라고 했다. 남학생이 그 아이를 살짝 포옹하는 순간, 반 아이들은 누구하나 비웃는 아이 없이 우렁찬 박수를 보냈다. 그 아이 눈가에는 가랑가랑 이슬이 맺혀 있었다.

그날 너무 행복했다고, 사춘기 수줍은 시절 우리들끼리 어울릴 수 없었던 그 어색함을 뚫고 우리들을 함께 어울릴 수 있게 만들어 준 선생님이 너무 감사하다던 그 아이, '너는 춤추기 위해 태어난 사람'이라는 선생님의 그 한마디가 인생을 바꾸어 주었다며 감격해 하는 그 아이……. 예술 학교로 떠나간 뒤에 두터운 편지로 솔직한 마음을 담아 왔다.

아마 지금쯤 그 아이는 또 다른 새로운 시작을 위해 아름다운 날개를 퍼덕이는 한 마리 백조처럼 날아옐 것이다. 하지만 그렇게 가는 길에 어찌 푸른 등만 켜져 있으랴. 간혹 붉은 등이 켜져 있을지라도 인내와 도전으로 이겨 낼 수 있으리라고 굳게 믿는다. 그 아이가 심어 놓고 간 그 선인장도 이젠 거의 두 뽑이 되게 자랐다. 나날이 커 가는 그 아이를 유난히도 닮은 듯하다. (2010년)

* 과당 시간 : 수업 시간.
* 면바로 : 곧바로.
* 뽑 : 뼘.

세상은 넓고 답안은 다채롭다

연길시 실험중학교 박명순

친구를 만나 이야기를 나누는 가운데 이런 이야기를 들었다.

다섯 살 난 친구 아들애는 무슨 일에서나 무척 생각이 깊고 때로는 기발한 생각들이 쏟아져 나온다고 한다. 유치원에서 퀴즈 풀이 경연을 했는데 선생님께서 "화재가 나면 무슨 차가 오나요?" 하고 묻자 유치원 애들은 너도나도 "119소방차가 옵니다." 하고 대답하였다. 이때 친구 아들애는 벌떡 일어나서 "119차와 120구급차가 옵니다." 하고 대답하였단다. 그 아이는 이웃집에서 화재가 났을 때 왔던 119차와 구급차를 본 사실을 그대로 기억했던 것이다. 그런데 상을 나누어 줄 때 선생님은 친구 아들애 답안이 모범 답안이 아니라고 1등상이 아닌 우수상에 해당되는 상품을 주었다. 그러자 친구 아들애는 "왜 내 답이 틀리느냐?"고 하면서 울었다고 한다. 이야기를 들으면서 모두들 개성 있는 애라면서 웃음으로 넘겼지만 난 왠지 씁쓸한 기분에 잠겼다.

우리 교육에 확실히 많은 문제점이 있다는 생각에서였다. 학교교육
은 교과서에 의지하고 선생님들은 교수 참고서에만 의지하다 보니 교
수 참고서대로 답안을 '옳다, 그르다'로만 결론짓는 것을 당연하게
여긴다. 하지만 우리 교수 참고서는 근근이 참고서일 뿐 지식의 전부
가 아니다.

학생들의 동의어, 반의어 숙제를 사전을 찾아 가면서 해 주었는데
학생들은 "우리 선생님은 틀렸다고 합니다. 선생님이 틀렸다고 하면
틀린 거니까 선생님께서 알려 준 답안대로 해야 합니다." 하고 말한
다. 그러고는 그대로 줄줄 외우기만 한다.

세상은 넓고 답안은 다채롭고 풍부한데 하나만 가르쳐 준다면 변화
다단한 지식 사회에서 어떻게 우리 학생들이 개성 있고 특장 있는 인
간으로 자라날까? 언제나 같은 방향으로 한 가지 생각으로만 생각하
지 말고 우리 아이들에게 여러 가지 각도로 생각하고 창조할 줄 아는
방법을 가르쳐 주어야 할 것이다.

우리는 지금까지 '토끼와 거북이의 경주'라는 우화를 토끼가 달리
기 경주에서 자만하고 중도에서 잤기에 거북이에게 졌다는, '자만하
지 말아야 한다'는 도리를 일깨워 주는 이야기로만 알아 왔다.

하지만 한 가지 도리만 깨쳐 주지 말고 여기에서 새로운 두 번째,
세 번째 이야기를 엮게 할 수도 있다. 나는 '거북이를 사랑한 토끼'라
는 글을 읽고 많은 생각을 하게 되었다. 이야기 내용은 이러하다.

옛날에 거북이를 사랑한 토끼가 있었습니다. 토끼는 혼자 속으로만
사랑했기 때문에 아무도 토끼가 거북이를 사랑하는 줄 몰랐고 거북이

도 눈치채지 못했습니다. 그런데 토끼에게는 한 가지 아픔이 있었습니다. 그것은 거북이가 자기의 느린 걸음을 너무 자학한다는 것이었습니다. 그런 모습을 볼 때마다 토끼는 너무 마음이 아팠습니다.

토끼는 거북이에게 자신감을 심어 주고 싶었습니다. 그래서 어느 날 거북이에게 말했습니다.

"거북아! 나랑 달리기 해 보지 않을래!"

그날따라 거북이는 투지가 생겼습니다. 질 때는 지더라도 토끼와 같이 달려 봐야지 하고 마음을 먹었습니다.

"그래! 한번 붙어 보자!"

드디어 경주가 시작되었습니다. 순식간에 토끼는 저만치 앞서 갔습니다. 그러면서도 뒤따라오는 거북이만 생각했습니다.

"포기하면 어떡하지! 중간쯤 가서 기다려 주자!"

그런데 그냥 눈을 뜨고 거북이를 쳐다보면서 기다리면 거북이가 자존심이 상할까 봐 토끼는 길에 누워서 자는 척을 했습니다. 그래서 거북이가 가까이 와서 자기를 깨워 주고 같이 나란히 언덕으로 올라가는 아름다운 꿈을 꾸고 있었습니다. 그러나 거북이는 자기 옆을 지나면서도 자기를 깨우지 않았습니다. 자는 척하던 토끼는 눈물을 흘렸습니다.

결국 거북이가 경주에서 이기게 되었습니다. 경주 뒤에 동네 동물 식구들과 후세 사람들로부터 거북이는 '근면하고 성실하다' 는 칭찬을 들었고 토끼는 '교만하고 경솔하다' 는 욕을 먹었습니다. 그러나 토끼는 남 몰래 눈물을 흘리며 그 모든 비난을 감수했습니다. 왜냐하면 사랑하는 거북이의 기쁨이 자기 기쁨이었기 때문입니다. 사랑이 무엇입니까? 티 내지 않는 것이 사랑이고, 소리 없는 헌신이 사랑이고, 양보하는 것이 사랑이고, 사랑하는 대상이 높여지고 내가 무너지기를 기뻐하는 것이 바로 사랑입니다.

너무나도 사랑스러운 토끼이다. 너무나도 눈물겨운 토끼의 사랑 이야기다. 색다르게 엮은 새로운 이야기를 읽고, 나는 세상은 넓고 답안은 꼭 한 가지만은 아니고 풍부하고 다채롭다는 생각을 가지게 되었다.

교육은 사회에 인재를 자라게 하는 가장 위대한 사업이다. 교육은 인간을 육성하는 가장 창조스러운 일이다. 우리 교육이 꼭 같은 생각, 꼭 같은 행동을 하는 인간을 기른다는 것은 실패라고 보인다.

우리가 알고 있는 지식은 꼭 '1＋1＝2'인 것이 아니고 '9＞1'인 것만도 아니다. 모든 사물은 시간, 속성, 사물 특성에 따라 답안이 서로 달라지게 된다. '1＋1＝2'는 사과 한 알에 한 알을 더하면 사과 두 알, 책 한 권에 한 권을 더하면 책 두 권이 된다는 것을 설명할 수 있다. 하지만 '1＋1'은 또 다른 의미도 갖는다.

사물은 우리 눈으로 보이는 것이라고 전제했을 때, 보이지 않는 사물은 존재하지 않는 것으로 된다. 그렇다면 만약 사과 두 알이 있는데 내가 한 알을 먹고 또 한 알을 마저 먹어 버렸다면 내 배 안에는 사과 두 알이 들어갔지만 존재하지 않는 사과는 곧 없어진 것이다. 그러므로 '1＋1＝0'으로 된다. 또 우리가 한 그릇에 물 한 방울 먼저 떨어뜨리고 또 한 방울 떨어뜨렸는데 크고 작은 속성을 따지지 않는다면 이것 역시 물 한 방울이라고 할 수 있는 것이다. 그러므로 이때는 바로 ‘1+1=1’로 된다. 남녀가 결합해서 자식이 태어나면 ‘1+1=3’으로 되고 쌍둥이, 삼태자를 낳는다면 ‘1+1=4, 5……’로도 된다. 한 개 부대와 다른 한 개 부대가 접전하여 서로 싸우는데 그 사망자 수가 얼마일지 구체로 알 수 없다. 그러므로 ‘1+1=?’, 곧 미지수로 된다.

우리는 ‘한 사람이 연구하거나 혹은 일체 생물의 존재 의미와 목적을 연구할 때 다른 각도로 연구하는 것이 의의가 더 크다’고 한 아인슈타인 말처럼 드넓은 지식의 바다에서 존재하는 사물도 연구해야 하거니와 새로운 각도에서 새로운 사물에 대해서도 연구를 해야 한다. 이것이 더 큰 의의가 될 수도 있으며 또 그 속에서 새로운 발명과 창조를 이룩할 수 있다는 것을 알아야 한다.

같은 방식으로 ‘9>1’ 역시 ‘9<1’로 될 수 있다. 예를 들면 사과를 아홉 명이 나눠 먹는 것보다 한 명이 먹으면 더 많이 먹을 수 있다, 우리는 늘 9등보다는 1등을 더 좋아한다, 개미 9만 마리보다 코끼리 한 마리 무게가 더 무겁다, 같은 것들이다. 우리 속담에는 ‘자(尺)도 짧을 때가 있고 촌(寸)도 길 때가 있다’는 말이 있다. 각도가 다름에 따라 사물도 다르게 바뀌게 된다. 어떤 위치에서, 어떤 환경에서 보는가에 따라 때론 1이 더 크고 또 때론 9가 더 크다. 이처럼 천편일률로 9가 1보다 크다고 단정 지을 수는 없다. 각도를 바꾸고 위치를 바꾸어 보면 그것이 크고 작음도 언제든지 바뀔 수가 있는 것이다. 이처럼 우리 아이들에게 서로 다른 각도, 서로 다른 측면, 서로 다른 방식으로 생각하는 방법을 가르쳐야 한다.

백일장에서 ‘기다림’이란 제목을 주었더니 99퍼센트가 아버지, 어머니, 할머니 등이 외국에 갔기에 어서 와 한자리에 모이기를 기다린다는 내용으로 글을 썼다고 한다. 물론 사회 현실이 그대로 담긴 것이었다. 헌데 심지어 부모가 곁에 있는 학생마저 거짓으로 이렇게 썼다고 한다. 진학 시험 글짓기에 '발자국'이란 제목이 나왔더니 90퍼센트가 넘게 눈이 내렸거나 비가 내리는 정경을 묘사했다고 한다. 발자국을 만들어야겠기에 말이다.

이렇게 우리 생각은 약속이나 한 듯이 한 곬로만 흐른다. 우리 교육이 남다른 생각, 개성 있는 생각, 창조성 있는 생각을 할 수 있도록 어려서부터 가르쳐 주고, 격려해 주고, 이끌어 줄 수는 없을까. 시대는 발전하고 있는데 하냥 낡은 틀, 낡은 생각 방식으로 아이들을 가르친다면 우리는 뒤떨어지고 만다. 디지털 시대, 정보화 시대, 생명의 시대에 우리 아이들이 시대의 주인으로 되게 하려면 아이들을 창조성 넘치는 생각으로 새 사회를 인식하게끔 가르쳐 주어야 한다.

남들이 다 동쪽으로 몰려가더라도 나는 서쪽으로 북쪽으로 뛰어갈 줄 아는 아이들도 키워야 한다. 한곳으로만 뛰면 일등은 언제나 한 명이지만 사면팔방으로 뛰면 너나없이 모두 일등이 될 수 있기 때문이다.

세상은 넓고 답안은 다채롭다. 우리 교육이 이제 한 가지 답안만이 아닌, 창조와 개성이 넘치는 답안을 필요로 가르쳐 줄 때가 온 것이다. (2010년)

우리 말, 우리 글 지키는 초병

내몽골자치구 우란호트시 조선족중학교 김혜연

'내몽골 조선족' 하면 동북3성 조선족들은 고개를 갸우뚱하면서 신기해하기 일쑤다. 몽골에도 조선족이 살고 있냐는 뜻이다. 사실 내몽골에도 몇 세대에 걸친 우리 민족 발자취들이 적지 않게 남아 있다.

머나먼 반도에서 망국노의 설움을 안고 잘 살려고 어느 날 이곳까지 오게 된 우리 민족들, 그때 괴나리봇짐을 푼 곳이 뽀트리간이라는 곳이었다. 지금은 흥안맹 우란호트시 이러리트라고 부른다. 당시 망망하고 척박한 초원에 호미와 괭이로 논밭을 일구고 씨를 뿌리면서 피땀으로 살아갈 터전을 만들었다. 그 와중에도 잊지 않고 후대들에게 우리 민족 말과 글을 가르치면서 오붓한 조선족 마을을 만들었다. 그렇게 내몽골 조선족들은 세세 대대로 옹기종기 모여서 아기자기하게 살아왔다.

내몽골 초원 가운데 우리 민족이 집중되어 사는 곳은 그래도 흥안맹이라고 할 수 있다. 많을 때는 도시에만 조선족이 5천 명이 있었고 가까운 교외에 크고 작은 조선족 마을이 열 개나 되었다. 조선족 학교도 알뜰하게 만들었고, 민족 운동회요 친목회요 하면서 조선족 모임도 자주 가지면서 '가갸거겨' 우리 말 향기를 물씬물씬 풍기며 즐겁게 살아왔다.

그러던 것이 한국 붐과 도시 진출 바람이 일면서 조선족 마을이 사라지고 있다. 집과 땅을 버리고 돈벌이 간 조선족들이 점점 늘어났기 때문이다. 이젠 그 흥겹던 굿거리장단도 희미해지고 그냥 이름만 '조선족촌'이지 실은 한족 마을이나 다름없다.

우리 조선족 학교 교원들도 모임이 있으면 개추렴 하러 조선족 마을로 자주 내려가던 모습이 이제는 까마득한 옛말로 입가에만 남았다. 이젠 대부분이 한족으로 된 마을 사람들과 만나다 보니 댕그랗게 몇 집 남지 않은 조선족 가정들 일상용어는 아예 한어로 되었고, 집을 지키고 있는 노인들도 울며 겨자 먹기로 떠듬거리는 한어가 일상용어처럼 되었다.

가장 가슴 아픈 것은 허리끈을 졸라매고 세웠던 조선족 학교가 우리 빛을 잃어 가고 있는 것이다. 내가 교원으로 일하는 우란호트시 조선족중학교는 내몽골에서 유일한 조선족완전중학교지만 지금은 학생이 이백 명이 되나마나 하다. 전교 교직원 마흔두 명 가운데 한족 교원이 열다섯 명이고 또 조선말을 모르는 조선족 교원이 열 명이나 된다. 순 우리 말로 의사소통을 할 수 있는 교원은 열일곱 명이고 조선어로 강의할 수 있는 교원은 열두 명밖에 안 된다. 우리 말을 하는 교원이 모자라서 조선족 교원을 받아들이려고 노력은 하지만 오려는 조선족들이 없고 오히려 계속 빠져나가고 있다.

그러니 교직원 대회 때면 부득불 한어로 할 수밖에 없고 평소 이야기는 물론 과당 시간에 가르치는 말도 조선어 시간을 빼고는 모두 한어로 되어 버렸다. 한족 과임들이 있으니 한어를 쓰게 되고, 조선족 학생까지 모자라 한족 학생들을 받다 보니 한어는 더 널리 퍼졌다. 우리 조선족 교원들이 우리 말로 해도 학생들은 한어로 대꾸하거나, 어쩌다 반갑게 대답한다는 조선말도, 울지도 웃지도 못하게 뒤꼬리는다 '응'이어서 우리 말에 나오는 따뜻한 존경어는 책에서나 찾아보게됐다.

이러니 조선어 가르치기가 너무 힘들다. 조선족 학생들은 조선어를 민족 언어라서 배운다기보다는 '제2외국어'처럼 배운다. 고중 1학년 학급은 학생 스물일곱 명 가운데 조선어 철자도 모른 채 전학해 온 학생이 일곱 명이다. 소학교를 조선족 학교에서 다니고 한족 학교에서 초중을 다니다가, 중도에 다시 조선족 학교로 전학해 온 학생들도 다섯 명이나 된다. 그런가 하면 조선족 중소학교를 쭉 다닌 학생도 제대로 배우지 못한 탓에 조선어 표현을 제대로 못 하는 학생이 대부분이다. 결국 학급에서 그나마 조선어를 제대로 할 줄 아는 학생이 고작 세 명 정도밖에 안 된다.

이 바람에 우리 조선어 교사들은 교수안 한 과당을 짜는데도 진땀을 뺄 수밖에 없어서 고민이 이만저만이 아니다. 하여 '이러다 조선족학교가 없어지지 않겠느냐?' '조선어가 내몽골에서 사라지지 않겠느냐?' 하면서 걱정이 태산 같지만 별로 뾰족한 수가 없어 늘 고민들이다.

그러나 이런 열악한 여건에서도 '조선족 학교답게 우리 말 우리 글을 살리자' '우리 세대에 내몽골에서 우리 말 우리 글이 사라지게 해서는 안 된다' 는 신념과 결심으로 학교에서는 많은 '고육지책' 들을 고안해 냈다. '우리 말로 3분간 말하기' '조선말 방송' '학생이 조선말을 쓰지 않을 경우 교원들은 그 학생과 대화를 하지 않는다' 같은 여러 시도를 하고 있다.

그러나 우리 힘으로는 역부족인 것을 뼈아프게 실감한다. 학교에서 아무리 아글타글 노력해도 학생이 집에만 가면 또 완전히 한어화가 된다. 조선족이 적은 탓에 결혼이 다원화되어 다른 민족과 혼인하는 경우가 60퍼센트나 된다. 도시에서 자란 젊은 조선족들은 조선말을 거의 할 줄 모르기에 부부 사이에 대화는 당연히 한어로 하고 있다. 그러니 자녀들이 무얼 배우겠는가?

아직도 우물 안 개구리에서 벗어나지 못한 안목도 문제다. 연해 도시에서는 한족 학생들도 한국어를 배운다고 열을 올리고 있지만 여기서는 오히려 '중국에 살면서 한국어가 뭘 필요하냐' 며 팔짱을 끼고 있다. 혹 한국 유학을 가거나 하는 막부득이한 경우에 부랴부랴 '가갸거겨' 를 배우는 사람들이 있지만 그것도 가물에 콩 나듯 한다.

이 상태로라면 내몽골에서 우리 민족 말과 글이 얼마나 더 버텨낼 수 있을까? 60년 전 조선족 어르신들은 우리 민족 말과 글만은 꼭 후대들에게 전수해 주어야 한다는 일념으로, 빈주먹으로 한 장 한 장 벽돌을 쌓아 홍안맹 우란호트시에다 하나뿐인 조선민족학교를 일떠세웠다. 대동란 시대에도 된서리를 맞아 엉망이 되었지만 끈질긴 민족심으로 한 세대 한 세대 이어 지금까지 버티고 오지 않았던가!

우리 말과 우리 글, 조선 민족이란 그 깊은 뜻 하나만으로도 칼바람

부는 내몽골이란 이 초원에서 오늘날까지 버텨 올 수 있었다. 또 사명
감과 책임감을 안고 실천하는 사람들이 있었기에 이곳에서도 우리 말
과 우리 글이 오늘도 파랗게 살아 있을 수 있는 것이다.

대도시 동창들도 한국어학과 교수 자리가 있으니 오라고 몇 번이나
재촉이고 무남독녀 딸도 상해에 있는 대학에 다니고 있다. 그러나 고
향 학교 교단에 이미 숙명처럼 정들어 버린 나…….

우리 학교는 망망 초원에서 우리 말 우리 글을 지키는 보루이고, 조
선족 학교에서 조선어 교원으로 살고 있는 나는 그 보루를 지키는 한
초병이 아니겠는가! (2010년)

* 동북3성 : 중국 동북쪽에 있는 지린성, 랴오닝성, 헤이룽장성.
* 개추럼 : 개를 잡아 놓고 여럿이 술을 마시는 일.
* 대동란 : 중국 문화혁명.

우리 스스로를 돌아보는 일

인천문화재단

인천문화재단과 길림신문이 공동으로 기획하여 발간하는 이 책은 중국에 사는 우리 동포 어린이와 부모님, 선생님들이 쓴 생활글을 중심으로 엮은 것이다.

길림신문사는 중국 정부에서 공인한 대표 한글 언론매체로 길림성에서 규모가 가장 큰 곳이다. 발간 주체 역시 우리 동포들이다. 길림신문은 중국의 동포 사회가 구심점을 잃고 가족이 해체되는 길로 들어서고 있다는 위기의식을 느껴 '인성교육 면'을 연간 특집으로 구성하였다. 학생, 학부모, 선생님들이 쓴 생활글을 주마다 실어서 동포 사회가 당면한 여러 가지 문제를 알리고 공감대를 넓혀 가는 한편, 학생들에게는 조선족으로서 정체성을 바로 인식시키는 기회로 삼고자 했다. 학생들을 인성이 바로 잡힌 인재로 키우는 데에 글쓰기만큼 중요한 것이 없다는 신문사 쪽 문제의식도 중요하게 작용했다. 해마다 글과 그림을 연재하고, 1년에 한 번씩 우수작을 뽑아 시상식을 열어서 학생과 학부모, 선생님들 사기를 북돋우고 있다.

인천문화재단은 2006년부터 길림신문이 펼치는 이 사업을 후원해 왔다. 우리 나라에는 이미 많은 조선족들이 들어와 활동하고 있다. 우리가 심심치 않게 만나게 되는 조선족은 같은 동포로서 오랜 역사와 문화를 공유하고 있다. 그렇지만 지금 우리 사회는 같은 동포로서 조선족과 조선족들의 삶을, 그네들 처지에서 이해해 보려는 노력이 모자랐다. 인천문화재단이 길림신문을 후원하게 된 것은 이런 사정을 감안한 때문이었다. 문화 다양성을 존중하면서 공생하는 길을 찾고, 그 과정에서 우리 스스로를 돌아보자는 뜻으로 후원에 나서게 된 것이다. 인천문화재단 초대 대표이사인 인하대 최원식 교수가 시작하여 2대 대표이사인 심갑섭 대표, 그리고 현 강광 대표에 이르기까지 그 취지와 뜻에 공감하면서 오늘에 이른 성과를 거두게 되었다. 길림신문의 사업을 인천문화재단에 소개한 인하대 홍정선 교수의 도움도 컸다. 아울러 2006년 당시 길림신문의 남영전 사장과 현 홍길남 사장이 적극 협력한 것도 이 책이 나오는 데에 큰 몫을 하였다.

무엇보다 이 사업을 현장에서 이끌어 간 길림신문의 기자와 직원 여러분들 열정이 없었다면 오늘 이 결과를 만나기 힘들었을 것이다. 김정함 부장과 여러 직원들이 치른 노고는 해를 더할수록 빛이 나고 있다. 또한 인하대 원종찬 교수의 도움으로 보리출판사에서 책을 묶어 내게 되었다. 고생한 편집부 여러분께 감사를 드린다.

부디 이 책이 많은 독자를 얻어 중국에 사는 우리 동포들과 우리 나라에서 다양하게 살아가는 조선족의 삶을 이해하는 데에 크게 이바지할 수 있기를 바란다.

2012년 1월

조선족의 삶과 시련

송춘남(민족의학연구원 연구원, 연변교육출판사 편집원)

읽는 내내 코가 찡해지고 눈물이 핑 돌았습니다. 사랑이 고픈 절절한 마음을 담은 학생들 글은 당연히 가슴을 뭉클하게 하지만 선생님들 글 역시 학생들에 대한 애틋한 사랑으로 가슴을 울먹이게 합니다! 따뜻한 세상을 지향하는 진솔한 마음은 누구에게나 공명을 일으키지요. 서로 다른 문화 환경에 살더라도 성정은 같지요.

남의 이야기가 아닙니다. 한 핏줄을 타고 난 조선족의 생활입니다. 먼 이야기가 아닙니다. 휴전선과 국경이 아니라면 무궁화호 열차로도 반나절이면 이를 수 있는 곳입니다. 백여 년 전에는 한반도에서 살다가 생활고로 중국에 건너갔거나, 만주에서 독립운동을 하다가 광복이 되자 그냥 그곳에 터전을 잡고 살게 된 이들의 2세, 3세들입니다. 백두산에서 멀어야 불과 이삼백 킬로미터 떨어진, 옛적에는 독립군들의 주요한 활동무대였던 저쪽 자락에서 사는 사람들이지요.

학생들이 소속되어 공부하고 있는 학교 이름에 도문, 화룡, 안도, 돈화,

류하현이라는 이름이 나오지요? 다 독립운동이 활발하게 전개되던 고장들입니다. 화룡현은 청산리전투를 치렀던 곳이고 도문은 봉오동전투가 있었던 곳입니다. 안도현과 돈화현은 백두산과 가까운데, 지금도 밀림이 울창한 곳으로 전에는 항일 빨치산들이 비밀히 자리 잡고 있던 곳입니다. 그리고 류하현 삼원포는 독립군 신흥무관학교가 있던 곳으로 서간도 독립운동의 중심지였습니다. 조선족들이 사는 고장에 가면 어딜 가나 열사 기념비를 볼 수 있습니다. 길림성의 열사들 가운데 93퍼센트가 조선족이고, 여성 열사들 가운데는 98퍼센트가 조선족이라면 충분히 짐작이 가리라 생각합니다.

중국 땅에 뿌리를 내린 지 한 세기 남짓한 세월이 지난 19세기 말, 함경도 6진에 연속 들이닥친 흉년으로 우리 동포들은 살길을 찾아 두만강을 건너기 시작하였습니다. 뒤따라 일제 침략으로 나라를 잃고 낯선 이 땅에 발을 들여놓으면서 조선족의 역사는 시작되었습니다. 안수길이 쓴 《북간도》나 최서해가 남긴 여러 단편소설에 조선 이민들이 겪은 애환과 삶이 생생하게 반영되었듯이 조선족들의 삶은 개척과 항일을 향한 피와 땀으로 얼룩져 있습니다. 논 한 뙈기 없던 드넓은 만주벌에 우리가 물을 메워서 땅을 풀고 논을 풀었습니다. 또 한반도를 빼앗고도 침략의 마수를 연변 땅에까지 뻗친 일제와 맞서 처절한 싸움을 벌이면서 수많은 애국지사들이 목숨을 잃고 피를 흘렸습니다.

이 책에 나오는 학생들은 모두 이들의 후예입니다. 기나긴 세월을 중국이란 나라에서 중국 문화에 둘러싸여 살면서도 이들은 조선족이라는 정체성과 문화를 잃지 않으려고 조선족 학교를 꾸려서 우리 말과 글을 배웠습니다. 또 우리 말로 된 신문, 잡지를 꾸리면서 우리 문화를 꽃피우며 살아

가고 있습니다. 중국에 56개 민족이 살고 있지만 소수민족들 가운데서 조선족은 여러 면에서 우수하고 다른 민족을 앞질러 가고 있었습니다. 해방 초기에도 문맹이 없는 민족은 조선족밖에 없었고 조선족 대학도 세 개나 운영하고 있어서 문화 수준이 어느 민족보다 높았습니다.

풍족하지는 않으나 정을 주고 정을 받으며 단란하게 공동체 생활을 하던 이들의 삶은 시장경제를 들여오면서 혼란을 겪습니다.

개혁개방 초기에는 좋았습니다. 농민들에게 땅을 나누어 주고 열심히 경작하게 했더니 먹을 것이 풍부해지고, 먹을 것이 많으니 생활에 윤기가 흘렀습니다. 그러나 개혁개방이 점차 도시를 망라한 모든 영역에서 이루어지자 어느새 세상은 죽도록 뛰지 않으면 살 수 없게 되었습니다. 연변은 산간 벽지라 교통이 불편하고 제조업이 잘되지 않아 공장이 줄지어 문을 닫았습니다. 도시 사람들은 일자리를 잃고, 농사꾼은 농사만 짓고는 변변히 살아갈 수 없습니다. 이대로 손 놓고 있다가는 거지가 되게 생겨 먹었습니다. 나도 먹고 살아야 하지만 어린 자식도 공부를 시켜야지요. 그래서 눈물겹게도 가정의 행복을 위해 단란한 가정을 버려야 합니다.

시골이 황폐해지고 처녀들이 다 도시로 빠져 총각들이 장가들 수 없고, 조선족 인구가 급격히 줄면서 조선족 학교가 줄지어 문을 닫는다는 말은 이제는 다 옛말입니다. 수십만 명에 이르는 조선족들이 한국에 나와 있으니 조선족 공동체는 거의 해체된 것이나 다름없어서 부부가 헤어져 살고 부모 자식이 헤어져 사는 가족이 수두룩합니다. 결혼식이나 생일잔치를 하려고 해도 친인척이 없어서 모르는 사람들을 초청해 자리를 채울 지경이라고 합니다.

올해 10월 연길에 다녀온 적이 있습니다. 1년 6개월 만에 가 보는 고향이지만 눈에 띄게 바뀌었습니다. 길들이 더 잘 빠져 있고 다리도 몇 개 더 늘어나고 여기저기 아파트들이 경쟁이라도 하듯 올라섭니다. 그런데 보신 탕집에 들어서는 순간 가슴이 서늘해집니다. 예전에는 보신탕집에서 중국 인을 보기 힘들었습니다. 중국 사람들은 보신탕을 별로 좋아하지 않았기 때문이지요. 전에는 보신탕집 사장이나 종업원들은 하나같이 조선족이었 습니다. 그리고 식당을 찾는 고객도 거의 다 조선족이었고요. 그런데 그날 은 식당에 들어서자 중국 말만 들려옵니다. 사장도, 종업원도, 손님도 대부 분 중국인들입니다. 마치 중국 식당에 가서 한국 음식을 먹으려는 기분이 들어 발길을 돌렸습니다. 같이 갔던 친구가 제 마음을 읽은 듯 말해 줍니 다. 이제는 도시에도 조선족 처녀가 귀해서 조선 음식을 하는 식당에서는 봉급을 더 주면서 조선족 처녀를 채용하는 형편이라고 말입니다.

지금 조선족 사회는 변혁에 따르는 격랑 속에서 몸부림을 치고 있으며, 문화적으로, 도덕적으로 시련을 맞고 있습니다. 어찌 보면 이는 생존을 위 한 몸부림이고 거듭나기 위한 몸부림이기도 할 것입니다.

이 책에 실린 학생, 학부모, 선생님들 글에서는 이런 열악한 환경과 그 환경 속에 살고 있는 애환과 더불어 소박하고 단순한 희망이 짙게 묻어 있 네요. 이 소박하고 단순한 희망이야말로 우리가 궁극으로 추구해야 할 삶 의 의미가 아닐까 합니다. 물질문화에 대한 추구가 정신문화에 대한 추구 와 정비례되면 얼마나 좋겠습니까? 사람 마음이 착해질 수 있도록 둘레 환 경이 주어져야 좋겠는데 도리어 자꾸 황폐해지고 악해지도록 만들고 있습 니다. 사람을 궁지에 몰면 어디까지 악해질지 누구도 모릅니다. 물질에 대 한 욕망만 부추기는 시장경제가 가진 한계라고 할까요. 시장경제를 들여온 뒤에 중국에서도 돈을 벌려고 수단과 방법을 가리지 않고 인륜마저 저버리는 현실이 큰 고민거리입니다. 그래서 올해는 정신문명을 목적으로 하는 문화건설을 대대적으로 추진하고 있습니다.

그래도 이 책은 하나의 향수였습니다. 구구절절 정이 담겨 있으니까요. 많이 삭막해진 마음을 사랑이 가진 힘으로 촉촉이 적셔줍니다. 적어도 반성을 하게 만듭니다. 사랑이라는 마음을 담은 경고가 아닐 수 없습니다. 이런 경고가 너와 나의 생활을 바꾸어 주고 나아가 모든 사람의 생활을 바꾸어 주기를 바라 마지않습니다.

2012년 1월

풀이말 모음

가마목 가마솥이 걸려 있는 자리

간단없이 끊임없이

개추렴 개를 잡아 놓고 여럿이 술을 마시는 일

고용허가제 외국인 노동자가 우리 나라에 취업할 수 있게 허가해 주는 제도

과당 시간 수업 시간

과문 교과서의 본문

과임 지정된 학과목을 가르치는 선생님

교사절 스승의 날로, 중국에서는 9월 10일

교수 수업

교연실 교무실

교원진수학교 교육부 밑에 있는 교사연수원

구경 결국

구럭 해산물 같은 것을 담는 그릇

기신기신 느릿느릿

기음 논밭에 난 잡풀

나절로 나 스스로

눈굽 눈가

눈확 눈

뉘 껍질이 벗겨지지 않은 벼 알갱이

단지부서기 중등학교에 있는 '중국 공산주의청년단' 학급 지부 서기

대대위원 초등학교에 있는 '중국 소년선봉대(공산주의 소년단)' 위원

대동란 중국 문화혁명

돌아치다 여기저기 다니다

동북3성 중국 동북쪽에 있는 지린성, 랴오닝성, 헤이룽장성

되거리장사 물건을 사서 곧바로 다른 곳으로 넘겨 파는 장사

때식거리 끼니거리

뚜지다 일구다

마사먹다 부서뜨리다

맏아매 큰 이모를 보통 맏아매라 하는데 큰 고모를 이렇게 부르기도 함

맞다들다 마주치다

면바로 곧바로

몰붓다 쏟아붓다

바느실 바늘과 실

반면교육 사실과는 반대로 또는 다른 쪽으로 가르치는 교육

밥곽 도시락

방문취업제 중국, 러시아에 사는 동포들이 일정 기간 동안 우리 나라에 쉽게 방문하고
취업할 수 있게 하는 제도

번지다 넘기다, 뒤집다, 배우다

부주석 부회장

뻔뻔하다 평평하다

뽈개지 공을 잘 차는 사람

뽐 뺨

선줄꾼 맨 앞에서 줄을 끌어당기는 사람

소래 대야

숙사 기숙사

시체옷 일시에 널리 퍼져 많은 사람이 입는 옷

쏠쏠하다 품질이 웬만하다

3.8절 국제 여성의 날로, 해마다 3월 8일

3호학생 학교에서 정기로 뽑는 덕, 지, 체육 면에서 우수한 학생

아매 할머니

아지미 아주머니

아침보도시간 수업 시작하기 전에 열리는 짧은 회의

옹글지다 굵은 소리가 나다

원주필 볼펜

의연 남을 도와주려고 돈이나 물건을 내는 일

인차 이내, 곧바로

인츰 이내

일락천장 마구 떨어지다

6.1절 북녘을 비롯한 사회주의국가에서 기념하는 어린이날로 6월 1일

자기절로 자기 스스로

자사자리 제멋대로 생각하다

작간 장난

저마끔 저마다

전탁생 부모 대신 맡아서 기르는 학생

전탁원 아이를 부모 대신 맡아 길러 주는 곳

점직하다 부끄럽다

조련찮다 쉽지 않다

차례지다 주어지다

채 반찬

판나다 해어지다

판판 완전히

포전 삼베 같은 천을 파는 가게

푼푼히 넉넉히

하학기 겨울방학을 보낸 다음부터 그해 여름방학 전까지 학기. 중국은 9월 초에 새 학
기가 시작되는데 9월부터 겨울방학 전까지는 상학기라고 함

허거프게 어이없게

화식 급식

조선족, 우리들이 살아가는 이야기

엄마가 한국으로 떠났어요

2012년 2월 1일 1판 1쇄 펴냄
2018년 4월 3일 1판 3쇄 펴냄

엮은이 | 길림신문, 인천문화재단
펴낸이 | 윤구병

편집 | 김성재, 김용란, 조혜원
표지 디자인 | 샘솟다
본문 디자인 | 유문숙
제작 | 심준엽
영업·홍보 | 안명선, 양병희, 이옥한, 정영지, 조병범, 조서연, 최민용
경영 지원 | 임혜정, 전범준, 한선희
제판 | (주)한국커뮤니케이션
인쇄와 제본 | 천일문화사

펴낸곳 | (주)도서출판 보리
출판 등록 | 1991년 8월 6일 제9-279호
주소 | (10881) 경기도 파주시 직지길 492
전화 | (031)955-3535
전송 | (031)950-9501
누리집 | www.boribook.com
전자 우편 | bori@boribook.com

값 | 12,000원
ISBN | 978-89-8428-733-4 43800

보리는 나무 한 그루를 베어 낼 가치가 있는지 생각하며 책을 만듭니다.

이 책의 국립중앙도서관 출판시도서목록(CIP)은 e-CIP 홈페이지(http://www.nl.go.kr/ecip)와 국가자료공동목록시스템(http://www.nl.go.kr/kolisnet)에서 이용하실 수 있습니다.
(CIP제어번호: CIP2012000099)